KB078550

絶對天王

절대천왕

장담 新무협 판타지 소설

FANTASTIC ORIENTAL HEROES

절대천왕 2

장담 新무협 판타지 소설

초판 1쇄 찍은 날 § 2008년 5월 1일
초판 1쇄 펴낸 날 § 2008년 5월 10일

지은이 § 장담
펴낸이 § 서경석

편집장 § 문혜영
편집책임 § 서지현

펴낸곳 § 도서출판 청어람
등록번호 § 제1081-1-89호
등록일자 § 1999. 5. 31
어람번호 § 제2-1479호

주소 § 경기도 부천시 원미구 심곡1동 350-1 남성B/D 3F (우) 420-011
전화 § 032-656-4452 팩스 § 032-656-4453
http://www.chungeoram.com
E-mail § eoram99@chollian.net

ⓒ 장담, 2008

ISBN 978-89-251-1303-6 04810
ISBN 978-89-251-1301-2 (세트)

2

절대천왕

강호풍운(江湖風雲)

장담 新무협 판타지 소설

FANTASTIC ORIENTAL HEROES

絕霸天王

도서출판 청어람

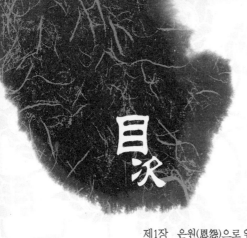

目次

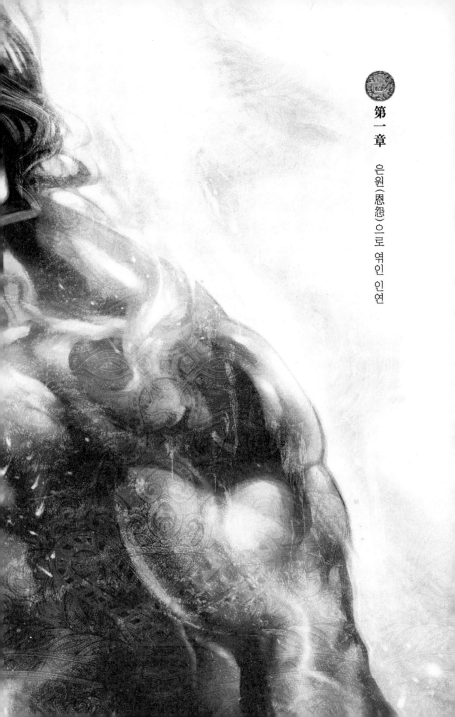

第一章

은원(恩怨)으로 엮인 인연

절대천왕 絶對天王

좌소천이 측면으로 달려든다.

노은이 염려되는지 주의를 주며 소리쳤다.

"조심하게!"

그러나 좌소천은 조금도 망설이지 않고 도를 휘둘렀다.

소리없이 달려드는 좌소천의 공격에 순우무궁의 눈썹이 치
켜 올라갔다.

"네놈이 감히!"

그의 부채가 쫙 펼쳐지더니 너덜너덜한 부챗살이 좌소천의
무진도를 후려쳤다.

쩌엉!

좌소천은 옆으로 밀려난 도를 그대로 미끄러뜨리며 사선으

로 내리그었다.

손이 얼얼했지만 조금의 머뭇거림도 없는 공격이었다.

쩌저정!

다시 한 번 부채가 충돌한 무진도의 방향이 틀어졌다.

찰나, 공력을 모조리 끌어올린 좌소천이 홱 몸을 돌리며 좌수로 건곤신권을 펼쳤다.

순간 거대한 압력이 순우무궁의 머리를 짓눌렀다.

생각했던 것보다 훨씬 강한 좌소천의 무위다. 그걸 본 노은의 목소리가 활기를 띠었다.

"이제 보니 대단한 친구였군! 좋았어! 우리가 놈을 잡자고!"

힘이 솟은 노은은 함께 달려들며 순우무궁의 하체를 향해 쌍장을 날렸다.

대경한 순우무궁은 황급히 뒤로 물러나며 부채를 어지럽게 흔들었다.

콰과광!

"흐읍!"

"크윽!"

"으음……."

좌소천과 순우무궁, 노은이 동시에 신음을 토하며 뒤로 물러섰다.

뜻밖의 상황이 벌어진 것은 바로 그 직후였다.

순우무궁이 튕겨진 힘을 이용해 교초온 쪽으로 몸을 날리는 것이 아닌가.

위청현, 비혁산과 함께 교초온을 합공하던 남운평이 잠시 멈칫거렸다.

순간이었다.

순우무궁이 남운평을 공격하고는 남운평의 장력을 역이용해서 숲 속을 향해 몸을 날렸다.

"교 장로, 뒤를 부탁하겠소!"

그야말로 순식간에 일어난 일이었다.

순우무궁 덕에 합공에서 벗어난 교초온은 엉겁결에 숲을 가로막고 섰다.

자신들을 두고 도망가는 순우무궁에게 분노가 일었지만, 당장은 그를 지켜주지 않을 수 없었다.

"누구도 쫓지 못할 것이다!"

"웃기는 소리! 비켜라!"

위청현과 비혁산과 남운평이 다시 교초온을 공격했다.

그사이 좌소천과 노은이 다급히 숲 속으로 들어갔다.

"멈춰라, 이놈!"

"거기 서!!"

숲은 큰 나무가 별로 없었다.

대신 가시덩굴과 작은 나무들이 빽빽이 들어서 있었다.

좌소천은 비연신법을 펼쳐 나무를 박차고 숲 속으로 들어갔다.

'령매가 이상해! 대체 무슨 일이 일어난 거지?'

비록 딱 한 번뿐이지만 눈이 마주쳤다.

그토록 숨 막히는 싸움이 벌어지고 있는데도 백의청년의 옆구리에 끼어진 소영령의 눈은 허공을 향한 채 움직이지 않았다.

두려움도 반가움도 없는 기이한 표정.

결코 정상인의 표정이라 볼 수 없었다. 더구나 소영령의 성격을 생각하면 더 이해할 수가 없는 일이었다.

좌소천은 그 생각에 마음이 더욱 다급해졌다.

'령매, 대체 무슨 일이 있었던 것이냐?'

숲은 그리 깊지 않았다. 서너 번의 도약에 끝이 보였다.

자신보다 한발 먼저 숲을 벗어난 노은이 백의청년의 뒤를 쫓는 게 눈에 들어왔다.

소영령이 옆구리에 끼어져 있는 터다. 그게 아니라도 백의청년이 노은을 떨치기는 쉽지 않을 것이다. 한데도 악착같이 소영령을 끼고 도주하는 백의청년이다.

좌소천은 전력을 다해 두 사람의, 아니, 세 사람의 뒤를 쫓았다.

그렇게 백여 장을 가기도 전에 노은과 백의청년이 부딪쳤다.

콰광! 쩌저정!

"이놈! 그 아이를 내놓아라!"

"흥! 누구도 나에게서 백미를 뺏어갈 수 없어!"

백미? 대체 누구를 백미라고 한단 말인가?

'설마 령매를?

좌소천은 그제야 이상한 느낌이 들었다.

백의청년은 누가 봐도 감탄할 정도로 멋지게 생긴 자였다. 그런 자의 두 눈이 광기로 번들거린다.

'저자는 제정신이 아니다! 령매가 위험해!'

미쳤다는 것은 언제든 소영령을 인질로 삼고 해칠 수 있는 자라는 말이다.

좌소천은 무진도를 늘어뜨리고 조심스럽게 접근했다.

접전은 어느새 오륙 초를 흐르고 있었다.

노은은 소영령으로 인해 제대로 공격을 못하고 있었다.

큰 차이가 나지 않는 무위에 공격조차 마음대로 못하니 밀릴 수밖에 없는 상황이다.

좌소천은 옆으로 돌아가며 몸을 낮추었다.

힐끔거리며 바라보는 눈길이 느껴진다. 그것만으로도 노은의 불리함이 상쇄되고 있는 터.

좌소천은 서둘지 않고 끈기있게 기회를 엿보았다.

어차피 백의청년은 더 도망갈 수가 없었다. 그의 십여 장 뒤쪽은 언뜻 봐도 하늘도끼에 쩍 갈라진 듯 보이는 협곡이었다. 자신과는 이십 장의 거리인데도 불어오는 바람이 거세게 느껴질 정도다.

상대는 미친 자.

도망갈 수 없다는 것을 알게 되면 무슨 짓을 벌일지 아무도 모르는 일.

좌소천은 천천히 그의 뒤쪽을 막아섰다.

그러던 어느 순간이었다.

노은의 장력에 밀린 백의청년이 비틀거리며 두 걸음을 물러선다.

찰나였다.

쉬이익!

좌소천이 튕겨 나가며 순우무궁의 옆구리를 향해 도를 휘둘렀다.

상대가 당황한 표정으로 부채를 흔든다.

좌소천은 찰나간에 네 번의 칼질로 부채를 걷어냈다.

떠더더덩!

일수유의 순간에 네 번의 칼질이 부채를 후려쳤다.

처음과 같은 충격은 전해지지 않는다. 그만큼 상대의 공력이 많이 소모되었다는 뜻.

자신 역시 적지 않은 충격을 받았지만 아직은 견딜 만하다.

좌소천은 자신감을 가지고 상대의 오른쪽을 집중적으로 공격했다.

한데 그 순간, 순우무궁이 갑자기 협곡 쪽으로 달려갔다.

노은이 대경해 소리쳤다.

"멈춰라, 이놈!"

좌소천도 이를 악물고 몸을 날렸다.

그때 협곡 앞에 선 순우무궁이 휙 몸을 돌렸다.

그의 입가로 하얀 웃음이 번졌다.

"후후후후, 백미는 내 것이다. 누구도 뺏어가지 못한다! 선우궁현이 와도 절대 뺏어가지 못해! 뺏길 바에는 차라리 버릴 것이야!"

"멈춰!!"

좌소천은 머리가 하얗게 비는 충격에 혼신의 힘을 다해 소리쳤다.

놈이 팔을 뻗고 있다.

놈의 손끝에 소영령이 매달려 있다.

천 길 낭떠러지를 향한 채.

멍하니 허공을 바라보며.

한데 놈의 손이 천천히 풀린다.

"안 돼!!"

좌소천은 비명처럼 소리를 지르며 순우무궁의 향해 몸을 날렸다.

"위험하네! 돌아오게!"

노은이 대경하며 소리쳤다.

그는 협곡, 한탄곡에 대해 알고 있었다. 한탄곡은 깊기도 한 곳이지만 바람이 워낙 거센 곳이다. 신법이 절정에 달한 자신도 뛰어내리면 제대로 내려갈 수 있을지 자신할 수 없는 곳이다.

"한탄곡에 떨어지면 죽어! 돌아오라니까!!"

하지만 좌소천의 귀에는 아무 소리도 들리지 않았다.

그의 모든 신경은 순우무궁의 손끝에 집중되어 있었다.

"놓으면 안 돼! 놓지 마!!"

그가 소리친 순간이었다.

"크하하하하! 백미는 내 것이야! 그러니 버리는 것도 내가 버리겠다!"

순우무궁이 미친 듯 광소를 터뜨리며 소영령을 잡은 손을 벌렸다.

동시에 허공으로 몸을 뽑아 올리며 숲 쪽을 향해 방향을 틀었다.

"령매!!"

"이보게!!"

좌소천이 참담한 표정으로 외치며 미친 듯이 달려가고, 노은은 그런 좌소천을 향해 몸을 날렸다.

"멈추라니까!"

하지만 좌소천은 달리던 몸을 멈추지 않았다.

하얀 옷자락을 나풀거리며 떨어지고 있는 소영령이다.

그걸 보고 어찌 멈춘단 말인가!

"령매! 내가 간다! 정신 차리고 나를 봐!"

좌소천은 오히려 절벽을 힘껏 박차고 아래쪽을 향해 몸을 날렸다.

까마득한 아래쪽에 구렁이가 기어가는 것처럼 협곡의 물길이 보인다.

그러나 절벽의 높이는 적어도 백 장. 물이 아무리 깊어도 그 충격에 전신 혈맥이 터져 죽을 것이다.

그렇게 놔둘 수는 없었다.

어떻게든 방법을 찾아야 했다.

순식간에 오십여 장 아래로 떨어져 내린 좌소천은 손을 뻗어 소영령의 옷자락을 잡아챘다. 그사이에도 떨어지는 속도는 더욱 빨라지고 있었다.

이를 악문 좌소천은 완만하게 휘어진 절벽이 가까워지자 우수에 들린 무진도로 절벽을 찍었다.

콱! 드드드드득!

두 치가량 파고든 무진도가 절벽을 그으며 미끄러졌다.

공력을 모조리 끌어올렸는데도 손아귀가 찢어질 듯한 충격에 이가 절로 악다물어졌다.

그러나 그 덕분에 속도가 반은 줄어들었다.

좌소천은 금환비영을 펼쳐 몸을 최대한 가볍게 했다. 소영령이 들려 있는데도 속도가 조금 더 줄어든 것처럼 느껴졌다.

하지만 그때뿐. 십여 장을 내려가기도 전에 속도가 다시 빨라지기 시작했다.

다른 무공에 중점을 두느라 신법을 도외시한 것이 뼈에 사무치게 후회되는 순간이었다.

그렇다고 후회만 하고 있을 수는 없는 일. 좌소천은 다시 한 번 절벽에 도를 박아 넣고 미끄러졌다.

콱! 드드드드!

찢어진 손아귀에서 핏물이 흘러내려 팔뚝을 적신다.

무진도를 움켜쥔 손아귀에서 점점 힘이 빠진다.

바로 그때였다. 이십여 장 아래쪽, 우측으로 꺾어진 곳에 단애에서 튀어나온 곳이 보였다.

"영령아! 어떻게든 너만은 내가 구해줄 것이다!"

이를 악문 좌소천은 절벽을 발로 차고 방향을 틀었다.

'조금만 더!'

소영령을 안아 든 좌소천의 신형이 단애에서 툭 튀어나온 곳으로 날아갔다.

한데 바로 그 순간!

휘이이잉!

거센 돌개바람이 불더니 그의 몸을 밀어냈다.

'이, 이런! 안 돼!'

그대로만 날아가면 그곳에 도착할 수 있을 듯했다.

손아귀가 완전히 뜯겨져 나가도 다시 한 번 도로 절벽을 찍으면 속도도 줄일 수 있을 터이다.

그러고 나서 몸을 다스린 후 내려갈 방법을 찾으면 될 거라 생각했다.

하지만 돌개바람에 밀려서 이대로 내려가면 이 장 정도 못 미처 지나치게 될 것처럼 보인다.

생각하는 사이 목표 지점과의 거리가 코앞이 되었다.

좌소천은 망설이지 않고 또다시 완만하게 튀어나온 절벽이 가까워지자 무진도를 힘껏 꽂았다.

찰나 무진도가 한 치가량 파고들며 속도가 멈칫했다.

"하앗!"

좌소천은 좌수로 안고 있던 소영령을 목적했던 곳을 향해 힘껏 내던지고는, 손아귀에서 빠져나가는 무진도를 재빨리 왼손으로 움켜쥐었다.

동시에 그의 몸이 빠르게 떨어져 내렸다.

털썩!

얼핏 소영령의 몸이 단애에서 툭 튀어나온 곳에 떨어지는 것이 보였다.

이제 바닥까지 남은 거리는 이십여 장 남짓.

격랑 치는 계곡물의 용 울음소리 같은 울림이 들려온다.

'하늘이여! 백부님! 부디 누군가가 영령이를 발견할 수 있도록 도와주소서!'

좌소천은 마지막 염원을 하늘에 빌고는, 아래쪽을 향해 몸을 돌린 채 팔다리를 넓게 펼쳤다.

몸을 펼치자 미약하나마 속도가 조금 줄어든 듯 느껴진다.

하나 그 정도로는 물에 떨어지는 충격을 완전히 완화시킬 수 없다. 게다가 물이 얼마나 깊은지도 모르는 상황.

그는 혼신을 다해 금라천황공을 끌어올리고, 계곡물에 부딪치기 직전 몸을 말았다.

콰아앙!

찰나, 굉음이 온몸으로 울렸다.

그와 동시, 거대한 충격에 정신이 아득해졌다.

한편, 골짜기에서의 싸움은 막바지를 치닫고 있었다.

천외천가의 사람 중 싸우고 있는 사람은 교초온과 도지강, 천귀단의 무사 둘이 전부다.

칠팔 명은 죽었는지 움직임이 없다. 부상이 심한 손자기와 서너 명의 무사만이 자포자기한 표정으로 한쪽에 앉아 있을 뿐이다.

반면에 추격대도 서너 명이 목숨을 잃었다. 부상이 심한 대여섯 명은 전권에서 멀리 떨어져 있다.

거친 숨소리, 병장기가 부딪치는 소리.

십여 명만이 눈을 부릅뜬 채 서로의 가슴에 칼을 거누고 있다.

노은은 숲을 헤치고 나오자마자 주위를 둘러보았다.

백의청년은 보이지 않았다. 제정신이 아닌 듯싶더니 혼자서 그대로 도망친 듯했다.

'빌어먹을 새끼!'

그때 구포봉이 그를 발견하고 다급히 다가왔다.

"노 대협, 어떻게 되었습니까?"

"그게……."

입술을 지그시 깨문 노은이 간략하게 상황을 전달했다.

"뭐라고요?!"

"한탄곡의 물이 깊긴 하네만, 급류가 워낙 거세서 휘말리면 짐승조차 갈가리 찢기고 만다네. 하아, 그것참."

노은의 탄식에 구포봉은 아연한 표정으로 숲 너머를 바라보왔다.

그들이 나타난 것은 바로 그때였다.

"모두 멈춰라!"

외침이 골짜기를 울리는가 싶더니 동쪽 골짜기 입구로부터 수십 명의 무사들이 쏟아져 들어왔다.

그들의 갑작스런 출현은 싸움을 멈추게 하기에 충분했다.

천외천가의 무사들과 추격대는 서로를 밀치고 거리를 벌렸다. 들어온 자들이 적인지 아군인지 모르는 상황. 신경 쓰지 않을 수가 없었다.

구포봉은 넋을 잃고 숲 너머를 바라보다 그들의 출현에 정신을 차렸다.

'제천신궁의 무사들이 아닌가?'

그들은 순식간에 싸움터로 다가왔다.

모두 오십 명 정도로 보였다.

그들 중 한 사람이 앞으로 나오더니 피로 얼룩진 장내를 쓸어보았다.

"본인은 제천신궁 제천단의 부단주 육천수라 하오! 천외천가의 사람이 아닌 분들은 옆으로 비키도록 하시오!"

추격대의 고수들이 서로를 바라보고는 하는 수 없다고 생각했는지 한쪽으로 비켜섰다.

"제천신궁에서 무슨 일로 온 것이오?"

위청현이 대표로 나서서 육천수에게 물었다.

육천수가 부리부리한 눈으로 사방을 쓸어보며 입을 열었다.

"궁주님의 죽마고우이신 선우 대협께서 천외천가의 악적들에게 살해당했다는 보고가 올라왔소! 대노한 궁주님께선 천외천가 악적들을 모조리 잡아오라 하셨소이다! 반항하는 자는 이 자리에서 참수할 터! 순순히 우리를 따라 제천신궁으로 가야 할 것이외다!"

교초온과 도지강 등은 망연한 표정으로 제천단의 무사들을 둘러보았다. 설마하니 제천신궁에서조차 자신들을 잡으러 나올 것이라고는 생각도 못한 것이다.

'왠지 불길한 생각이 든다 했더니!'

혁련무천과 선우궁현이 친하다는 걸 몰랐던 것은 아니다. 그러나 설마하니 죽마고우였을 줄이야.

그 한 사람을 위해 천외천가를 적으로 삼으려 하다니!

교초온으로선 이번 일을 진행한 순우무궁이 원망스러웠지만, 보이지 않는 그를 원망만 하고 있을 수도 없었다.

그는 일단 천외천가의 이름으로 버텨봤다.

"나름대로 사정이 있어 그리된 일, 아무리 제천신궁이라 해도 천외천가의 일에 너무 과한 참견이 아닌가?"

하지만 그의 말은 씨알도 먹히지 않았다.

"흥! 궁주님께선 이번 일에 대해 그대의 가주에게도 책임을 묻겠다고 하셨소! 대항한다면 머리만 따로 떼어갈 것이니 그리 알고 순순히 따르시오!"

단호한 육천수의 말에 교초온의 눈이 질끈 감겼다.

천외천가의 이름도 먹히지 않는다면 더 이상 비빌 언덕이 없다. 그나마 순순히 따라가는 길만이 목숨을 보장받을 수 있을 뿐이다.

혁련무천이 아무리 분노했다 해도, 천외천가의 장로를 무조건 죽이지는 않을 테니까. 죽이려 했다면 굳이 데려가지 않고 이 자리에서 죽였을 것이 아닌가.

한데 그때였다.

구포봉이 육천수에게 사정하듯이 말했다.

"육 부단주, 저자들도 저자들이지만, 선우 대협의 두 제자가 한탄곡에 떨어졌소이다. 그들을 찾아봐야 하지 않겠소이까?"

그제야 육천수가 대경해 소리쳤다.

"뭐요?! 선우 대협의 제자가 어디로 떨어졌단 말이오?!"

그에게는 천외천가의 사람들을 잡아가는 것 말고도 또 하나의 임무가 있었다. 한데 구포봉의 말대로라면 그 임무를 제대로 수행할 수 없다는 말이 아닌가.

"노 대협의 말씀으로는 저 뒤쪽에 거대한 협곡이 있는데, 한탄곡이라는 곳이외다. 그곳에 떨어졌다 하오."

노은이 나서서 구포봉의 말을 보충했다.

"나는 노은이라 하오. 적들 중 백의를 입은 청년이 하나 있었는데, 그자가 선우 대협의 제자를 협곡에……. 거의 끝까지 떨어지는 것을 보았소만, 그 후로는 돌개바람으로 인해 절벽 안쪽으로 꺾어지는 바람에 보이지가……. 협곡 아래는 거센 급류가 흘러서 사람이 떨어지면 곧장 물속으로 빠질 수밖에 없는데, 그곳은 물살이 거세서 벌써 십 리는 떠내려갔을 것이오."

노은이 다시 상황을 설명하자 육천수가 다급히 서둘러 명령을 내렸다.

"이십 명은 천외천가의 사람들을 제압한 후 궁으로 돌아가고, 나머지는 즉시 협곡의 아래쪽을 조사한다!"

"우리도 함께 조사하겠네."

위청현이 나섰다.

어차피 상황은 끝난 터였다. 자신들이 거의 다 처리한 것을 제천신궁이 나타나 가로채는 것이 불만이었지만, 어차피 자신들의 목적은 선우궁현의 복수를 하고 그의 제자를 구하는 것이었다.

육천수도 그 상황을 익히 짐작하기에 마다하지 않았다.

"그리해 주시겠소? 노 대협, 협곡에 대해 잘 아신다면 앞장서 주시오."

"알겠소."

2

노도인은 한탄곡 저 너머에서 들려오는 격전음에 혀를 찼다.

부운처럼 세상을 떠돌다 삼십 년 만에 사문으로 돌아가는 길이었다.

이제 하루만 가면 무당이거늘, 무당이 지척인 곳에서 싸우는 소리가 들리다니…….

"쯔쯔쯔, 왜 그리 어렵게 사누."

무기가 부딪치는 소리. 비명과 신음이 협곡의 윙윙거리는 울음소리와 섞여 들려온다.

십여 걸음 옮기는 사이에도 한두 명은 죽은 듯하다.

누가 옳고 그른지는 중요하지 않았다.

그에게는 그들의 다툼이 그저 어리석기만 했다.

나이 칠십이 막 넘은 삼십 년 전만 해도 그 역시 크고 작은 일에 끼어들어 피 보기를 서슴지 않았다. 그것만이 정의를 지키고 마를 제거하는 것이라 생각했으니까.

한데 그렇게 철저하던 그의 신념이 한 사람을 만나면서 허물어졌다.

그의 이름의 악붕.

그는 마인 중에서도 천하제일을 다투던 마인이었다. 섬서의 강호인들은 악붕을 천악신마(天惡神魔)라 부르며 두려워했다.

당연히 그는 악붕을 만나면 죽일 거라 작정했다.

실력이 안 된다면 목숨을 바쳐서라도.

악붕을 죽이면 만인을 구할 수 있거늘 무엇을 망설인단 말인가!

한데 어느 날, 청성으로 가기 위해 촉산을 지나던 중 우연히 악붕을 만났다.

악붕은 당시 한 여인을 옆구리에 낀 채 계곡 깊숙한 곳의 모옥으로 향하고 있었다. 부상을 입었는지 온몸이 만신창이가 된 상태로.

그는 기회라 생각하고 악붕을 몰아붙였다. 옆구리의 여인은 악붕이 겁탈하기 위해 잡아가는 여인이라 생각했다.

단 십 초.

혼신을 다한 그의 검은 결국 악붕의 심장을 부수고 깊숙이 박혔다.

그는 악붕의 심장에 박힌 검을 빼내며 원시천존을 외쳤다.

"원시천존! 악인이여, 지옥에 가서 스스로의 죄를 참회하라!"

그때 죽어가던 악붕이 처절한 목소리로 말했다.

"영허 늙은이야! 뭐가 선이고 도란 말이냐! 너로 인해 내 딸이 죽게 될지도 모르니 너 역시 반드시 지옥에 들 거다!"

뜻밖의 반응에 그는 의아하지 않을 수 없었다.

지옥에 드는 것은 무섭지 않았다. 하지만 악붕이 한 말뜻은 알아야 했다.

그는 여인을 깨워 자초지종을 물었다.

여인은 피눈물을 흘리며 통곡하더니 그를 향해 악다구니를 쓰고는 스스로 절벽 아래를 향해 몸을 던졌다.

"원수! 귀신이 되어서라도 내 기필코 아버지의 원한을 갚을 것이다!"

악붕과의 격전으로 내상을 입은 그는 천장절벽으로 떨어지는 그녀를 구하지 못한 채 멍하니 바라보기만 했다.

너무나 어이가 없던 그는 그 자리에서 어둠이 몰려올 때까지 움직이지를 못했다.

어둠이 몰려오자 그는 일단 악붕의 거처로 들어갔다. 그러다 뒤늦게 떠오른 생각에 악붕의 거처를 살펴보았다. 뭔가 피치 못할 사연이 있다면 누구에겐가 전하기 위해서라도 그 사연을 적어놓았을지 모른다 생각한 것이다.

그는 그곳을 샅샅이 뒤진 끝에 방바닥 밑에 만들어진 구멍 속에서 두 권의 책을 찾아냈다.

하지만 그는 책을 다 읽기도 전에 방을 박차고 나올 수밖에 없었다.

책에 적힌 게 사실이라면 자신이 씻을 수 없는 죄를 지었다.

그는 절벽 아래를 뒤져 악붕의 딸을 찾아보았다. 하지만 어디서도 그녀의 모습은 보이지 않았다.

그는 하는 수 없이 사실을 확인하기 위해 청성으로 가려던 길을 돌려 섬서로 달려갔다.

그렇게 석 달.

천악신마 악붕에 대해 자세히 알고 난 그는 그 자리에 주저앉고 말았다.

악붕은 결코 세상에 알려진 것만큼 악행을 저지른 것이 아니었다. 악붕이 비록 이백 명에 달하는 사람을 처참하게 죽이기는 했지만, 그것은 혈겁을 당한 자신의 가족 백여 명의 죽음에 대한 응징이었을 뿐이다.

오히려 적들이 악붕을 대악인으로 소문내고, 사람들로 하여금 악붕을 돕지 못하게 했다. 그런 한편 악붕을 끊임없이 추적해서 죽이려 했다.

그에게 죽은 그날, 악붕은 인질로 잡혀 있던 딸을 적들로부터 구해 심산에 있는 자신의 거처로 향하는 중이었다. 악붕의 딸은 다리가 불구여서 잘 걷지를 못했는데, 그와 만났을 때 악붕은 불구인 딸을 안고 적들과 싸우느라 몸이 만신창이가 된 상태였다.

한데 그는 그런 악붕을 죽이고 너무나 기뻐서 원시천존을 찾았던 것이다.

정의를 위한다는 명목으로.

자세한 사정은 아예 알아볼 생각도 않고.

마치 자신이 모든 것을 다 알고 있는 것처럼.

이후 그는 무당으로 돌아가지 않았다. 아니, 스스로가 부끄러워 돌아갈 수가 없었다.

"검성? 으하하하하! 그따위 것은 지나가던 개에게나 줘버리려무나!"

결국 그는 악붕의 묘 앞에서 삼 년간 악붕의 극락정토행을 빌고 그곳을 떠났다.

그게 벌써 삼십 년 전의 일이었다.

지난 삼십 년을 세외(世外)로 떠돌아다니며 홀로 수행한 그로선 모든 싸움이 허무하기만 했다. 결국은 욕망에서 일어난 싸움일 터다. 그로 인해 누군가는 피해를 볼 것이고, 슬픔을 느낄 것이 아닌가.

애초에 하지 않으면 될 일을 왜 해서 저리 아귀다툼을 벌인단 말인가.

하지만 노도인 영허는 곧 고개를 저었다.

"나 자신도 아직 다스리지 못하면서 어찌 저들만 탓하랴."

한데 바로 그때였다.

저만치 위쪽, 협곡의 꼭대기에서 비감에 찬 외침이 들려왔다.

그때만 해도 영허 진인은 별다른 신경을 쓰지 않았다. 이백여 장이라는 거리도 거리거니와 아귀다툼을 벌이는 자들의 외침을 일일이 신경 쓸 이유가 없었다.

그들의 일은 그들이 알아서 할 일. 자신이 나서서 뭘 어쩐단 말인가.

하지만 그렇게 구름을 걷듯이 걸어가던 영허 진인의 눈에 이상한 광경이 들어왔다. 외침이 일었던 곳에서 뭔가가 떨어지는 것이 보인 것이다.

영허 진인은 침침한 눈에 기운을 돋우고 떨어지는 것을 보았다.

순간 그의 노안이 한껏 커졌다.

사람이었다. 그것도 하나가 아닌 둘.

한데 이상한 것은 나중의 하나는 스스로가 뛰어들었다는 것이다.

빠르게 떨어지던 두 사람이 하나로 엉키고, 나중에 떨어진 사람이 칼을 절벽에 박으며 속도를 늦추는 장면이 하나하나 느릿하니 보였다.

하지만 실제로는 엄청난 속도였다.

칼로 절벽을 찍은 덕분에 잠깐씩 속도가 늦춰지고는 있지만, 그 정도로는 수십 장을 떨어지며 가중된 무게를 이길 수 없을 터였다.

"저, 저런!"

영허 진인은 자세한 상황을 알기 위해 급히 한탄곡 쪽으로 걸음을 옮겼다. 그러나 그가 한탄곡에 가까이 다가갔을 때는 이미 두 사람의 모습이 계곡 저 아래로 사라진 뒤였다.

그곳까지는 이백여 장의 거리. 가봐야 이미 늦은 상황이었다.

영허 진인은 급히 아래쪽으로 발을 떼었다.

구름 위를 걷는 듯싶던 발걸음이 바람처럼 흘렀다.

그러던 어느 순간이었다. 영허 진인이 마치 허공을 밟듯 나아가며 협곡 아래로 내려갔다.

전설의 능공허도가 자연스럽게 그의 몸에서 펼쳐진 것이다.

떨어지는 두 사람의 모습을 발견한 것은 영허 진인만이 아니었다.

오백여 장 위쪽에 앉아 있던 허리가 굽은 노파도 그 모습을 보고 주름진 눈을 치켜떴다.

노파는 원래 누군가를 기다리는 중이었다.

한데 오십여 평의 암반 위에 홀로 솟은 소나무 아래서 그를 기다린 지 이틀. 오라는 사람은 오지 않고 누군가가 건너편 저 아래쪽에서 싸움이 벌어지는 것 같아 기분이 언짢기만 했다.

처음에는 협곡을 넘어가 그들을 모조리 죽여 버릴까도 생각했다. 그러나 그사이에 기다리던 사람이 지나갈까 봐 그럴 수도 없었다.

노파가 그렇게 짜증을 내며 속으로 화를 삭이고 있을 때였다.

저 멀리 아래쪽 협곡 위에 몇 사람이 나타나더니, 그들 중 백의를 입은 놈이 싸움이 벌어진 지 얼마 되지 않아 손에 들었던 사람을 협곡에다 떨어뜨리는 것이 아닌가.

"저런! 나쁜 놈!"

노파는 그걸 보면서도 욕만 하고 말았다.

한데 곧바로 한 사람이 떨어지는 곳을 향해 몸을 날린다.

언뜻 들리는 목소리로는 이름을 부른 듯했다.

'응? 령매?'

처음에 떨어진 사람이 여인이라는 말이다. 백의를 입은 놈이 여인을 협곡에 고의로 떨어뜨렸다는 뜻이다.

그녀의 눈에서 새파란 광채가 번뜩였다.

"찢어죽일 놈!"

그녀는 급히 협곡 쪽으로 다가가서 아래를 내려다봤다.

까마득한 저 아래쪽에 두 사람이 엉킨 채 떨어지는 것이 보였다.

그러던 어느 순간, 칼로 절벽을 찍으며 필사적으로 속도를 늦추던 자가 여인을 옆으로 던진다.

노파는 흠칫하며 손에 쥔 지팡이를 움켜쥐었다.

동시에 던져진 여인이 단애에서 튀어나온 곳에 떨어지는 게 보였다.

"휴우!"

노파는 자신도 모르게 안도의 숨을 내쉬었다.

그사이, 여인을 그곳에 던진 자는 찰나간에 협곡의 물속으로 떨어져 사라져 버렸다.

"그놈, 멍청하긴 하지만… 그래도 대단한 놈이군."

노파는 진정 감탄하지 않을 수 없었다.

누가 있어 저런 용기를 보일 수 있단 말인가.

사랑하는 여인을 위해 목숨을 던질 자가 몇이나 될 것인가!

그때 협곡 위에서 누군가 절박하게 외치는 소리가 들렸다. 하지만 그것도 잠시뿐, 협곡 위에 있던 자가 몸을 날려 사라지는 게 눈에 들어왔다.

노파는 잠시 망설였다.

이곳을 떠나면 지난 삼십 년을 기다려 온 원수를 못 만나게 될지도 몰랐다. 이번에 만나지 못하면 언제 기회가 있을지 모르는 일.

한데 이상했다.

협곡 아래쪽에 있는 여아에게서 눈을 뗄 수가 없다. 이를 악물고 몸을 돌리려 해도 그럴 수가 없다.

마치 삼십 년 전의 자신을 보는 것만 같은 것이다.

'그래, 이것도 인연이라면…….'

노파는 근 일각 만에야 고개를 저으며 걸음을 옮겼다.

절뚝이며 지팡이에 의지한 채 걷는데도 노파의 몸은 순식간에 서 있던 곳에서 사라졌다.

그리고 잠시 후, 계곡 아래로 내려간 노파의 입에서 감격에 찬 탄성이 터져 나왔다.

"오오오! 하늘이시여! 마침내 보내주셨군요!"

*   *   *

한편, 마음이 다급한 구포봉은 사람들과 함께 협곡을 따라 내려갔다.

협곡은 오십 리를 흘러 한수로 흘러들었다. 부상자는 남장으로 보내고, 사십여 명이 한수에서부터 협곡 쪽으로 거슬러 오르며 훑었다. 그러나 어디에서고 두 사람은 발견되지 않았다.

그렇게 사흘. 마침내 제천신궁의 무사들은 수색을 포기하고 신양으로 발길을 돌렸다.

결국 구포봉과 추격대 중 몸이 성한 사람만이 남아 이들을 더 찾아보았다.

그러나 좌소천과 소영령의 작은 흔적조차 발견되지 않았다.

심지어 근처 사람들에게 물어 시신을 발견한 자가 있는지 알아보기까지 했는데도, 두 사람은 머리카락 하나 보이지 않고 완벽히 사라져 버렸다.

구포봉은 참담한 심정으로 발길을 돌려야만 했다.

"내 오늘의 일을 절대 잊지 않을 것이다!"

第二章

이제 시작일 뿐이다

절대천왕 絶對天王

1

송곳으로 온몸을 후빈다면 이러한 고통일까?

톱날로 몸을 긁는 고통이 이만 할까?

아득한 정신조차 고통을 이기지 못하고 자꾸만 깨어나려고 한다. 차라리 이대로 정신을 놓으면 고통이라도 덜 느낄 텐데.

―바보 같은 놈! 그따위 나약한 정신으로 뭘 하겠다는 것이냐!

―네놈은 어머니와 백부의 복수를 포기할 생각이란 말이냐!

'아냐! 아냐!! 나는 포기하지 않아! 절대 포기하지 않아!'

―그럼 뭐 하느냐! 정신을 차리고 몸을 다스릴 생각은 하지 않고!

'일어설 거야! 일어서서 복수를 할 거야!'

부들부들 몸이 떨린다.

떨리는 만큼 고통이 발끝에서 머리끝까지 치달린다.

"으으으으……"

문득 아스라한 저편에서 누군가의 목소리가 들린다.

"흘흘, 이제 깨어나나 보군."

하지만 그도 잠시, 머릿속이 하얗게 변하더니 모든 의식이 끊어졌다.

누가 자신의 몸을 만지고 있다.

누굴까? 여기는 어딜까?

내가 살아 있기는 한 건가?

령매를 따라 절벽에서 몸을 날렸다. 가까스로 속도를 낮추고 령매를 단애의 한곳에 던졌다.

툭 튀어나온 곳에 안착된 그녀가 얼핏 보였다.

그리고 이어진 충격!

'그래, 곧바로 물에 빠졌지.'

그때다. 얼굴이 화끈거리고 가슴이 찢어질 것처럼 아파온다.

어떻게 된 걸까? 얼마나 다친 걸까?

"허어, 나이도 어리거늘 생각보다 단단한 놈이로고. 한데 이런 껍질을 왜 쓰고 있었을꼬?"

언젠가 들어본 목소리 같다.

누군데 자신이 아는 것처럼 느껴지는 걸까. 이 목소리의 주인이 자신을 구한 사람인가?

"정신이 들거든 천천히 눈을 떠보아라."

눈을 뜨기 전에 눈물부터 나왔다.

살아 있다. 자신이 살아 있다!

그 사실에 주체할 수 없이 몸이 떨리고 눈물이 나왔다.

다행히 목소리의 주인은 서두르지 않고 좌소천이 진정될 때까지 기다려 주었다.

그렇게 얼마나 지났을까. 좌소천이 천천히 눈을 떴다.

희미한 빛이 스며들더니 곧 모든 것이 보이기 시작했다.

처음에 보인 것은 기다란 대들보였다. 그리고 곧 한 사람의 얼굴이 보였다.

얼마나 늙었는지 셀 수 없이 많은 주름으로 얼굴이 가득 뒤덮인 노인이었다.

"내가 보이느냐?"

"으으……."

'예'라고 대답하고 싶었다. 하지만 흘러나온 목소리는 신음에 가까웠다.

"너무 무리하지 마라. 아직은 몸을 안정시켜야 할 때니까."

대체 얼마나 지난 걸까? 소영령은 괜찮을까?

그때 노인이 좌소천의 마음을 알았는지 차분한 목소리로 입을 열었다.

"궁금한 게 많을 것이다. 그래도 조금만 참아라. 우선 한 가지만 말해주자면, 네가 이곳에 온 지 열흘이 지났다는 것이다."

'열흘……?'

"노도(老道)도 너에 대해 궁금한 것이 많단다. 하지만 그것 역시 나중에 물으마. 그럼 조금 더 쉬어라."

좌소천이 억지로나마 앉을 수 있을 만큼 몸이 나아진 것은 사흘이 지나서였다.

예상보다 빠른 회복에 노도인 영허 진인은 빙그레 웃음을 지었다.

좌소천은 몸을 일으키자 운기를 해봤다.

하지만 일각도 되지 않아 식은땀에 젖은 채 운기를 포기해야만 했다.

방으로 들어서던 영허 진인이 조용히 웃으며 고개를 저었다.

"아직은 무리다. 신(身)이 엉망인데 정(精)과 기(氣)가 제대로 움직이겠느냐?"

옳은 말이었다. 내공을 담을 그릇에 금이 갔는데 그 안에 억지로 뭘 담으려 해봐야 금만 더 갈 뿐이다.

좌소천이 다시 몸을 눕히자 영허 진인이 그의 맥문을 잡았다.

"그래, 몸은 좀 어떠냐?"

"감사합니다."

좌소천이 뒤늦은 감사를 표했다. 비록 한마디에 불과했지만, 지금으로써는 그 말조차 힘들었다.

"감사해할 것 없다. 네가 살 운명이기에 살아난 것이니까."

"여기는… 어디……?"

"무당산의 구석진 곳이다. 흘흘흘. 녀석, 입이 열리니 궁금한 것도 많구나."

영허 진인은 실실 웃으며 가볍게 손을 저었다.

"더 누워 있어라. 겨우 맞춰놓은 뼈, 어긋나면 이 늙은이만 고생이다."

열흘이 되어서야 몸을 일으켰다.

걷는 것이 힘들었지만 좌소천은 부들부들 떨면서 걸음을 옮겼다.

근 일각을 걸어서야 열 걸음을 옮긴 좌소천은 방문을 앞으로 밀었다.

문이 열리자 싸늘한 겨울바람이 와락 가슴에 안겼다.

"아!"

절로 탄성이 터졌다.

온 세상이 하얗게 물들어 있다. 끝도 보이지 않는 저 멀리까지 온통 백색 천지였다.

순간 머릿속이 찡하니 울리며 어지럼증이 느껴졌다.

하지만 이를 악물고 버티어냈다.

"그 녀석, 이제 조금 나아졌다고 너무 무리를 하는구나."

좌소천의 얼굴에 씁쓸한 표정이 떠올랐다.

이미 얼굴에 딱 붙어 있던 인피면구는 노도인이 떼어낸 후였다.

얼굴에는 제법 많은 상처가 있었는데, 인피면구 덕분에 얼굴의 상처가 그리 깊지는 않았다.

행여나 좌소천이 걱정할까 싶었는지 노도인은 너무 걱정하지 말라고 했다. 딱지가 떨어지고 나면 그리 큰 흉터는 남지 않을 것이라며.

그러나 좌소천은 얼굴의 상처를 걱정할 마음의 여유도 없었다.

살아 있다는 것. 지금은 그것이 무엇보다 중요했으니까.

"세상을 보고 싶어 참을 수가 없었습니다."

"흘흘흘. 매일 보던 세상, 며칠 안 봤다고 해서 달라질 게 뭐 있겠느냐?"

"그래도 하얗게 변했지 않습니까?"

"그래 봐야 겉만 변한 거지. 눈이 녹으면 다시 봄이 오고, 여름이 오고, 가을이 오고, 그러면 또 그때마다 다른 옷을 입을 것이고 말이야. 결국 본질은 하나인데 사람들은 본질을 보려하지 않고 겉만 봐서 탈이란다. 쯔쯔쯔."

노도인이 뭐라 해도 좌소천은 그저 좋았다. 세상을 볼 수 있다는 것이 이렇게 좋을 줄은 꿈에도 몰랐다.

"들어가자. 네놈 멀쩡한 걸 보니 이제 이야기를 나눌 때가 된 것 같구나."

좌정하고 앉자마자 좌소천이 먼저 참고 참았던 질문을 던졌다.

"노도장님, 혹시 저 말고 다른 사람은 보지 못했습니까?"

"보지 못했다. 그러잖아도 너를 구한 후 혹시나 해서 너와 함께 떨어진 사람이 내려오나 살펴보았지. 한데 아무도 떠내려 오지 않더구나."

"령매는 제가 단애에서 튀어나온 곳으로 던졌사온데, 마지막으로 본 것이 령매가 무사히 그 위에 떨어지는 것이었습니다."

"그럼 더 이상하구나. 나중에 협곡을 따라 위로 올라가면서 네가 말한 툭 튀어나온 곳을 보긴 했다만, 내가 그곳에 갔을 때는 아무도 없었다."

어떻게 된 것일까? 설마 그곳에서 다시 떨어졌단 말인가?

아니다. 그렇다면 영허 진인께서 봤을 것이 아닌가.

그때였다. 영허 진인이 주름진 눈꺼풀을 들어 올리더니 뭔가가 생각난 듯 다시 입을 열었다.

"아! 거기에서 한 가지 이상한 자국을 보긴 했다."

"자국이요?"

"그래, 마치 지팡이로 쿡 찍은 것처럼 보이는 자국이었지. 자연적으로 생긴 것은 절대 아니었어. 깊이는 두 치쯤 되어 보였는데, 절정 이상의 무공을 익힌 자가 아니면 남기기 힘든 자국이었다."

그럼 령매 외에 누군가가 그곳에 내려왔다는 말?

좌소천의 눈에 희망의 빛이 떠올랐다.

"혹시 누군가가 령매를 구해갔을까요?"

"글쎄다. 정확히는 알 수가 없구나. 다만 노도의 생각으로는 고절한 무공을 익힌 누군가가 그 아이를 구해가지 않았나 싶구나. 내가 너를 구한 것처럼 말이다."

그렇다면 얼마나 좋을까.

아니, 꼭 그래야만 했다.

'령매, 부디 건강하게만 살아 있어라. 내 언제고 찾아갈 것이니……'

좌소천의 얼굴이 조금 밝아지자 영허 진인이 담담하게 물었다.

"이제 네 얘기 좀 해보아라. 왜 그리 무모하게 행동했던 것이더냐?"

"예, 노도장님."

좌소천은 비감에 젖은 표정으로 자신이 겪은 일을 간략하게 이야기했다.

어머니의 죽음, 백부의 죽음, 소영령의 납치, 그리고 절벽에서 떨어진 이유까지.

다만 제천신궁에서의 일 등, 소소한 것은 이야기하지 않았다.

좌소천의 말을 묵묵히 듣고 있던 영허 진인이 조용히 고개를 끄덕였다.

"나이도 어린 것이 참으로 많은 일을 겪었구나."

영허 진인은 그 말만 하고 조용히 입을 다물었다.

좌소천은 궁금한 것이 많았지만 바로 묻지 않았다.

그렇게 한참을 지났을 때다. 영허 진인이 갑자기 물었다.

"그래, 복수를 할 것이냐?"

좌소천이 한마디로 대답했다.

"예, 노도장님."

영허 진인은 그런 좌소천을 물끄러미 바라보고는 가볍게 한숨을 쉬었다.

"허어, 그게 너의 길인 것을 내가 어찌하랴. 내가 복수를 포기하라 한다고 해서 네가 포기할 것도 아니거늘."

"죄송합니다."

"미안해할 것 없다. 너를 구한 것도 인연, 네가 복수를 하는 것도 인연 때문인 것을. 하늘이 그리 돌고 있는데 내가 무슨 용빼는 재주가 있어서 하늘의 흐름을 거꾸로 돌릴 수 있겠느냐. 다만 바라는 게 있다면, 행함에 있어 항상 뒤를 한 번쯤은 돌아보았으면 싶구나."

"예, 그리하겠습니다."

영허 진인은 주름진 눈을 가늘게 뜨고는 고개를 숙인 좌소천을 응시했다.

이제 열여덟에서 열아홉이 된다 했다. 그런 나이에 스스로를 저토록 냉정하게 다스린다는 것이 어찌 가능할까 싶었다.

임독양맥이 뚫린 것이야 천고의 기연을 만나면 가능할 수도 있는 일이었다. 하지만 정신적인 성숙은 그와 또 다른 것이었다.

'하아, 너무 늦게 만났어.'

자신의 삶은 이제 일 년가량 남았다. 억지로 늦춘다면 일 년 정도는 더 늦출 수 있을지 몰랐다.

그동안 눈앞의 아이에게 어떤 변화를 줄 수 있을지는 그 자신도 무엇 하나 예상할 수 없었다.

'그래도 그냥 놔두는 것보다는 낫겠지.'

영허 진인은 노구를 일으켜 구석으로 가더니 천으로 감싸진 것을 내왔다.

좌소천은 내용물을 보지 않고도 그것이 무엇인지 알 수 있었다.

"네가 찢어진 손으로 어찌나 세게 쥐었는지 그 물살 속에서도 놓치지 않았더구나."

정말 인연은 인연인가 보다. 놓쳤을 것이라 생각했는데 그 상황에서도 놓치지 않았다니.

그때 영허 진인이 노인답지 않게 고운 손으로 천을 젖혔다. 그러자 무진도와 함께 시커먼 묵령기환보가 보였다.

"그런데 이건 뭔지 모르겠구나. 곤 같기도 하고……. 왠지 영기가 느껴지는 물건인데, 이것도 무기더냐?"

좌소천은 떨리는 손으로 묵령기환보를 받아 들었다.

어머니와 이어진 끈과도 같은 물건이었다. 아직 비밀은 풀지 못했지만 무엇보다 소중한 것이었다.

"저도 아직은 확실하게 모릅니다."

"어쨌든 도도 그렇고 그것도 그렇고, 예사 물건이 아니다. 나로선 특히 도에 날이 없다는 것이 마음에 드는구나."

'저도 그래서 그 도를 택했지요.'

무진도를 생각하자 마음이 조금씩 진정되었다.

그걸 느꼈는지 영허 진인이 조용히 자신의 생각을 꺼내었다.

"소천아, 네가 진정 나에게 은혜를 입었다 생각한다면 내 부탁 한 가지만 들어다오."

복수에 대해선 이미 끝난 이야기다. 그렇다면 다른 것일 터이다.

은(恩)과 원(怨)은 하나.

빚을 졌으면 갚아야 한다. 은혜는 갚지 않으면서 원한만 갚겠다고 날뛰는 것처럼 우스운 일이 어디 있단 말인가.

자신은 복수의 대상과 다르고 싶었다. 그래야 그들의 심장을 부수고 목을 자르는 데 조금도 거리낌이 없을 것 같았다.

좌소천은 이를 지그시 깨물고 허리를 숙였다.

"말씀하십시오, 노도장님."

"네 몸이 온전해지더라도 당분간은 이곳에서 나와 함께 지내자꾸나."

"노도장님……."

"어차피 이 늙은이의 삶은 이 년을 넘지 못한다. 그리 길지 않은 세월이지."

자신에겐 무공을 완성할 시간이 필요했다. 복수를 하기 위해선 힘이 있어야 하니까.

그걸 생각하면 이 년이라는 시간도 그리 길지 않았다.

말이 부탁이지 부탁이라 할 것도 없는 일. 좌소천은 순순히 대답하였다.

"그리하겠습니다."

그날부터 자소천은 하루의 반을 운기하는 데 소모했다.

하루하루 온몸이 찢어지는 고통과 싸우며!

운기를 할 때마다 혈맥이 찢어져 나가는 듯했다.

기운이 스치는 곳마다 거친 칼날이 긁어대는 것만 같았다.

'끄으으으!'

하지만 절대 멈추지 않았다. 충혈된 눈을 부릅뜨고 이를 부서져라 악문 채 쉬지 않고 금라천황공을 운기했다.

일 주천에 전신이 흠뻑 젖고, 이 주천에 온몸이 붉어져 금방이라도 땀구멍에서 피가 뿜어져 나올 것만 같은데도.

신(身)은 어느 정도 안정된 상태다. 영허 진인이 매일 밤 추궁과혈로 풀어준 덕분에 혈맥 역시 이제 기를 받아들이는 데 큰 무리가 없다. 다만 워낙 큰 내상이어서 그만큼의 고통이 따를 뿐.

하지만 시간은 멈추지 않고 마음의 한은 커져만 간다.

고통을 두려워해 운기를 게을리 할 수는 없는 일.

'하늘을 무너뜨리겠다는 나다! 이따위 고통에 질 수 없어!'

좌소천은 열두 번의 대주천이 끝날 때까지 쉬지 않고 진기를 휘돌렸다.

　그리고 결국 여섯 시진의 운기가 끝나자 그 자리에 스르르 무너져 내렸다.

　그런 좌소천의 입가에 떠오른 희미한 웃음.

　이제 시작이었다.

2

　무당칠검 중 다섯째인 현오자.

　이십 년 전, 그가 무당파의 살림을 도맡은 도재전의 전주로 임명되자, 많은 사람들이 그의 괄괄한 성격을 우려해 한목소리로 장문인의 결정을 말렸다.

　"절대 아니 됩니다, 장문 사형!"

　"현오 사제에게 맡기면 일 년도 안 되어 무당의 살림이 거덜 날 것입니다! 재고해 주시길!"

　"무당이 구대문파에서 가장 가난한 문파가 되길 바라시는 것은 아니시겠지요?!"

　"그러잖아도 한 해 한 해 재정 때문에 걱정이 많은데, 어쩌자고 그런 결정을 내리시는 것인지요?! 차라리 진무전을 맡기는 것이 어떻겠습니까?"

　사제들의 탄원에 장문인인 현고자가 물었다.

　"그의 방에 이십 년 전에 쓰던 도관이 아직도 남아 있더군.

혹시 도관을 오 년 이상 쓴 사제가 있는가? 아니면 도복을 삼년 이상 입는 사제가 있는가?'

아무도 없었다. 꿀 먹은 벙어리가 된 사제들을 향해 현고자가 말했다.

"다른 것은 몰라도, 현오 사제가 무당제일의 자린고비라는 것은 나도 알고 사제들도 아는 바가 아니던가? 그러니 잔말 말고 내 결정에 따르도록 하게."

그렇게 도재전의 전주가 된 지 이십 년. 현오자는 꼼꼼하게 살림을 꾸려 나갔다.

그는 한 되의 쌀도 이유없이 반출되지 못하게 철저히 관리했고, 한 필의 옷감이 쓰이면 반드시 기록하도록 제자들은 닦달했다.

물론 무력을 앞세워서.

당연히 장로들도 특별한 사유가 없는 한 도복을 삼 년 이상 입어야 했고, 오 년이 되어야 도관을 새것으로 바꿀 수 있었다.

덕분에 지금의 무당은 구대문파 중 제일 알부자로, 무림맹에 속한 모든 문파가 부러워하는 대상이었다.

그렇게 도재전을 이끌어온 현오자이기에 그는 나이 어린 막내제자의 말에 고개를 갸웃거리지 않을 수 없었다.

"다시 말해보아라. 그러니까, 백 살은 되었을 것 같은 본 파의 어른이 식량을 가지러 온다는 말이냐?"

"예, 사부님. 낡긴 했지만 분명 본 파의 도복이었습니다. 열흘에 한 번씩 오늘 아침까지 벌써 세 번째 오셨는데, 계속 드려야 하는지 아무래도 사부님께 여쭈는 게 나을 것 같아 이렇게 말씀드리는 것입니다."

이상한 일이 아닐 수 없었다.

나이 육십이 넘어 받은 마지막 제자가 바로 눈앞의 정은이다. 사형과 사제들의 눈치에도 그가 끝까지 사손이 아닌 제자로 받아들였을 만큼 정은은 재지가 있고 똑똑했다.

그런 정은이 누군지 모르겠다고 할 정도의 어른이 무당에 얼마나 될 것인가?

"영우 사숙이나 영오 사숙은 아니었고?"

그렇게 물으면서도 현오자는 그런 질문을 하는 자신이 어이없었다.

그 두 분은 영자배 전대 장로들로, 오래전부터 은거해 있어 모습을 드러내지 않았다. 정은이 얼굴을 모를 수도 있다는 말이다.

그분들조차 그러한데 아예 모습을 보이지 않은 지 수십 년이 지난 다른 사숙들은 더 말할 것도 없었다.

더구나 두 분의 사숙에게는 몇 명의 제자가 시동처럼 딸려 있지 않던가. 하거늘 그 두 분이 직접 식량을 가지러 올 이유가 뭐가 있을까.

아니나 다를까, 정은이 말한다.

"아닌 것 같았습니다, 사부님. 제가 들었던 두 분 사조의 모습과 많이 달랐습니다."

"그래? 어떤 모습이더냐?"

"주름이 많고 매우 온화한 표정이었습니다. 눈빛은 모든 것에 달관한 것 같아서 마주 보는 제 마음이 편해질 정도였습니다."

아마 그런 사람을 꼽으라면 두 손으로도 다 못 꼽을 것이다. 하나 직접 식량을 가지러 다닐 만한 사람은 그들 중 한 사람도 없었다. 모두가 무당의 장로 아니면 무당산에 은거하고 있는 이름 높은 도인들이었으니까.

그때 정은이 고개를 모로 꼬고 말을 이었다.

"이제 생각해 보니 오른쪽 귀밑에 커다란 점이 있는 것 같았습니다, 사부님. 처음에는 머리카락에 가려져 잘 보이지 않았는데, 자루를 집기 위해 몸을 숙이는 바람에……."

이번에는 현오자가 고개를 갸웃거렸다.

기억 저편에 희미한 얼굴 하나가 떠오르는데 누군지 바로 생각이 나지 않는 것이다.

그러다 어느 순간, 희미한 그의 얼굴이 완벽히 떠오르자 현오자의 몸이 딱딱하게 굳어버렸다.

'아니야! 절대 그분일 리가 없어!'

하지만 자신이 알고 있는 사람도 귀밑에 커다란 점이 있었다. 그것도 오른쪽 귀밑에.

"호, 혹시… 그 어른의 손도 보았느냐?"

현오자는 절대 아닐 거라는 생각을 하면서도 정은에게 한 가지를 확인해 보았다.

"손이요? 아! 얼굴의 주름만 보면 백 살도 넘었을 것 같은데,

손만은 유난히 곱게 보였습니다, 사부님."

정은의 말이 끝남과 동시였다.

현오자가 벌떡 일어서더니 천장을 바라보고 주먹을 움켜쥐었다.

"사부님……?"

깜짝 놀란 정은이 엉거주춤 몸을 일으켰다.

현오자는 격동을 가까스로 억누르고서 어린 막내제자를 바라보았다.

"지금 그 이야기는 당분간 아무에게도 하지 말거라. 내가 확인하고 나서 어찌할 것인지 일러주마."

"예, 사부님."

현오자는 그 길로 옥청궁을 나섰다.

마음이 조급해 도저히 참을 수가 없었다.

옥청궁을 벗어나자마자 몸을 날리는데, 스쳐 가는 바람 소리에 조금 전에 들었던 정은의 말이 섞여 들려오는 듯했다.

오른쪽 귀밑의 점, 노인답지 않은 고운 손.

어쩌면 정은이 잘못 봤을지도 몰랐다.

설령 제대로 봤다 해도 그런 특징이 있는 사람이 꼭 그만이 아닐 수도 있었다.

하지만 제발 그였으면 싶은 마음이 현오자로 하여금 전력으로 몸을 날리게 만들었다.

'가서 직접 확인해야 해! 그분이 오셨다면 분명 그곳에 계실

거다!'

삼십 년 전, 무당칠검의 수장이었으며 천하인들로부터 검성이라 추앙받았던 영허 진인이 사라졌다. 청성으로 가던 길에 갑자기 사라진 것이다.

그를 찾기 위해 무당은 오 년의 시간을 투자하고 전제자를 동원해 중원 십팔만 리를 뒤졌다.

하지만 누구도 영허 진인의 행방을 찾을 수가 없었다. 그나마 다행이라면, 그의 모습이 촉산과 섬서에서 몇 번 보였다는 것이다. 이후로도 감숙과 서장에서 그를 봤다는 사람이 나오긴 했으나 그것이 마지막이었다.

그 후 영허 진인이 머물렀던 암자 승허암은 항상 비어 있는 채 주인이 돌아오기만을 기다렸다.

천주봉에서 서쪽으로 세 개의 봉우리를 넘어가면 승허암이 보일 터이다. 전력으로 달리면 일각이면 갈 수 있는 곳.

하지만 지금의 현오자에게는 그 일각이 일 년처럼 길기만 했다.

일각 후.

저만치 승허암이 보였다.

깎아지른 절벽에 난 삼백서른 개의 계단이 예전이나 다름없이 그대로였다.

문득 현오자는 자책감에 얼굴이 붉어졌다.

지난 삼십 년 동안 이곳을 몇 번이나 찾아왔던가.

처음의 일이 년을 빼면 기껏 서너 번뿐이었다. 사오 년에 한 번, 그나마도 지난 십 년간은 한 번도 오지 않았다. 아마 자신뿐만이 아니라 누구든 그러했을 것이다. 기껏해야 일 년에 한 번 제자들을 시켜 청소를 해놓는 것이 전부였을 뿐.

'좀 더 자주 찾아왔어야 하는데……'

한데 바로 그때였다. 이상한 점이 눈에 들어왔다.

계단에 수북이 쌓여 있어야 할 먼지가 보이지 않는다. 누군가가 청소를 하지 않았다면 있을 수 없는 일이다.

그걸 본 현오자의 몸이 사시나무처럼 떨렸다.

'승허암에 누가 있다! 오오오! 그럼……!'

계단을 오르는 현오자의 발걸음이 늦추어졌다. 하나하나 남은 계단이 줄어들 때마다 승허암이 가까워진다. 사백과의 거리도 가까워진다.

현오자의 눈이 잘게 떨리기 시작했다.

그때 승허암의 암자 문이 열렸다.

순간 우뚝 걸음을 멈춘 현오자의 숨소리가 커졌다.

하지만 그도 잠시, 문을 열고 나오는 자를 본 그의 이가 악다물어졌다.

'뭐, 뭐야, 저건?'

현오자는 가슴에서 뭔가가 와르르 무너지는 기분이었다.

사백을 볼 수 있으리라 기대했거늘, 안에서 나온 자는 이제 스물도 안 된 소년이 아닌가 말이다!

"도우는 누군가? 누군데 감히 이곳에 머무르는 것인가?!"

순식간에 열망이 분노로 변했다.

현오자는 몸을 날려 계단을 단숨에 올라갔다.

그러고는 자신을 응시하는 좌소천을 향해 손을 뻗었다.

"손님이 오나보구나. 네가 나가보아라."

"예, 어르신."

좌소천은 영허 진인의 말에 방을 나서서 계단 쪽을 쳐다보았다.

승허암에 머문 지 이십 일째.

그동안의 방문자는 하늘을 날아다니다 잠시 쉬어가는 새들이 전부였다. 무당산에 있다는 수천의 무당 제자들과 은거한 채 수도하는 수백의 도인 중 영허 진인과 자신이 승허암에 있다는 것을 아는 사람은 아무도 없었다.

한데 마침내 첫 번째 방문자가 승허암을 찾아온 것이다. 자신을 향해 두 손을 뻗으면서.

'방문 인사 한번 고약하군.'

살기는 느껴지지 않았다. 단순히 제압하기 위함인 듯했다. 하지만 좌소천은 순순히 제압당해 줄 생각이 없었다.

몸도 그럭저럭 복구된 상태. 좌소천은 조금도 망설이지 않고 삼 권을 쳐냈다.

우르릉!

"헛!"

뜻밖의 강력한 반발에 현오자도 두 손에 내력을 쏟아 넣었다.

쿠구궁!

승허암의 좁은 공간이 두 사람의 기운으로 파동 쳤다.

주르륵 뒤로 세 걸음을 물러선 좌소천은 형형한 안광을 빛내며 현오자를 노려보았다.

백의청년과의 일전 이후 자신의 무공에 어느 정도 자신이 붙은 그였다. 그렇다 해도 현오자를 상대하기에는 아직 역부족인 상황이었다. 더구나 내상도 완벽하게 낫지 않은 몸이 아니던가.

그는 천천히 전신으로 내력을 흘려보내며 건곤신권의 기수식을 취했다.

반면, 현오자는 좌소천을 바라보며 경악을 금치 못했다.

얼굴에 희미한 흉터가 서너 군데 보이는 소년이다.

아무리 봐도 막내제자만큼이나 어려 보인다. 한데 그런 소년이 자신의 오성 공력이 실린 장력을 별 무리 없이 맞받아내고, 그도 모자라 침착하게 대응 자세를 취한다.

대체 누구의 제자일까? 왜 이곳에 있는 걸까?

의문이 더해지면서 현오자의 표정이 보다 더 신중해졌다.

"다시 묻겠다. 너는 누군데 이곳에 있는 것이냐?"

고요한 가운데 공력을 칠성까지 끌어올리는 현오자다.

"있으라 해서 있는 것뿐입니다."

"있으라 했다고? 누가 말인가?"

현오자의 이마에 주름이 졌다.

그때였다. 영허 진인이 고개를 내밀고 혀를 찼다.

"내가 있으라 했다. 쯔쯔쯔, 그놈의 성질머리 하곤……."

"흡!"

현오자의 신형이 홱 돌더니 두 눈이 커지며 파르르 떨렸다.

온통 주름으로 덮인 얼굴이다. 그러나 삼십 년 전에 보았던 모습이 거기에 그대로 남아 있다.

"사, 사, 사백?!"

"일단 안으로 들어오너라."

철퍼덕!

무너져 내리듯 무릎을 꿇은 현오자가 격동을 참지 못하고 울부짖듯 소리쳤다.

"사백 어른을 뵙습니다!"

영허 진인은 그런 현오자를 물끄러미 바라보면서 이 빠진 웃음을 흘렸다.

"흘흘흘, 너도 이제 많이 늙었구나."

"사백 어른!"

"그리 소리칠 것 없다. 죽지 않았으니 돌아온 것인데 뭐 그리 호들갑을 떠는 것이냐?"

"제가 호들갑을 떨지 않게 생겼는지요? 대체 어이 된 일입니까?"

"어이 된 일이기는, 그냥 죽을 때가 다 된 것 같으니 돌아온 것이지."

"왜 본 파로 찾아오지 않으신 겁니까? 장문 사형도 모르고 계십니까? 다른 두 분 사숙은 만나 뵈셨습니까?"

"클클클. 그것참, 어째 삼십 년 전이나 지금이나 성격이 그대로더냐? 세월이 흘렀으면 조금 더 진중해져야지."

"사백 어른 앞에서는 그저 천방지축이던 현오이고만 싶을 뿐입니다."

금방이라도 눈물을 흘릴 것 같은 현오자이다. 일반적으로 알려진 그의 성격을 생각하면, 무당의 누구도 믿지 못할 모습이다.

하지만 과거 영허 진인이 무당에 머무를 때 수발을 들던 사람이 현오자였기에 어쩌면 당연한 모습이기도 했다.

좌소천이 묵묵히 바라보자 현오자가 슬쩍 고개를 돌리며 물었다.

"저 아이는 제자로 거둔 아이인지요?"

영허 진인이 조용히 웃으며 대답했다.

"나도 그랬으면 좋겠는데, 저놈이 그리하지 않을 것이야. 너무 신경 쓰지 말고 그냥 이 늙은이의 손자처럼 생각해라."

만일 영허 진인의 제자라면 자신의 사제가 된다는 말. 그로선 좌소천이 영허 진인의 제자가 아니라는 것이 얼마나 다행인지 몰랐다.

"예, 사백 어르신."

"그리고 다음부터는 저 아이가 식량을 가지러 갈 게야. 소문 내지 말고 식량이나 챙겨주어라."

현오자가 움찔해서 영허 진인을 올려다봤다.

"하면 제자들에게 알리지 않을 생각이신지요?"

"알리며 뭐 하누? 어차피 잊혀진 사람인데."

"그래도 장문 사형과 사숙들에게는 알려야 하지 않겠습니까?"

"때가 되면 내가 알리마."

3

끼이이익!

거대한 제천신궁의 정문이 굉음을 발하며 열렸다.

네 개의 문이 모두 열림과 동시에 십여 명의 무인이 위풍당당한 모습으로 문을 넘어섰다.

이십대 후반으로 보이는 청년이 선두에서 걷는다. 그의 좌우를 사십대 중년인 넷이 보좌하고, 네 명의 중년인과 두 명의 삼십대 장한이 뒤를 따라 걷는다.

일직선으로 뻗은 드넓은 길 저쪽의 내궁을 향해서이다.

그들이 내궁의 전면에 섰을 때다.

"천외천가의 순우무종 대공자가 입궁했습니다!"

안쪽에서 그들의 입궁을 알리는 외침이 터져 나왔다.

구구구궁!

동시에 내궁의 문이 열리고 외침이 이어졌다.

"해검하고 들어오라는 궁주님의 명이시다!"

선두에 서 있던 청년 순우무종의 표정이 굳어졌다.

하지만 이미 각오하고 온 바, 그는 순순히 등에 메고 있던 검을 풀었다.

"대공자."

옆에 서 있던 위맹한 얼굴의 중년인이 순우무종을 부르며 눈살을 찌푸렸다.

"호랑이 굴에 들어왔을 때는 그만한 각오가 있기에 온 것 아니겠소? 모두 무기를 풀어놓으시오."

열 명의 무인은 못마땅한 표정이면서도 모두가 각자의 무기를 풀어놓았다.

세 명의 무인이 안에서 걸어나오더니 천외천가 무인들의 무기를 수거해 갔다.

그제야 순우무종이 걸음을 옮겼다.

'오늘의 일, 절대 잊지 않을 것이다!'

내궁의 제천전에 마련된 제단에 향이 꽂혔다.

순우무종은 천외천가 무인들과 함께 삼배를 하며 선우궁현의 명복을 빌었다.

멍청한 아우로 인해 치욕적인 굴욕을 감수해야 한다는 것이 죽기보다 싫었다. 하나 당장은 힘이 없으니 어쩌랴.

그는 훗날의 영광을 위해 한 번은 굽히기로 했다. 굽히기로 한 이상 망설일 것이 없었다.

"무궁의 일은 결코 본가의 뜻이 아니었습니다. 하나 어찌 되었든 본가의 핏줄이 저지른 일, 본가의 대표로서 선우 대협께 용서를 비옵니다!"

경건한 태도로 죄를 비는 순우무종이다.

혁련무천이 그를 노려보며 호통을 쳤다.

"마음 같아서는 지금 당장 본 궁의 삼천 무사를 이끌고 태백산으로 달려가고 싶은 본좌다! 하나 가주의 뜻이 아닌, 망나니 같은 아들 짓이라는 것을 알고 강호의 안녕을 위해 가까스로 참은 터다! 너는 나의 마음을 헤아릴 수 있겠느냐?!"

"어찌 궁주님의 하해와 같은 은혜를 모르니까! 가주이신 아버님께서도 선우 대협과 궁주님께 지은 죄로 인해 사흘간 곡기를 끊으셨사옵니다! 부디 본가를 용서하소서!"

"그대들은 사흘 후 해가 떠오를 때까지 선우 형의 위패 앞에서 참회토록 하라! 정성을 봐서 용서할 것인지를 결정할 것이니라!"

순우무종의 고개가 푹 숙여졌다.

"예, 궁주!"

사흘.

순우무종과 열 명의 천외천가 무사는 입에 물 한 모금 대지 않고 선우궁현의 위패 앞에서 무릎을 꿇고 버텼다.

사흘이 지나 해가 밝아오자 순우무종이 몸을 일으켰다.

비틀거리며 일어선 그의 얼굴이 창백하다.

두 다리는 가늘게 떨리고, 움켜쥔 두 주먹은 당장이라도 피가 뚝뚝 떨어질 것처럼 손가락이 손바닥을 파고들어 가 있다.

사흘간 내력을 운기하지도 못한 채 순전히 육신의 힘만으로 버텨야 했다. 혁련무천이 그걸 바라고 있다는 걸 알기 때문이었다.

제아무리 철혈의 인간이라도 육신의 힘만으로 사흘을 무릎 꿇고 버틴다는 것이 어디 보통 일이랴.

'크윽!'

그가 몸을 일으키자 열 명의 무인도 하나둘 몸을 일으켰다.

막힌 혈관 속으로 개미가 기어가는 고통이 그들의 몸에 엄습했다. 진저리를 치며 일어서는 그들의 이가 절로 악다물렸다.

그때였다. 한 사람이 안으로 들어오더니 혁련무천의 뜻을 전달했다.

"궁주님께서 대공자를 안으로 모시라는 명이시오! 다른 분들은 빈전으로 가서 쉬고 계시오!"

순우무종의 고개가 천천히 끄덕여졌다.

'혁련무천, 우리가 그대의 뜻을 아는 이상, 쉽게 끌려가지는 않을 것이다.'

일각 후.

순우무종이 품에서 서신 하나를 꺼내 두 손으로 받들어 내밀었다.

사공은환이 서신을 받더니 태사의에 앉은 혁련무천에서 올렸다.

다시 일각.

혁련무천의 입에 보일 듯 말 듯 미소가 걸쳐졌다. 하지만 너무 빨리 사라진 데다가 고개를 숙이고 있었기에 아무도 보지 못했다.

"가서 그대의 부친께 전해라. 선우 형도 그대의 정성을 받아들였을 터, 나 역시 더 이상 이 일로 무사들을 일으키지 않을 것이라고."

"감사하옵니다, 궁주!"

"하나… 약속을 어기면 나의 분노가 태백산을 향할 것이니라."

"어찌 강호의 하늘이신 분과의 약속을 어기리까. 걱정하지 마소서!"

고개를 깊게 숙인 순우무종이 뒷걸음질로 제천전을 나선다.

그의 뒷모습이 완전히 사라지자 혁련무천이 서신을 사공은환에게 넘겼다.

"제법이군. 조심해야 할 놈이야. 우리의 뜻을 정확히 알고 있어."

"이미 예상하고 있던 일이 아니겠사옵니까? 그 정도도 눈치채지 못하는 자들과 어찌 천하를 논할 수 있겠사옵니까?"

"하긴……."

버릇처럼 팔걸이를 톡톡 치던 혁련무천이 어느 순간 손짓을 멈추고 서신을 건넸다.

"준비하는데 얼마나 걸리겠나, 은환?"

서신을 빠르게 훑어가던 사공은환의 입가로 조용히 미소 한 가닥이 떠올랐다.

"삼사 년이면 될 것이옵니다."

"일 년을 더 늘려라. 대신 모든 것을 완벽하게 준비해라."

"예, 주군."

한편 제천전을 나선 순우무종은 몸이 굳은 듯 움직일 줄을 몰랐다.

언뜻 보면 마음을 가라앉히기 위해 숨을 가다듬는 듯 보였다. 그러나 그의 시선은 한곳에 고정된 채 움직일 줄을 몰랐다.

구석진 곳에 조성된 정원의 귀퉁이. 그곳에 한 여인이 쪼그리고 앉아 있다.

흐트러진 머리가 바람에 날려 얼굴을 반쯤 가리고 있다.

넋이 빠진 듯 보이는 표정. 금방이라도 울음이 터질 것 같은 모습이다.

누군지 물을 필요도 없었다. 그녀의 정체를 짐작하는 것은 조금도 어려운 일이 아니었다.

순우무궁이 정보를 얻기 위해 이용했다는 여인. 이 년을 사귀고도 마음을 완벽히 얻지 못했다는 제천신궁 제일의 미녀.

'혁련미려……'

바로 그녀였다.

'정말 아름답군.'

그는 순우무궁과 여인을 보는 눈이 달랐다. 하기에 그는 순우무궁이 보지 못한 아름다움을 혁련미려에게서 볼 수 있었다.

많은 것을 가지고도 순수가 남아 있는 모습, 혁련미려에게서 모란의 향기가 느껴지는 것이다.

'멍청한 놈! 차라리 저 여인이나 차지할 것이지.'

둘째는 광인처럼 변해서 태백산으로 돌아왔다.

분노한 아버지는 둘째를 가문의 원류인 천해(穿海)에 집어넣었다. 몇 년간 지옥에서 생활하며 제정신을 차리라는 질타와 함께.

만일 둘째가 혁련미려를 차지했다면 어떻게 되었을까?

아마 상을 받았을 것이다. 천하제일패의 사위가 되어 왔다면 말이다.

한데 그때였다. 기이한 마음이 들었다.

'아니, 아니지. 차라리 잘된 건가?'

뇌리 한구석에서는 왠지 그리된 게 다행인 것 같다는 생각이 들었다.

덕분에 혁련미려에게 아직도 순수함이 그대로 남아 있지 않은가 말이다.

어느 순간, 문득 떠오른 생각에 순우무종의 입꼬리가 살짝 치켜지고, 혁련미려를 바라보는 그의 눈에서 기광이 번뜩였다.

항상 여인에게 있어 자신보다 앞섰던 둘째다. 그런 둘째조차 마음을 얻지 못한 여인이 아닌가.

'그렇군. 그것도 괜찮겠어. 본가의 정부인이라면 적어도 저 정도는 되어야지.'

그에게 부인이 없는 것은 아니었다. 하지만 언제 죽을지 모르는 병에 걸려 있어 삼 년째 별거 중이었다.

어쩌면 그래서였을지도 몰랐다. 혁련미려를 바라보는 그의 눈에서 피어오른 은은한 열기가 더욱 짙어졌다.

4

"정신이 드느냐?"

여인은 눈을 뜨고 멍하니 앞을 바라보았다.

희미한 붉은 빛이 두 눈에 가득 찼다.

여기는 어딜까? 내가 왜 여기에 누워 있는 걸까?

"내가 보이느냐?"

천천히 고개를 돌려보았다.

주름으로 뒤덮인 얼굴이 보인다.

처음 보는 노파의 얼굴이다. 한데 염려가 가득한 눈빛이다.

저 노파는 누굴까?

왜 나를 보고 저런 눈으로 보는 걸까?

여인은 노파를 물끄러미 바라보고는 다시 눈동자를 돌렸다.

"아직 몸을 움직일 수 없을 것이야. 하지만 걱정 말거라. 너무 오랫동안 기혈이 막혀서 그런 것이니까."

"어어……."

물어보고 싶었다. 여기가 어딘지, 할머니는 누군지.

한데 말이 나오지 않는다.

"충격 때문에 아혈이 막힌 것이란다. 시간이 지나면 뚫릴 테니 답답해도 조금만 참으려무나."

그렇다면 그나마 다행이었다. 하고 싶은 말을 하지 못하면 얼마나 답답할까.

그때 문득, 아득히 한 얼굴이 떠오른다.

피로 범벅된 중년인의 얼굴, 아픔이 가득한 소년의 얼굴.

두 얼굴이 떠오르자 눈물이 나온다.

소리없는 울음이 가슴을 적시고 온몸을 적신다.

그런데 두 얼굴이 누군지 생각이 나지 않는다.

누굴까? 누군데 그 얼굴이 떠오르니 이리도 슬픈 걸까?

그리고 나는, 나는 누굴까? 내 이름은?

"아아아……!"

'할머니! 나는 누군가요?! 여기는 어딘 가요?!'

그러나 그것은 노파가 대답해 줄 수 없는 것이었다.

"궁금한 게 많지? 이곳은 한이 쌓인 여인들이 모여 있는 정한궁이란다. 무산 깊숙한 곳에 있지. 몸이 나으면 내 더 많은 것을 말해줄 테니 지금은 쉬도록 해라."

第三章

말코로 죽을 팔자, 뭘 더 망설이랴

絶對天王

1

승허암에서 생활한 지 한 달째 되던 날.

좌소천은 영허 진인과 마주 앉았다.

"무당의 무공을 배워보지 않겠느냐?"

영허 진인의 말에 좌소천은 담담한 표정으로 고개를 숙였다.

"평생을 노력해도 제가 가진 것을 다 익힐 수 없을 것입니다, 어르신."

"무당과 인연을 맺는 것이 부담스러우냐?"

"이미 제 목숨을 구해주신 분이 무당의 어른이십니다."

인연은 이미 맺어졌다. 비록 영허 진인이라는 한정된 틀 안의 인연에 불과하지만.

거기에 더한다 해서 특별히 부담을 느낄 것도 없었다. 다만 마음이, 본능이 무당과 더 큰 인연으로 맺어지는 걸 거부하고 있을 뿐.

영허 진인은 무위의 눈으로 좌소천을 물끄러미 바라보고는 가만히 고개를 끄덕였다.

"하긴 이제와 무당의 무공을 배운다는 것도 그렇지. 하나 이 것만은 알아라. 하나도 둘도 무상(無想)에서 시작해 무상으로 돌아가니 그것이 곧 만류귀종(萬流歸宗)이라는걸."

너무 크고 넓어서 당장은 몸으로 느낄 수 없는 말이다. 세상 의 사람들 중 그 경지를 맛본 자가 몇이나 되겠는가. 하기에 언젠가는 도달하고 싶은 경지이기도 하다.

"잊지 않겠사옵니다."

영허 진인이 여전히 끄덕이는 모습으로 조용히 미소 지었 다.

"요 밑에 내려가면 아무도 오지 않아 혼자 무공을 익히기에 적당한 곳이 있다. 내 오래전 홀로 지내던 곳이지. 아마 너도 마음에 들 것이다."

꼭 그래서 좌소천에게 그곳을 일러준 것은 아니다.

그걸 알기에 영허 진인은 웃음이 짙어질 수밖에 없었다.

'내 아직도 모든 것을 떨치지 못했으니 천생 빌어먹을 말코 로 살다 죽을 팔자로다. 흘흘흘. 그래, 어차피 말코로 죽을 거 라면 내 뭘 더 망설이랴.'

승허암이 있는 절벽의 아래쪽.

그곳은 삼면이 깎아지른 절벽이어서 아무도 오지 않는데다가, 옆에는 작은 폭포에서 떨어진 물이 소를 이루고 있어서 수련하기에는 더없이 좋은 곳이었다.

절벽을 내려간 좌소천은 감탄을 금치 못하며 주위를 둘러보다 말고 넋을 잃은 채 한쪽 절벽에서 눈을 떼지 못했다.

절벽에는 모두 세 개의 그림이 다섯 치 깊이로 그려져 있었다.

노인이 손을 들어 하늘을 가리키고, 땅을 가리키고, 앞을 가리킨다.

검이 그려져 있지는 않았다. 도가 그려져 있지도 않았다.

그러나 검을 쥔 것처럼, 도를 쥔 것처럼 부드럽게 말려 있는 손을 본 순간 좌소천은 그림의 노인이 뭔가를 쥐고 있다는 착각에 빠졌다.

또한 손에 도검이 없었기에 그 도검이 만변(萬變)이면서도 무변(無變)처럼 느껴져 이틀간 그림 앞을 떠날 수가 없었다.

무연칠식.

좌소천은 그 그림을 보는 순간 무연칠식이 눈앞에서 펼쳐지는 것처럼 느껴졌다. 한편으로는 일곱 초식의 무공이 단 세 번의 손짓에 모두 녹아 있는 것처럼도 보였다.

그랬다. 거기에는 무연칠식과 같은 길을 걷는 대오(大悟)의 경지가 담겨 있었다.

'만류귀종이라 하더니……'

좌소천이 정신을 차린 것은 그림을 마주한 지 이틀 만이었다.

정신을 차린 그는 영허 진인의 뜻을 짐작하고는 쓴웃음을 지었다.

파인 지 얼마 되지 않는 걸로 봐서 영허 진인이 최근에 그려 놓은 것이 분명했다.

그 뜻은 무당과의 연을 보다 확실히 이어놓고자 함일 터이다. 온통 핏빛으로 물들어 있는 자신의 마음이 조금이나마 희석되기를 바라는 마음일 터이다.

복수를 위해서는 떨쳐야 할 연(緣)이다.

원수의 목을 치기 위해서는 더욱더 붉게 물들여야 할 마음이다.

그러나 어쩌랴. 이미 가슴속에 박혀 버린 그림인 것을.

'그리도 원하신다면 무당과의 인연만은 끊지 않겠습니다.'

다시 그림을 관조하며 하루가 지났다.

아무것도 먹지 않았는데 그것조차 느껴지지 않았다.

그가 사흘 만에 승허암으로 올라가자 영허 진인이 물었다.

"뭘 봤느냐?"

좌소천이 대답했다.

"아무것도 없어 볼 수가 없었습니다."

영허 진인이 흘흘 웃으며 말했다.

"그럼 계속 봐라. 뭔가를 보려 하면 볼 수 없지만, 아무 생각없이 보다 보면 언젠가는 보일 것이다. 다 보고 나서 지우는 거 잊지 말고."

2

석 달째 되던 날 무당의 장문인 현고자가 달려왔다.

영허 진인이 연락을 하지 않자 현오자가 참지 못하고 고자질을 한 것이었다.

"사백!"

"현오 그 녀석이 일러바쳤더냐?"

"사백, 지금 그게 문제이옵니까? 대체… 어찌 이런 일이……."

"클클, 조용히 도나 닦다가 등선하려 했더니 사질들 때문에 다 틀려 버린 것 같구나."

도가의 종주 무당의 장문인이 바로 현고자다. 현고자는 영허 진인의 말뜻을 깨닫고 창백한 얼굴로 말을 더듬었다.

"그, 그럼 혹시……?"

"이 년을 넘기기 힘들 것 같구나. 하늘이 더 허락한다 해도 몇 달 정도다. 그때까지만이라도 조용히 놔두려무나."

"하오나……."

"혹시라도 내게 검을 원하는 것이더냐?"

전해줄 거라면 말하지 않아도 전해줄 터였다.

욕심을 부린다고 얻을 수 있는 것이 아니었다.

"어찌 소질이 그런 황망한 욕심을 부리겠사옵니까."

영허 진인이 빙그레 웃었다.

그는 현고자에 대해 누구보다 잘 알았다. 현고자가 대제자가 아니면서도 무당의 장문인이 된 것은 그만한 이유가 있음이었다.

"이미 검을 잊은 지 삼십 년이니라. 인연이 전해지는 것은 억지로 되는 것이 아니니 그저 기다리라는 말밖에 할 말이 없구나."

"그리 말씀하시는 것만으로도 감사할 따름입니다, 사백."

풍진세상을 돌아다니며 검을 하나 얻었다. 그러나 그것은 인연이 닿지 않으면 전할 수도, 얻을 수도 없는 검.

하기에 좌소천에게 전했다. 어차피 무당의 검을 익힌 자는 익힐 수 없었기 때문이다.

문제는 무당의 검이었다. 하지만 크게 걱정하지는 않았다.

'인연이 다가오고 있음이니…….'

그때 현고자가 슬며시 물었다.

"어린아이 하나를 키우신다 들었습니다. 그 아이는 무당의 제자인지요?"

영허 진인이 조용히 되물었다.

"장문 사질, 무당산에 있는 모든 사람이 무당의 제자이던가?"

"아니옵니다."

"장문 사질의 혈육이 모두 무당의 제자이던가?"

"그도 아니옵니다."

"그럼 그 아이도 그리 생각하게나. 이 늙은이와 약간의 연이 이어져 이곳에 있다 생각하면 될 것이야."

"현오에게 말은 들었습니다. 손자로 생각하면 되겠사옵니까?"

"흘흘, 그리 생각해도 되고 아니라 생각해도 되네. 그 아이도 그리 생각하고 있으니까."

현고자는 묵묵히 고개를 끄덕였다.

영허 진인이 누구던가. 영허 진인이 그리 말한 이상 그리 생각하면 될 터였다.

"사백의 말씀대로 그리 생각토록 하겠습니다."

"그렇다고 나중에 그 아이를 박대하지는 말게나."

"제가 어찌……."

"어쩌면 그 아이로 인해 무당에 시련이 다가올지도 모르네. 하나 견뎌내게나. 그러면 더 큰 것을 얻을 수 있음이니."

막막한 말이다. 그러나 영허 진인의 말이다.

현고자는 흐르는 대로 놔두기로 마음먹었다.

"순행에 따르겠나이다."

영허 진인은 조용히 웃었다.

분명 들고일어나는 제자들도 있을 것이다. 그것 역시 흐름이 그러하니 어쩔 수가 없다.

현고자가 순행에 따르겠다고 말한 것 역시 그것을 알기 때문이다.

다행히 현고자에게는 들고일어나는 제자들을 누를 수 있는 덕이 있음이니, 영허는 그걸 알기에 웃음을 지을 수 있었다.

'괜찮아. 아주 괜찮아. 현송 대신 현고자를 택한 것은 무당의 복이로다.'

현고자가 돌아간 지 닷새 만에 두 명의 허리가 구부러진 도인이 찾아왔다.

그들은 마치 어제 헤어진 사람을 본 듯 담담히 차를 마시고는 다음날 찾아올 것처럼 그렇게 떠나갔다.

하지만 그들은 석 달이 지나도록 승허암을 찾아오지 않았다.

대신 한 사람이 등에 식량 보따리를 지고 찾아왔다.

"무진! 어디 있나?!"

현오자의 제자인 정은이었다.

그가 부른 이름, 무진(無瞋).

그 이름은 영허 진인이 무진도의 이름을 따서 좌소천에게 붙여준 것이었다.

좌소천과 무당파 사이에 연을 맺어놓으려는 마음이었다. 그 이름을 생각할 때마다 마음을 가라앉히라는 뜻이 담긴 것이기도 했다.

좌소천도 그리 싫지 않은지 그 이름을 받아들였기에, 무당에서는 좌소천을 무진으로 알고 그렇게 불렀다.

그의 목소리가 절벽을 타고 넘어가기도 전, 승허암의 방문이 열리더니 영허 진인이 고개를 내밀었다.

"이 녀석아, 그 녀석 올라오려면 아직 멀었으니 일단 안으로 들어오너라!"

왠지 푸근한 표정, 마치 기다리던 손자를 반기는 할아버지 같은 목소리였다.

하긴, 마침내 또 하나의 인연이 찾아왔으니 어찌 반갑지 않으랴.

3

인연은 무당산에서만 이어지는 것이 아니었다.

안개 바다를 뚫고 칼처럼 솟은 산이 끝없이 늘어서 있는 곳.

무산(巫山)의 깊은 곳에 위치한 거대한 동굴 속에서도 천 년의 인연이 이어지고 있었다.

은은한 붉은 빛이 가득 찬 방원 삼십여 장의 동굴.

그 한가운데 있는 옥으로 된 좌대 위에 늙고 젊은 두 여인이 앉아 있고, 그녀의 주위로 열두 명의 중년 여인이 가슴에 두 손을 모은 채 눈을 감고 앉아 있다.

"통기(通氣)!"

한가운데 앉아 있던 두 여인 중 나이 든 여인 한령파파가 외치듯이 입을 연 순간, 열두 명의 중년 여인 십이정한녀가 가슴에 모은 손을 앞으로 뻗었다.

동시에 열두 줄기의 기운이 젊은 여인 소영령의 전신으로 스며들었다.

머리에서 발끝까지 십이경루 골고루 스며든 기운은 한 시진 만에 단전에 뭉치더니 서서히 소영령의 전신을 휘돌기 시작했 다.

길고도 긴 여정의 시작이었다.

"흡기(吸氣)!"

"탄기(彈氣)!"

"합기(合氣)!"

한령파파의 목소리가 울릴 때마다 옥대의 소영령과 십이정 한녀의 몸이 들썩였다.

하지만 누구 하나 자세를 흐트러뜨리지 않고 자신의 주어진 임무에만 몰입했다.

한을 푸는 일이었다. 무려 삼백 년간 쌓인 한을.

그 일을 위해서라면 열 개의 목숨이라 한들 아깝지 않았다.

그렇게 하루가 지났을 무렵,

소영령의 옷이 가루가 되어 스러지며 옥빛 알몸이 그대로 드러났다.

십이정한녀는 창백하게 굳은 표정으로 혼신을 다해 마지막 남은 힘까지 짜내 소영령에게 주입했다.

하루가 더 지나고 이틀이 더 지나 십이정한녀가 자신들의 진기로 소영령의 모든 혈을 열기 시작한 지 사흘이 되었을 때 다.

갑자기 소영령의 몸에서 뿌연 백색 기운이 흘러나오기 시작했다.

옥대가 하얀 서리로 뒤덮이기 시작한 것도 그때부터였고, 소영령에게 진기를 쏟아 넣던 여인들이 무너지기 시작한 것도 그때부터였다.

"커억!"

십이정한녀 중 손방(巽方)에 있던 여인이 먼저 피를 토하며 무너진다.

뒤이어 이방(離方), 감방(坎方), 진방(震方), 간방(艮方), 태방(兌方)의 여인이 무너지더니, 곤방(坤方), 건방(乾方)의 여인이 무너졌다.

남은 여인은 넷. 그녀들은 팔방을 점하고 있던 여덟 여인 사이사이에 끼어 있었는데, 여덟 명의 여인이 무너지자 갑자기 주름이 지며 백 살은 된 노파처럼 변해 버렸다.

"신녀시여, 부디 저희들의 한을……."

순간이었다.

소영령의 몸에서 차갑고도 영롱한 백색 광채가 눈부시게 쏟아져 나왔다.

그 모습에 한령파파가 감격에 겨운 표정으로 절을 올렸다.

"마침내 삼백 년간 닫힌 정한동에 들어갈 준비가 되었으니, 신녀시여, 부디 모든 것을 얻어 만천하 여인들의 한을 풀어주소서!"

4

아무도 찾지 않을 것 같은 승허암에 가끔 손님이 찾아왔다.

그중에는 은거해 있던 무당파의 제자도 있었고, 무당파의 제자가 아니면서 무당산에 기거하는 이름 모를 도인들도 있었다.

영허는 그들을 마다하지 않고 받아들였다.

개중에는 영허와 비슷한 나이의 도인도 몇 있었다. 그리고 두어 명은 영허보다도 훨씬 나이가 많았다.

그중 하나가 우송(愚松)이라는 도인이었다.

그가 계단을 오를 즈음 영허는 맨발로 방을 나와 그를 맞이했다.

"어려운 걸음을 하셨습니다."

"클클클, 선기가 빤히 보이는데 엉덩이에 좀이 쑤셔서 견딜 수가 있어야지."

"선인(仙人)의 수행을 방해한 것 같아 죄송할 따름입니다."

"선인은 무슨 얼어 죽을, 그저 죽지 못하고 나이만 먹은 늙은이라오."

"들어가시지요."

우송 도인은 한 시진가량 지나서야 방을 나섰다.

그는 절벽 아래를 내려다보더니 아무것도 보이지 않는데도 마치 모든 것이 다 보인다는 듯 말했다.

"참으로 기구한 아이로다."

지금까지의 세월이 그렇다는 건지, 앞으로 살아갈 날이 그런 건지 알 수 없는 말이었다.

그런데도 영허 진인은 빙그레 웃었다.

"역행할 아이가 아니라서 다행입니다."

"클클, 하긴 그래서 한 조각 마음을 전한 거겠지."

"말코로 죽을 거 같아 하나를 전했는데, 그게 저 아이에게 어떤 영향을 미칠지는 저도 모르겠습니다."

"그래서 그대에게 선기가 흐르는 게야. 나 같으면 고민을 하다 머리만 희어질 텐데 자네는 먼지 한 톨 던지듯 내놓지 않았는가?"

"어떻게 보이십니까?"

"폭풍이 불면 세상이 혼잡해지지. 그러나 지나가고 나면 그 어느 때보다 하늘이 맑아진다네. 그리 안타까워할 것도, 마음 쓸 것도 없네. 오지 말라고 한다고 오지 않을 폭풍도 아니지 않은가?"

문득 우송 도인의 얼굴에 은은한 미소가 떠올랐다.

"다시 오기는 힘들 것 같고, 온 김에 손에 든 먼지나 털고 가야겠구먼."

계곡 아래에서 고요히 좌정해 있던 좌소천의 머릿속으로 뜬금없는 몇 마디가 스며든 것은 바로 그때였다.

"우주(宇宙)가 무엇이더냐?"

자신도 모르게 입이 열렸다.

"무한한 시간과 만물을 공유한 공간입니다."

"그걸 알면서 무엇을 하지 못해 그리 고민하누. 네가 곧 우주이거늘."

좌소천의 눈이 서서히 뜨였다.

어디서 들려온 목소리인지는 중요하지 않았다.

누구의 목소리인지도 중요하지 않았다.

좌소천은 눈을 뜨고 그림을 응시했다.

보이지 않던 손끝의 무언가가 보이는 듯했다.

그것은 검이고 도이며 또한 아무것도 아니었다.

'그래, 아무것도 아닌 것에 너무 얽매인 거였어.'

자신이 검이라 생각하면 검이었고, 도라 생각하면 도였고, 창이라 생각하면 창이었으며, 그저 빈손이라 생각하면 빈손일 뿐이었다.

거기에서 무언가를 찾으려 했으니 아무리 봐도 모를 수밖에 없었다.

좌소천은 다시 눈을 감았다.

그리고 심상 속에서 그림을 떠올렸다.

그 그림에는 그의 생각에 따라 빈손에 검이 들리고, 도가 들렸다.

마침내 석벽에 새겨진 그림의 실체가 한 꺼풀 벗겨진 것이다.

그러나 이제 시작이었다.

언제 끝날지는 아무도 몰랐다.

분명한 것은 시작을 했다는 것이다.

5

세월이 유수와 같이 흘렀다.

그림을 바라보며 수련을 한 지 어느 덧 이 년.

그 이 년을 좌소천은 고독과 싸우며 하루 열두 시진 중 여덟 시진을 계곡에서 보냈다.

서쪽 절벽의 그림 세 개만을 남긴 채 암벽이 갈기갈기 찢기고 그물처럼 갈라진 것도, 근처의 바위가 곰보처럼 파이고 파이다 모래처럼 부서진 것도 모두 그로 인해서였다.

그는 지난 이 년 동안 자신이 아는 무공을 수천, 수만 번 반복해 익힌 끝에 그 모든 것을 두 가지 갈래로 나누었다.

그 첫 번째가 무연만상무(無然萬象武)였다.

봉 대신 묵령기환보로 펼치는 천붕칠절, 매일 아침 기본 무공처럼 펼치는 건곤신권, 거기에 검왕 위지숭정의 검결까지.

그는 그 무공들을 무연칠식을 기반으로 나름의 해석을 해내고는, 선우궁현이 만상검이라는 이름을 붙였듯이 무연만상무라는 이름을 붙였다.

그리고 두 번째가 바로 금라천무(金羅天武)다.

금라천황공이 칠성에 이르자, 마침내 금라천의 세 가지 무공을 금라천황공으로 펼칠 수 있게 된 것이다.

비록 그 경지가 칠, 팔성에 머물러 완성되지는 않았으나, 내력만 뒷받침된다면 빠른 시일 내에 완성할 수 있을 것이다.

그러함에도 금라천경의 운용 결과 묵령기환보에 대한 것을 얻지 못한 것이 조금 아쉬웠지만, 좌소천은 조급하게 생각하지 않았다.

'노력하다 보면 나머지도 언젠가는 내 것으로 만들 수 있을 것이다!'

영허 진인이 남긴 그림이 없었다면, 가끔 영허 진인에게서 선문답처럼 들리는 이야기를 듣지 못했다면, 지금 도달한 경지 역시 몇 배의 시간이 더 걸렸을 것이다.

거기다 나중에 들었던 우송 도인의 심어가 없었다면 아마더 많은 시간을 허비해야 했을 터이다.

좌소천은 신광이 번뜩이는 눈으로 그림을 올려다봤다.

자신의 무공을 두 가지로 압축하고도 그림은 아직 지울 정도가 되지 않아 지우지 못했다. 하나 그리 머지않은 시간 안에 지울 수 있을 터이다.

마지막으로 하늘을 가리키는 그림만 볼 수 있게 된다면……

'그때쯤이면 승허암을 떠날 준비가 되어 있겠지.'

그리고 복수를 시작할 것이다.

피를 뒤집어쓴 아수라가 되는 한이 있더라도.

하지만 하늘이, 영허 진인이 그를 쉽게 놓아주지 않았다.

백 일 후.

좌소천은 그림을 지우고도 숭허암을 떠나지 못했다.

6

이 년을 생각했던 영허 진인의 삶은 넉 달을 더 이어졌다.

마음도 몸도 공(空)이 되기 직전, 영허 진인은 좌소천의 방을 찾았다.

삼경을 알리는 종소리가 은은히 무당산을 울리는 시각이었다.

영허 진인은 잠들어 있는 좌소천을 바라보며 아무런 머뭇거림도 없이 침상에 올랐다.

영허 진인이 침상에 오르는데도 좌소천은 깨어나지 않았다.

마치 먼지가 내려앉는 듯했다. 얇은 홑이불이 조금의 구김도 일지 않는다.

스스로가 한 줌 대기가 된 듯 보이는 모습.

그렇게 침상에 오른 영허 진인은 은은한 웃음이 깃든 표정으로 좌소천을 바라보며 손을 뻗었다.

순간 영롱하고 은은한 기운이 영허 진인의 두 손에서 쏟아졌다.

좌소천의 몸이 꿈틀거리며 반응을 보였다.

그러나 그때뿐이었다.

곧 고요해진 좌소천의 몸에 영롱한 빛이 스며들고, 이내 좌소천의 온몸을 누비기 시작했다.

그러한 일은 무려 두 시진에 걸쳐 일어났다.

좌소천은 자신의 몸이 허공에 떠 있는 것처럼 느껴졌다.

그는 정신을 차리자마자 느껴진 기이한 기분에 의아함을 금
치 못했다.

대체 무슨 일이 벌어진 걸까?

아직도 꿈을 꾸고 있는 걸까?

그럴지도 몰랐다. 아니라면 이해할 수 없는 일이었다. 자신
이 잠을 자던 중에 각오(覺悟)했다면 모르지만.

좌소천은 의아함을 누르고 누운 채 운기를 해보았다.

순간 천천히 운공을 하며 기운을 돌리던 좌소천의 몸이 부
르르 떨렸다.

자신의 몸이 전날과 확연히 다르다는 것을 그제야 느낀 것
이다.

찬찬히 하나하나 시간을 거슬러 가며 몸에 각인된 모든 것
을 더듬어봤다.

그러길 일각여. 소스라치게 놀란 좌소천이 벌떡 일어나 방
을 나섰다.

덜컹!

영허 진인의 방문을 연 좌소천은 앞을 바라보며 털썩 무릎
을 꿇었다.

"어르신!"

눈을 감은 채 고요히 앉아 있는 영허 진인이다.

세상의 모든 짐을 털어낸 듯 입가에 가느다란 웃음이 맺혀 있다.

한데 숨소리가 거의 느껴지지 않는다.

바로 그때였다.

"너무 슬퍼 말아라."

갑자기 머릿속이 울렸다. 심령이 울리는 소리다.

"어쩌자고… 어쩌자고 제게 이런 짐을 지우시는 겁니까?!"

영허 진인의 웃음이 짙어진다.

"그래야 내 마음이 편할 것 같았느니라. 결국은 가는 길까지도 떨치지 못했음이니, 나는 그저 말코로 죽나보구나. 흘흘흘."

앞으로는 절대 울지 않으리라 작정했던 좌소천의 눈이 뿌옇게 가려졌다.

이를 악문 좌소천이 고개를 들자, 영허 진인의 감긴 눈이 천천히 뜨였다.

"어설픈 힘으로 도끼질을 하면 나무에 많은 상처가 나지만, 제대로 된 힘으로 도끼질을 하면 단숨에 자를 수가 있단다. 그러면 나무도 고통을 덜 느끼고 도끼질을 한 사람도 편안해지는 법이지. 내가 티끌 같은 힘으로나마 너를 도운 것은 어차피 휘두를 도끼라면, 네가 완벽한 도끼질을 했으면 싶어서다. 그러니 네가 단숨에 나무를 자를 수 있을 때 이곳을 떠났으면 싶구나."

그때 무릎에 얹어져 있던 한 권의 책이 허공으로 떠오르더니 좌소천을 향해 날아왔다.

"그것은 내가 삼십 년 전 씻을 수 없는 죄를 지었을 때, 나에게 목숨을 잃은 사람의 집에서 얻은 것이다. 너무 패도적인 무공이라 없앨까도 생각했지만, 죄를 지은 내가 그의 물건을 함부로 없앨 수도 없는 일이어서 지니고 있었지. 갈 때 가져가려 했거늘, 우송 도인의 말을 듣고서 지난 세월 지켜본 바, 너라면 그것을 적절히 쓸 수 있을 터……."

영허 진인의 목소리가 잦아든다.

숨소리도 잦아든다.

천천히 감기는 영허 진인의 눈 속에 세상이 모두 담긴 듯하다.

"결국 무상인 것을……."

그 말을 끝으로 머릿속의 울림이 멎었다.

동시에 환한 광채가 영허 진인의 전신에서 뻗치는 듯 느껴졌다.

"어르신?!"

좌소천이 깜짝 놀라 부르짖었다.

그러나 두 번 다시 영허 진인의 눈은 뜨이지 않았다.

너무 고요해 있는 듯 없는 듯 그 자리에 있는 영허 진인이다.

멍하니 영허 진인을 바라보던 좌소천의 눈에서 주르륵 눈물이 흘러내렸다.

'당신은 저의 스승이셨습니다. 어설픈 손자의 마음을 잡아 준 조부셨습니다. 영원히, 영원히… 그러할 것이옵니다.'

다음날.

어떻게 알았는지 현고자가 십여 명의 노도인과 함께 조용히 승허암을 찾았다.

그들은 사흘간 승허암에 머물며 영허 진인의 등선을 비는 진언을 외웠다. 그리고 나흘째가 되던 날, 영허 진인의 유해를 조사동에 안치했다.

좌소천은 또다시 혼자가 되었다는 사실에 한참 동안 아무것도 할 수 없었다.

그는 하루가 지나고, 다음날의 해가 떠오르고 나서야 방을 나섰다.

영허 진인은 가고 없지만 세상은 여전히 어제 그대로였다.

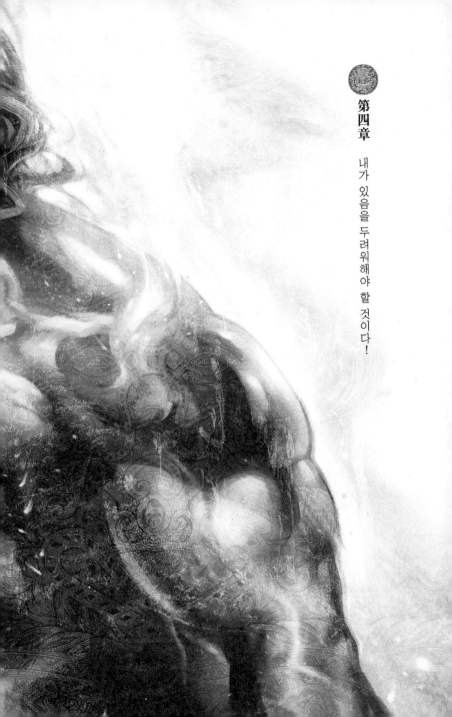

第四章

내가 있음을 두려워해야 할 것이다!

태양이 무당산의 주봉인 천주봉을 넘어 치솟는다.

고요한 아침의 태양을 반기며 수목들이 일제히 기지개를 켠다.

무당이 잠에서 깨어 비상하는 시각이다.

천주봉 서쪽으로 세 개의 봉우리를 넘어가야 보이는 곳, 깎아지른 절벽 중간의 평평한 곳에 세워진 한 채의 작은 암자 앞.

이제 이십대 초반으로 보이는 청년이 석상처럼 우뚝 서서 아침의 태양을 품에 끌어안는다.

조금 마른 듯 보이는 체격, 허리까지 늘어진 긴 머리, 바위를 닮은 무표정한 얼굴, 꺼칠하면서도 짙은 턱수염.

하늘을 향해 두 팔을 벌린 청년은 좌소천, 바로 그였다.

유수와 같이 흐른 세월이 벌써 사 년 사 개월.

그는 어느새 완연한 청년의 모습으로 변해 있었다.

얼마나 지났을까.

"후우우우우……."

길게 내쉬는 좌소천의 숨소리에 아침 햇살이 부르르 몸을 떨었다.

순간, 두 팔을 벌린 채 석상처럼 서 있던 좌소천이 느릿하니 두 손을 가슴에 모으고는 천천히 앞을 향해 내뻗었다.

우르르릉!

암자 옆, 거북이를 닮아 구암(龜岩)이라 이름 붙인 이 장 직경의 거대한 바위가 울음을 터뜨렸다.

한참이 지나서야 서서히 가라앉는 바위의 울음소리.

좌소천은 그 소리가 완전히 그치고 나서야 하늘을 올려다봤다.

'이제 떠나야 할 것 같습니다, 노도장님.'

이 년 전.

영허 진인은 세속의 모든 인연을 떨치고 거처인 승허암에서 우화등선했다. 우화등선하기 전날 밤, 좌소천의 세맥을 타통시켜 주고서.

그 후 혼자가 된 좌소천은 절벽의 그림을 모두 지우고도 바로 승허암을 떠나지 못했다.

자신에게 모든 공력을 쏟아 부은 영허 진인이 마지막으로 부탁을 한데다가, 부탁의 말미에 내민 한 권의 책자 때문이었다.

　그것은 천악신마 악붕의 무공이 적힌 책자였다.

　그곳에는 단 칠 초의 도법이 적혀 있을 뿐이었다. 영허 진인이 없애려 했을 정도의 패도적인 도법이.

　그 도법의 이름은 멸악천도(滅惡天刀)!

　단지 한 번 훑어본 것만으로도 좌소천은 전율이 일어 몸이 사시나무처럼 떨렸다.

　영허 진인의 부탁도 부탁이었지만, 그 도법을 본 좌소천은 승허암을 떠나지 않기로 작정했다.

　어차피 강해지려 작정한 터다.

　하늘을 무너뜨리기 위해서!

　스스로 하늘이 되기 위해서!

　그는 강해지기 위해서 그 도법을 완전히 자신의 것으로 만들겠다고 결심했다.

　무진도를 지니고도 제대로 된 도법을 익히지 못한 그가 아니던가.

　그렇게 이 년. 좌소천은 멸악천도를 무연칠식에 융화시키고는 무진칠도라 이름 붙였다.

　무진도의 무거움은 결코 멸악천도를 익히는 데 방해되지 않았다. 오히려 그 무거움이 멸악천도의 지나친 신랄함을 억누르고 강맹한 위력은 더욱 강맹하게 배가시켰다. 멸악천도가

생각보다 쉽게 무연칠식에 융화되고, 무진칠도로 재탄생하게
된 것도 그러한 이유가 컸다.

멸악천도가 무진도를 만나 진정한 천도(天刀)가 된 것이다.

그리고 마침내 영허 진인에게 구함을 받은 지 사 년 사 개월
째 되는 삼월의 어느 날 아침 좌소천은 승허암을 떠나기로 마
음을 굳혔다.

'천외천가여! 그대들은 내가 있음을 두려워해야 할 것이
다!'

                              2

좌소천이 자소궁에 모습을 드러낸 것은 그날 점심 무렵이었
다.

떠나기 전 몇 사람과 인사라도 하기 위함이었다.

한데 이상했다. 자소궁이 가까워지자 왠지 무거운 기운이
사방에서 느껴진다.

'무슨 일이지? 왜 저렇게 경비가 삼엄하지?

언뜻 느껴지는 사람의 수만도 이십여 명. 얼핏 보이는 자소
궁 안쪽에 무당의 제자들만 있는 게 아니다.

좌소천은 다가가던 걸음을 늦추고 의아한 표정을 지었다.

바로 그때였다.

"누가 안을 엿보는 것이냐?!"

안쪽에서도 그를 봤는지 누군가가 소리쳤다.

동시에 두 사람이 자소궁에서 날 듯이 튀어나왔다.

둘 다 이제 서른 전후로 보이는 자들이었는데, 평범한 체구인 사람은 검을, 덩치가 큰 사람은 도를 차고 있었다.

둘 중 도를 차고 있는 거한이 예리한 눈빛으로 좌소천을 살펴보았다.

"무당의 제자는 아닌 것 같은데, 그댄 누군가?"

평복. 옆구리에는 도(刀) 한 자루.

그런 복장을 한 무당의 제자가 있을 리 만무한 일. 당연한 물음일지도 몰랐다. 문제는 무당의 제자가 아닌 자가 그런 질문을 했다는 것이다.

"무당의 제자는 아닙니다만, 무당과 인연은 있지요. 한데 그러는 두 분은 뉘십니까? 아무리 봐도 무당의 제자는 아닌 듯합니다만."

"흠……."

검을 찬 자가 콧숨을 내쉬며 좌소천에게 다가왔다.

"우리는 무림맹 호정단의 무사들이다. 이 안으로는 당분간 누구도 들일 수 없으니 괜한 목숨 잃기 전에 돌아가라."

호정단은 무림맹 산하 사단 중 하나.

그곳은 무림맹의 주요 인사들을 호위하는 임무를 맡는 곳이었는데, 이백 명의 단원은 모두 구파, 오가와 대문파의 제자들로 이루어져 있었다.

'유명무실하던 무림맹이 다시 움직이기 시작했다더니…….'

식량을 가지고 오는 정은이 강호의 일에 대해 알려주곤 했다. 무림맹에 대한 것도 그의 말을 듣고 알았다.

제천신궁과 전마성의 세력이 너무 팽창하자, 그들을 억제하기 위해 구대문파와 오대세가가 오십 년 만에 무림맹을 중심으로 힘을 모으고 있다는 것이었다.

한데 무슨 일이 있어 무림맹의 인사들이 무당까지 직접 찾아왔단 말인가.

어쨌든 당장 중요한 것은 그것이 아니었다.

"언제나 들어갈 수 있습니까?"

검을 찬 자가 이맛살을 찌푸렸다.

"글쎄, 그건 우리도 모른다. 그러니 볼일이 있거든 돌아가서 나중에 오도록."

그는 조금 강압적인 말투로 좌소천을 쫓아내며 비릿한 조소를 지었다.

"첩자로 오인받아 봐야 자네에게도 좋을 것 없잖은가?"

좌소천은 그를 무심한 눈으로 바라보았다.

눈이 마주 친 순간, 검을 찬 자는 자신도 모르게 어깨를 부르르 떨었다. 입가에 떠 있던 비릿한 조소는 씻은 듯이 사라진 후였다.

'이, 이런, 내가 왜……?'

그는 이를 악물고 눈에 힘을 주었다.

그러나 좌소천은 그를 더 바라보지 않고 몸을 돌렸다. 한데 돌아선 좌소천이 몇 걸음 내려갔을 때다.

"어? 무진!"

저 아래쪽에서 이십대 초반의 도사 하나가 좌소천을 보더니 손을 흔들며 달려온다.

좌소천이 그를 보고 조용히 웃음 짓자 그가 마주 빙그레 웃었다.

"무진, 어쩐 일인가? 식량이 떨어진 건가?"

"아니네, 정은."

정은(靜殷). 그는 좌소천과 나이가 동갑이었는데, 승허암에 맨 처음 찾아왔던 현오자의 막내제자였다.

그는 좌소천이 식량을 가지러 올 때마다 알은체를 하더니, 육 개월이 넘자 친구처럼 지내자며 먼저 말을 텄다. 좌소천도 소탈하게 사람을 대하는 그가 싫지 않아 그렇게 하기로 했다.

그 후 정은이 직접 식량을 들고 승허암에 왔는데, 영허 진인은 그를 앉혀놓고 할아버지가 손자에게 옛날이야기 해주듯이 이런저런 이야기를 해주었다.

그때마다 좌소천은 두 사람만을 남긴 채 자리를 피해주었다. 영허 진인이 정은을 통해 무당에 뭔가를 남기려 한다는 것을 알았기 때문이다.

현오자도 상황을 알았는지 정은을 열흘에 한 번씩 영허 진인에게 보냈다.

무당파에서 좌소천을 허물없이 대하는 유일한 친구, 영허 진인의 마지막 심득을 얻은 무당의 제자. 그게 정은인 것이다.

좌소천이 정은을 바라보며 담담하게 말을 이었다.

"승허암을 떠나려고 하네."

정은의 눈이 휘둥그레졌다.

"떠난다고? 오늘 말인가?"

좌소천은 가볍게 고개를 끄덕였다.

"해서 그간 도움을 준 것에 대해 고맙다는 인사나 하고 가려는 거네."

"이런, 만일 장문인이나 사부님을 만나려 했다면 시간을 잘못 잡았네."

"무슨 일이라도 있나? 왜 저 안의 경비가 저리 삼엄한 것이지? 다른 문파의 사람들도 있는 것 같던데."

"무슨 일이라기보단……."

잠시 망설이던 정은이 좌소천을 한쪽으로 이끌었다.

"좌우간 이리 오게. 지금 가봐야 안으로 들어가지도 못할 테니까."

정은은 좌소천을 한쪽으로 데려가더니 사정을 설명했다.

"지금 저 안에는 무림맹의 장로 다섯 분이 와 계시네. 그 바람에 본 파의 제자들도 허락받지 않고는 안으로 들어가지 못하고 있네."

"무림맹이 제천신궁과 전마성 때문에 힘을 키우고 있다는 말은 들었네만, 그들이 정말 그 정도로 위협이 되고 있는 건가?"

"남쪽으로 세력을 뻗는 것에 한계가 있다 보니 자꾸 다른 곳

으로 눈을 돌리고 있다더군. 그럼 자연히 부딪칠 수밖에 없잖은가?'

그건 그랬다. 힘이 있는 자일수록 항상 더 많은 것을 원한다.

천하제일패라는 제천신궁이 아닌가. 비옥한 곳을 근처에 놔 둔 채 바라보고만 있기에는 그들의 힘이 너무 강했다.

게다가 그런 제천신궁의 움직임에 전마성도 긴장하지 않을 수 없을 것이다. 신월맹도 무너졌는데 자신들이라고 해서 무 너지지 말란 법이 없잖은가 말이다.

강호에 무지한 좌소천도 구대문파와 오대세가가 왜 다시 무 림맹을 중심으로 뭉치려 하는지 이해가 갔다.

더구나 무당은 전마성과 가장 가까운 곳에 있는 만큼 신경 을 곤두세우지 않을 수 없을 터이다.

그때 문득, 좌소천의 눈 깊은 곳에서 싸늘한 광채가 번뜩였 다.

'천하가 요동치기 직전이란 말이지?'

하지만 정은은 좌소천의 변화를 눈치 채지 못한 채 자신이 아는 강호의 상황을 이야기했다.

힘을 결집하기 시작한 무림맹의 움직임, 제천신궁을 비롯한 천하사패의 준동.

와중에 좌소천은 천외천가에 대한 것을 물어보았다.

고개를 갸웃거린 정은이 간단하게 그들에 대해 대답했다.

"글쎄, 몇 년 전 제천신궁에서 천외천가를 향해 한바탕 난리를 친 후로 그들은 활동을 자제하고 움직이지 않는 걸로 알고 있네."

언뜻 들은 적이 있었다.

자신이 영허 진인에게 구함을 받고 정신을 차렸을 즈음, 혁련무천이 천외천가를 향해 선전포고를 했다고 했다.

그 일로 전 강호가 들썩이고, 천외천가의 가주가 큰아들인 순우무종을 보내서 본의 아니게 제천신궁에 죄를 지은 것에 대해 사죄를 했다고 한다.

"금방 끝나지는 않을 것 같군. 내려가세. 떠날 때 떠나더라도 식사는 해야 하지 않겠나?"

결국 좌소천은 현고자를 만나지 못하고 자소궁을 떠나왔다.

현고자와는 영허 진인이 우화등선한 그날 단 한 번 봤을 뿐인 사이, 그리 아쉬울 것도 없었다. 다만 서너 달에 한 번씩 승허암을 들러 영허 진인의 말동무가 되어주었던 현오자를 만나지 못한 것만이 조금 마음에 걸릴 뿐이었다.

한데 두 사람이 도재전에 들어가려는데 누군가가 정은을 불렀다.

"정은 사제, 어디 갔다 오는 길인가? 한참을 찾았지 않은가?"

정은이 뒤를 돌아보더니 눈살을 찌푸렸다.

삼십대 중반으로 보이는 장년 도인이 느물거리는 웃음을 지은 채 다가오고 있었다. 하관이 뾰족하니 빠진데다 가는 눈초리가 치켜 올라간 것이 얍삽하면서도 냉혹하게 보이는 자였다.

"정은이 정수 사형을 뵙습니다. 그런데 무슨 일로 저를 찾으신 것인지요?"

"대사형께서 시킬 일이 있다고 너를 찾아보라고 해서 찾은 거다."

장년 도인의 도호는 정수. 정은의 다섯 사형 중 셋째였다.

그는 기회만 되면 정은을 골탕 먹이고 무공을 가르쳐 준다며 폭력을 행사하곤 했다. 사부인 현오자가 정은을 편애한다는 것이 이유였다. 어찌나 교묘하게 괴롭히는지 정은은 누구에게도 말 못하고 혼자서 그 괴로움을 삭여야만 했다.

정은의 나이 스물이 넘고, 절치부심 익힌 무공이 정수와 비슷해지기 전까지 무려 팔 년간을.

물론 그 후부터는 힘이 아닌 사형이라는 명분으로 괴롭히기 시작했지만.

그러니 정은이 그와 마주치기 싫어하는 것도 당연했다.

"대사형께선 어디 계십니까?"

"연은전에 계실 거다. 한데 옆에 있는 도우는 영허 사백조의 의손이라는 무진 도우가 아닌가?"

그가 좌소천을 바라보며 그러잖아도 가는 눈을 더욱 가늘게 떴다.

좌소천을 본 사람은 많아도 그에 대해 많은 것을 아는 사람은 무당을 통틀어도 그리 많지 않았다. 그 대부분은 무당의 장로들이었고, 일반 제자 중에선 십여 명만이 어렴풋이 알고 있을 뿐이었다.

　정수도 도재전을 자주 오갔기에, 정은이 직접 식량을 숭허 암으로 가져오기 전 식량을 구하러 내려온 좌소천을 먼발치에서 두어 번 본 적이 있었다.

　"그렇습니다, 사형. 이 친구가 무진입니다."

　정수가 가늘게 뜬 눈으로 좌소천을 훑어본다.

　"흠, 그래? 한데 이상하군. 사백조의 가르침을 받았다면 검을 차고 있어야 정상인데 칼을 들었다니, 어떤 무공을 익혔지? 무당의 무공을 배운 것은 아닌 것 같은데?"

　은근히 시비조다.

　좌소천도 정은에게 정수에 대해 들은 적이 있었다.

　심심하면 괴롭히고 골탕 먹이기 일쑤라 했다. 어찌나 교묘하게 괴롭히는지 당하고도 하소연할 데가 없어 혼자 삭여야 할 때가 한두 번이 아니었다고 했다.

　하기에 좌소천은 그를 무시해 버렸다.

　"대사형이 부른다면 빨리 가봐야 하지 않겠나? 나는 아무래도 그냥 떠나야 할 것 같군."

　순간 정수의 가늘게 뜬 눈이 뱀처럼 싸늘하게 번뜩였다. 정은도 못마땅한데 무당에서 빌어먹고 사는 놈이 자신의 말에 일언반구 대꾸도 없다니.

　'이 건방진 놈이!'

　"사백조의 의손이라는 걸 대단한 신분으로 착각하고 있는 것 같군."

정수의 목소리가 조금 날카롭게 변했다.

하지만 이번에도 그의 말을 한쪽으로 흘려버리는 좌소천이다.

"주위가 어수선하니 식사는 다음에 하지."

정은은 웃음이 터져 나오려는 것을 꾹 참고 고개를 끄덕였다.

"아쉽군. 마지막으로 식사나 함께하려고 했더니."

그때, 더 참지 못하겠는지 정수가 싸늘히 소리치며 좌소천에게 다가왔다.

"네가 지금 나를 무시하겠다는 거냐?!"

"나는 누구도 무시한 적 없소. 다만 귀하를 상대하고 싶지 않을 뿐이오."

"뭐야?!"

그의 목소리가 높아지자 지나가던 무당의 제자들이 정수와 좌소천을 주시했다.

상황이 점점 험악해지자 정은이 재빨리 끼어들었다.

"정수 사형, 오늘로 무당산을 떠나려는 친굽니다. 그냥 보내주시지요."

정수가 눈꺼풀을 가늘게 떨며 정은을 노려보았다.

어쨌든 상대는 영허 사백조의 의손이다. 좀 전에는 별것 아닌 것처럼 말했지만, 무당의 어른들은 결코 그렇게 생각하고 있지 않다는 것을 그도 잘 알고 있었다.

그는 마지못한 듯 코웃음을 치며 좌소천을 향해 고개를 돌렸다.

"흥! 떠나려 한다니 오늘은 그냥 보내주지. 하지만 다음에 만나면 조심해야 할 거다."

뭔지 모를 음침함이 느껴지는 표정이다. 하지만 좌소천은 더 상대하지 않고 몸을 돌렸다.

상대할 가치가 없는 자. 좌소천에게는 정수가 그런 자였다.

3

지난 사 년 사 개월간, 숭허암에서 매일같이 무당의 거대함을 보며 살아온 좌소천이다.

그러나 직접 두 발로 걸어 내려가는 무당산은 생각보다 넓고 보기보다 더 험난했다.

떠나는 길, 구경 삼아 천천히 걸어서인지 한 시진을 걸어도 여전히 첩첩산중에 갇혀 있는 상태다.

이대로 가다가는 산에서 밤을 지새워야 할지도 모르는 일. 좌소천은 걸음을 조금 빨리 해 무당산을 내려가기 시작했다.

한데 그렇게 옥허궁이 보이는 곳까지 내려갔을 즈음, 귀에 익숙한 목소리가 들렸다.

"오! 여기서 또 보는군."

고개를 돌리니 느물거리는 표정의 정수가 길이 꺾어지는 곳에서 걸어나오는 게 보였다.

무당산의 길을 잘 아는 그이기에 지름길을 통해 한 걸음 먼저 온 듯했다. 좌소천이 물끄러미 바라만 보자 그의 눈이 한광을 발하며 가늘어졌다.

"흠, 이번에도 무시하겠다는 건가?"

"무슨 일이오?"

"무슨 일? 그야 어떤 건방진 도우 하나 교육시키려고 내려왔지."

"나는 당신과 싸우고 싶지 않소."

솔직한 마음이었다. 마음에 들지는 않지만, 자신을 구해준 영허 진인의 은혜를 생각해 무당의 제자들과는 다투고 싶지 않았다.

"싸우고 싶지 않다? 누가 싸우자고 했나? 내가 어떻게 감히 영허 사백조의 의손과 싸운단 말인가?"

그러면서도 공력을 끌어올리고 다가오는 정수다. 어깨까지 들썩이며 과장된 표정을 짓는 그의 눈이 점점 싸늘해진다.

좌소천은 이마를 찌푸렸다 펴고는 그가 다가오는 것을 그대로 놔두었다.

순간, 어깨를 쳐들었던 정수가 손을 들어 그를 향해 흔들었다.

퍽!

찰나, 둔탁한 소리와 함께 좌소천의 가슴 옷자락이 들썩였다.

부드러우면서도 바위를 부순다는 무당의 면장이 정통으로 가슴에 작렬한 것이다.

하지만 좌소천은 꿈쩍도 하지 않은 채 정수를 노려보기만
했다.

그 바람에 놀란 것은 오히려 정수였다.

'헛! 저 자식이!'

설마 피하지 않을 줄은 생각도 못한 그였다.

미처 손을 거두기도 전에 바위도 부서질 장력이 정통으로
상대의 가슴을 후려쳤다.

문제는 그다음이었다.

급히 공력을 낮추었다고는 하지만, 그것만으로도 피를 토하
며 뒤로 나가떨어져야 정상이었다. 한데 상대는 어깨만 가볍
게 들썩였을 뿐 한 치도 물러서지 않은 것이다.

당황이 오기로 변했다.

"어디, 이것도 받아봐라!"

정수는 벼락같이 달려들며 삼 장을 연이어 뻗었다.

겹겹이 겹치며 위력을 더한 장력이 좌소천의 가슴 한가운데
로 밀려들었다.

그제야 좌소천의 주먹이 들리고, 밀려드는 장력 한가운데에
쐐기 같은 일 권이 정통으로 꽂혔다.

쿵!

"흐읍!"

단 일 권에 비틀거리며 뒤로 세 걸음을 물러서는 정수다.

좌소천의 무심한 눈이 그를 응시했다.

"다시 손을 쓴다면 나 역시 적으로서 당신을 상대할 것이오."

정수는 이를 악물고 눈만 부릅떴다.

그러든 말든 좌소천은 다시 걸음을 옮겨 그의 일 장 옆을 스쳐 지나갔다.

완벽한 무시.

정수의 눈에서 새파란 독기가 넘실거렸다.

대무당파의 이대제자인 그가 언제 이런 꼴을 당해봤던가.

"건방진 놈!"

노성을 내지른 정수가 등 뒤로 손을 뻗어 검병을 잡았다.

쟁! 쉐엑!

순간 검을 빼 든 정수가 곧장 좌소천의 어깨를 찔러왔다.

무당파의 대표적인 검 아홉 가지 중 네 가지를 익힌 정수였다. 그의 검은 빠르고 날카로워서, 한 번 휘두름에 찰나간 일곱 개의 검화를 피우며 칠성의 방위를 점했다.

'죽이지는 않으마! 하지만 그냥 보내지도 않겠다!'

허공에 피어오른 검화를 바라보며 멀뚱히 서 있는 좌소천을 보며 정수는 냉소를 머금었다.

이미 자신의 장력을 맨몸으로 받아내는 것을 본 터다. 그는 자신의 검이 좌소천의 두 자 앞에 이르자 검을 더욱 강하게 찔렀다.

'이제 죽으면 네 탓이다, 놈!'

쉐에엑!

검화가 더욱 현란해지며 좌소천의 어깨를 파고들었다.

찰나였다!

좌소천이 고개를 돌리는가 싶더니, 단순히 어깨를 비트는 것만으로 그의 검을 흘려냈다. 어깨를 통해 흘려낸 기운이 검을 밀어낸 것이었지만, 그것이 정수의 눈에는 검이 스스로 미끄러져 가는 듯 보였다.

'어헛!'

대경한 정수가 칠성검을 구궁검으로 변화시켜 옆으로 그어 내렸다.

그때다. 좌소천의 좌수 검지가 변화되기 직전인 정수의 검면을 찍었다.

따앙!

그 충격에 변화가 끊기고 검신이 파르르 떨며 튕겨졌다.

뒤이어 좌소천의 우수 일 권이 정수의 가슴을 향해 뻗었다.

다섯 자의 거리. 피하고 자시고 할 틈도 없었다.

정수는 급히 좌수로 가슴을 막았다. 순간,

쾅!

"커억!"

비틀거리며 주르륵 물러선 정수의 입에서 답답한 신음이 터져 나왔다.

그는 급히 신형을 세우고 이를 악문 채 좌소천의 다음 공격을 대비했다.

하지만 좌소천은 물러선 그를 쫓아가지 않았다.

"그렇게 죽고 싶소?"

자존심이 상하는지 정수의 얼굴이 와락 일그러졌다.

"너… 네놈이 감히……!"

한데 정수가 부들부들 떨며 분노에 찬 눈으로 좌소천을 바라볼 때다.

"무슨 일이오?"

위쪽에서 소리가 나더니 십여 명의 사람이 내려왔다.

좌소천은 이미 그들이 내려오는 것을 알고 있었다. 정수를 적극적으로 공격하지 않은 것도 그 때문이었다.

한 번 더 정수를 바라본 좌소천은 묵묵히 고개를 돌려 내려오는 사람들을 바라보았다.

언뜻 선두에 선 사람 중 눈에 익은 자가 보였다.

검을 찬 자, 자소궁에서 만난 호정단의 무사였다.

한데 그들 일행 중에 장로 급 인물이 보이지 않았다. 게다가 숫자도 자소궁에 있던 호정단의 전체 무사 중 반 정도밖에 되지 않았다. 회합이 끝나고 호정단 중 반이 먼저 내려온 듯했다.

"자네는 자소궁에 찾아왔던 자가 아닌가?"

그가 먼저 좌소천을 알아보고 알은체를 했다.

한데 조금 싸늘한 목소리다. 눈빛도 차갑게 가라앉아 있다.

'귀찮게 될 거 같군.'

그가 좌소천을 향해 다가가는데, 그의 뒤에 바짝 붙어 따라오던 장한이 넌지시 입을 열었다.

"남궁 아우, 무슨 일인가?"

검을 찬 자, 남궁호가 미미하게 눈살을 찌푸렸다.

"별거 아닙니다, 대주. 자소궁의 경비를 서고 있을 때 만난 자인데, 자소궁 안을 엿보고 있기에 쫓아낸 적이 있었지요."

당시 상황을 앞뒤 자르고 말하니 잘못 들으면 오해 사기에 딱 좋은 말이었다.

정수가 그 말을 이용해 좌소천을 몰아붙였다.

"나는 무당의 정수라 하네. 몇 가지 물어볼 것이 있어서 가로막았다가 일격을 당하고 말았다네. 한데 전에도 그런 일이 있었다니, 수상하다 생각한 내 짐작이 맞는 것 같군."

무당의 제자는 없는 상황. 거기다 정수는 무당의 이대제자가 아닌가.

그의 말에 호정단 무사들의 표정이 굳어지고, 남궁호는 잘되었다는 듯 검을 뽑아 들었다.

쨍!

"이제 보니 첩자가 아닌가!"

좌소천은 무심한 눈으로 남궁호를 응시했다.

상대를 다 때려눕힐 수도 없는 일. 귀찮았지만 사정을 먼저 설명했다.

"무당산에서 사 년을 넘게 살다 내려가는 길이오. 그냥 보내주시오."

"사 년 넘게 첩자로 있었단 말인가?"

얼토당토않은 말이었지만 일일이 설명하고 싶지도 않았다.

"무당파가 그렇게 안이한 곳은 아니라 생각하오만."

"흥! 첩자가 첩자라 말하고 지내던가?"

자꾸 억지에 가까운 말투로 몰아붙이는 남궁호다.

그런데도 다른 호정단의 무사들은 반신반의하면서 두 사람을 지켜보았다.

그때 정수가 다시 끼어들었다.

"한두 달에 한 번 나타났으니 본 파의 제자들이 모를 수도 있었겠지."

호정단의 무사 중 몇이 그 말에 동요하고 좌소천을 에워쌌다.

"후회할 일은 하지 마시오."

"후회?"

남궁호의 눈이 가늘어지더니 싸늘한 기운이 흘러나왔다.

"그만큼 자신있단 말이겠지?"

중단으로 들어 올린 그의 검에서 싸늘한 검기가 뿜어졌다.

자소궁에서 잃은 자존심을 만회하겠다는 생각인 듯했다.

그때 도를 찬 자, 팽교가 칼을 느릿하게 옆으로 흘리며 낭랑한 목소리로 말했다.

"옥허궁으로 가서 사정을 알아볼 것인즉 일단 칼을 내려놓아라!"

정수가 다급히 나섰다.

"저자는 상당한 무공을 소지한 자요. 나도 저자를 무시했다가 내상을 입었소이다. 잡으면 반드시 내공을 못 쓰게 해야 하오!"

무당의 이대제자가 자신의 자존심을 상하면서까지 한 말이다.

좌소천을 에워싼 다섯 명의 무사가 일제히 기운을 뿜어냈다.

대항하면 망설이지 않고 손을 쓰겠다는 표정들이다.

좌소천도 슬며시 짜증이 났다.

그는 한쪽을 뚫고 그냥 떠날 생각으로 정수를 바라보았다.

흠칫한 정수가 검을 들어 올리며 소리쳤다.

"이놈! 내 비록 내상을 입었다 하나 뚫고 가기가 쉽지 않을 것이다!"

두 사람이 재빨리 정수의 옆으로 다가갔다.

"도장, 뒤로 물러서시지요! 저희가 맡겠소이다!"

정수는 좌소천을 노려보며 마지못한 듯 물러섰다.

"그럼 내 내상이 안정될 때까지만 부탁하겠소."

좌소천은 어이가 없는 한편으로 정수의 간교함에 분노가 끓어올랐다.

떠나더라도 정수만큼은 그냥 놔두고 싶지 않았다.

'죽이진 않더라도 팔다리 하나는 부러뜨려 주마!'

작정을 한 좌소천은 정수가 있는 곳을 향해 몸을 날렸다.

갑작스런 그의 움직임에 호정단의 무사들이 대경해 소리쳤다.

"놈을 막아!"

정수의 앞을 막고 있던 두 사람이 함께 손을 쓰며 좌소천의 공격을 막았다.

떠덩!

단 일격에 두 사람이 비틀거리며 물러선다.

좌소천은 물러서는 두 사람을 향해 쌍장을 흔들어 밀치고는 곧장 정수를 향해 쌍권을 휘둘렀다.

콰아아아!

회오리치며 정수를 향해 밀려가는 두 줄기 권풍이다.

그때 남궁호와 팽교가 좌소천을 향해 달려들고, 지켜보고 있던 대주라는 장한이 쌍장을 휘두르며 좌소천의 공격에 맞섰다.

"어림없다!"

콰광!

"크읍!"

대주라는 자가 눈을 부릅뜨며 밀려났다.

그사이 정수가 몸을 홱 돌려 호정단의 무사들이 있는 곳으로 물러섰다.

좌소천은 일단 정수를 놔둔 채 뒤에서 밀려드는 남궁호와 팽교의 공격을 해소시켰다.

가볍게 휘젓는 손에 남궁호의 검이 옆으로 밀려나고, 손을 세워 후려친 일수에 팽교의 도가 팅겨진다.

땅!

좌소천은 균형을 잃은 두 사람의 가슴으로 달려들며 가볍게 손을 흔들었다.

그 모든 동작이 너무나 빨라 다른 사람 눈에는 그저 청영이 번쩍이는 것처럼 느껴졌다.

퍼벅!

"헉!"

"커억!"

좌소천은 바닥을 뒹구는 남궁호와 팽교를 보지도 않고 정수를 향해 고개를 돌렸다.

하지만 이미 정수는 호정단원의 뒤쪽 숲 속으로 몸을 감춰 버린 후였다. 정수가 그리 쉽게 도망갈 줄 몰랐던 좌소천은 어이가 없어 손을 멈췄다.

그때었다.

호정단의 무사들이 악을 쓰며 달려들었다.

"악적! 순순히 무릎을 꿇어라!"

"정의의 검을 받아라!"

좌소천의 표정이 싸늘하게 굳었다.

정수도 도망친 마당이니 그냥 떠날 수도 있다.

하지만 아무것도 모르면서 상대를 핍박하는 호정단의 멍청이들을 보니 울화가 치밀었다.

"멍청한 자들!"

찰나였다!

좌소천의 쌍권이 교차하는가 싶더니, 권풍이 회오리치며 달려드는 네 명의 호정단원을 휘감았다.

콰콰쾅!

굉음이 일며 달려들던 네 명의 호정단원이 일제히 이 장 밖으로 튕겨졌다.

좌소천은 먼지 구덩이에서 신음을 흘리며 바닥을 기는 자들을 한 번 쓸어보고는 몸을 날려 그곳을 떠나 버렸다.

"뭘 잘못했는지 몸이 나을 동안 잘 생각해 봐라!"

먼지는 한참이 되어서야 가라앉았다.

호정단 제일대의 대주인 황보석은 멍한 표정으로 장내를 주시했다.

자신들과 싸웠던 좌소천은 이미 떠나 버린 후다.

'멍청한 자들이라고? 뭘 잘못했는지 생각해 보라고?'

상대의 실력은 자신들이 감당할 수 있는 것이 아니었다.

아마 그가 작정했다면 이 정도로 끝나지 않았을 것이다. 그런데 상대는 그저 가벼운 상처만 입히고 이곳을 떠나 버렸다.

정수는 어디 갔을까? 그는 왜 도망을 간 것인가?

왜 적이라 생각했던 자는 자신들을 멍청하다고 했을까?

그때 뒤쪽에서 이십여 명이 날듯이 달려왔다.

다섯 명의 장로와 그들을 호위하는 호정단의 간부들, 그리고 그들을 바래다 주기 위해 산을 내려온 무당의 제자들이었다.

"무슨 일이냐?! 무슨 일인데 무당에 와서 이리도 소란을 피운단 말이냐?!"

"황보 대주, 대체 이게 어찌 된 일인가?!"

뭐라고 할 것인가.

그는 무당에서 사 년을 넘게 살았다고 했다.

첩자와 싸웠다고 하자니 그가 첩자인지도 확실치 않다.

정수 도장이라도 있으면 모르겠는데, 그는 도망가 버렸다.

그러고 보니 머리카락에 가려져서인지 얼굴도 잘 생각이 나지 않는다.

그저 호정단 열 명의 무사가 바닥을 뒹굴었다는 것. 그것이 결과의 모든 것이었다.

황보석은 꿀 먹은 벙어리처럼 아무 말도 할 수가 없었다.

알지도 못하면서 남의 말만 듣고서 무조건 첩자로 몰아세우고, 대항하니 내공을 폐지하겠다고 덤벼든 우매한 놈.

그게 자신이었다.

뭘 잘못했는지 황보석은 그제야 어렴풋이 알 것 같았다.

'정수 도장… 문제는 그 사람인데…….'

하지만 없는 사람을 문제 삼을 수도 없는 일. 더구나 이곳은 무당이 아닌가.

대신 그의 눈이 남궁호를 향했다.

"남궁 아우, 그가 누군지 아나?"

남궁호가 찔끔한 눈을 슬며시 돌렸다.

"그게… 정은이라는 소도장이 무진이라고 부른 것밖에……."

그때였다.

뒤쪽에서 누군가가 버럭 소리쳤다.

"무진이라고? 혹시 그가 청의를 입고 옆구리에 칼을 차고 있지 않던가?"

무림맹의 장로들을 헤치고 나오는 노도장, 현오자였다.

황보석이 대답했다.

"맞습니다, 노도장님. 우리는 그가 첩자일지 몰라서 공격했는데……."

현오자가 성질을 못 이기고 발끈했다.

"첩자?! 영허 대사백의 의손자를 첩자라고? 그걸 지금 말이라고 하는가!"

그의 한마디에 무림맹의 장로들이 조용해졌다.

영허 대사백.

그 이름이 주는 무게 때문이었다.

무림맹의 장로 중 한 사람인 종남의 송양자가 놀란 눈을 크게 뜨고 물었다.

"현오자, 설마… 삼십 년 전에 사라진 검성께서 돌아오셨단 말씀이시오?"

현오자는 그제야 자신의 말실수를 깨닫고는 콧소리로 대답했다.

"큼! 이미 우화등선하셨소이다."

그러고는 황보석을 비롯해 바닥에서 겨우 몸을 일으키는 호정단의 무사들을 쓸어보았다.

"그래도 손에 인정을 많이 둔 것 같군. 잘들 가시오. 나는 그만 올라가 봐야겠소. 너희들이 모셔다 드려라."

화가 난 표정이었다.

하나 그것보다는 자신의 말실수에가 꼬리를 물까 봐 자리를 피하기 위함이었다.

현오자는 정자배 세 명의 제자들에게 책임을 떠맡기고는 횅하니 자리를 떠버렸다.

황보석은 사람들의 눈이 자신을 향하자 고개를 들지 못했다.

'정수 도장은 알고 있었을 것이 아닌가? 그런데 왜? 설마 고의로? 만일 그렇다면 정말 간교한 자가 아닌가?'

그날 황보석의 가슴에 불신이 하나 싹텄다.

하지만 아무도 몰랐다. 그의 가슴에 싹튼 한 가닥 불신으로 인해 천하의 향방이 갈릴 줄은.

4

조용히 눈을 뜨는 옥으로 된 좌대 위의 여인을 바라보며 백여 명의 여인이 일제히 엎드린다.

앞쪽에 엎드린 이십여 명의 중년 여인이 한목소리로 외친다.

"신녀의 재림을 앙축하나이다!"

"앙축하나이다!"

눈을 뜬 여인이 엎드린 여인들을 쓸어보며 천천히 고개를 들었다.

그러자 그녀의 앞에 서 있던 노파가 복받친 목소리로 입을 열었다.

"본 궁의 한이 하늘에 이르러 하늘조차 감동했으니 마침내 신녀께서 재림하셨노라!"

노파답지 않은 낭랑한 음성이 동굴 안에 울려 퍼졌다.

"신녀시여!"

일제히 외치며 두 손을 받쳐 드는 수백의 여인들이다.

옥대에 앉아 있던 여인이 몸을 일으킨 것은 바로 그때였다.

"파파, 강호에 나갈 준비는 다 되었나요?"

열리지 않을 것 같던 여인의 입이 나직이 열리고, 신비롭고도 요요로운 음성이 은은히 울려 퍼졌다.

하나 너무나 차가웠다.

듣는 것만으로도 심장이 얼어붙는 듯하다.

지나가던 바람조차 그녀의 한기에 떨며 숨을 죽인다.

그녀의 앞에 서 있던 노파, 한령파파 역시 심장이 오그라드는 한기에 숨을 깊게 들이쉬며 고개를 숙였다.

"그렇습니다, 신녀시여! 오백의 제자가 신녀의 명이 떨어지기만을 기다리고 있나이다!"

"좋아요. 그럼 세상에 본 궁의 한이 얼마나 무서운지 알려주도록 해요."

"예, 신녀시여!"

정한궁.

삼백 년 전에 사라졌다는 여인들의 문파.

그녀들이 마침내 자신들의 쌓인 한을 풀기 위해 강호행을 선언한 것이다.

바람, 무산의 서쪽 자락 깊은 동굴에서 만년빙보다 더 차가운 바람이 불기 시작했다.

혈향 가득한 바람이!

第五章

한 맺힌 눈동자를 지닌 사나이

절대천왕 絶對天王

1

강가에서 분 바람에 활짝 열린 창문이 덜컹거린다.

찻잔을 내려놓은 좌소천의 눈이 창밖을 향했다.

'한 시진이라 했던가?'

한수(漢水)와 남하(南河)가 만나는 곡성(谷城)에 도착한 것은 무당을 떠난 지 하루 만이었다.

강줄기 두 곳이 만나는 곳이어서 그런지 강바람이 제법 세차게 불어왔다. 게다가 황사까지 섞여 있어서 눈을 뜨기가 쉽지 않았다.

배를 타고 남쪽으로 내려갈 생각이었다. 하기에 곡성에 들어서자마자 선착장으로 가서 어부인 듯 보이는 노인에게 배가 들어오는 시간을 물어보았다.

노인은 고개를 들어 자신을 바라보더니 한 시진은 더 기다려야 한다고 한다.

그 말에 인적이 드문 곳에서 강을 건너 육로로 갈까도 생각해 보았다. 하지만 누가 보기라도 한다면 자신에 대한 것이 알려질지도 몰랐다.

배를 타면 곧바로 융중산이 있는 양번까지 갈 수 있는데, 공연히 남의 입에 오르내리는 행동을 해서 적에게 주의를 줄 필요는 없는 일이 아닌가.

이런저런 생각 끝에 객잔에서 배가 들어오기를 기다리기로 했다.

그게 반 시진 전의 일이었다. 이제 곧 배가 들어올 터. 자신을 남쪽으로 실어다 줄 것이다.

사실 곧바로 천외천가가 있다는 섬서로 갈 생각을 하지 않은 것은 아니었다. 전이었다면, 하다못해 이 년만 빨리 나왔어도 무작정 그렇게 했을지 몰랐다.

그러나 지금의 자신은 이 년 전의 자신이 아니다.

물론 복수를 하겠다는 마음에는 변함이 없다. 다만 상대도 강하다는 걸 인정할 정도가 된 것이 다를 뿐이다.

강한 적에게는 그에 걸맞은 방법으로 복수를 해야 하니까.

게다가 천외천가는 천비삼역이라 불리는 곳. 태백산에 있다는 것만 알려져 있을 뿐, 천외천가의 정확한 위치를 알고 있는 사람은 강호에 거의 없는 상황이다.

위치도 모르면서 적진에서 헤맬 수는 없었다.

'제갈진우는 알까?

그는 천외천가의 일을 도와줄 정도로 천외천가와 가까운 사람. 그럴지도 몰랐다.

하기에 일단 제갈세가의 제갈진우를 먼저 만난 후 대홍산에 들렀다가 악양으로 갈 생각이었다.

보다 철저히 하늘을 무너뜨릴 힘을 키우기 위해서!

'그때가 되면 태백산이 피로 물들 것이다.'

좌소천이 깊은 생각에 잠겨 있는데, 저만치 한 척의 배가 들어오는 게 보였다. 강 건너편에서 오는 배였다.

'음?

한데 배에 타고 있는 사람 중 반 이상이 무인이 아닌가.

언뜻 본 숫자만도 십여 명. 그들 중 몇은 일류고수라 칭하기에 부족하지 않은 고수들이었다. 게다가 복장이 비슷한 것이 모두 한 문파에 속한 무인들인 듯했다.

그때 옆에서 누군가가 소곤거렸다.

"제갈세가의 사람들이군."

제갈세가.

그 말에 좌소천의 표정이 굳어졌다.

제갈진우를 죽이려는 자신이다. 그런 판에 제갈세가의 사람들을 보니 묘한 기분이 들었다.

'제갈세가가 막는다면 그들 역시 적으로 삼는 수밖에 없겠지.'

좌소천이 그들을 바라보며 나름대로 마음의 결정을 내렸을 때다. 문득 싸늘한 기운이 느껴졌다.

객잔의 전면 구석진 곳에 앉아 있는 흑의장한에게서 느껴지는 기운이었다.

어찌나 상처가 많은지 정확한 표정을 알 수 없을 정도였다. 슬쩍 보니 그의 눈도 창밖을 향한 채 눈동자가 제갈세가의 무사들을 따라 움직이고 있었다.

가늘게 떨리는 눈빛, 살기에 가까운 적개심이 그의 눈에서 쏟아진다.

왜 저자는 제갈세가의 사람들을 보며 저렇게 적개심을 품는 걸까?

조금 엉뚱한 의문이 들었다.

'단순한 적개심은 아닌 거 같은데……'

자신처럼 씻지 못할 한이 있는 걸까?

하나 자신과는 상관없는 일. 좌소천은 신경을 끄고 창밖으로 눈을 돌렸다.

그때 배에서 내린 사람들이 좌소천이 있는 객잔 쪽으로 방향을 트는 게 보였다.

잠깐 사이 주렴이 걷히더니 네 명의 중년인과 여덟 명의 청년으로 이루어진 그들이 객잔으로 들어섰다.

동시에 흑의장한에게서 뿜어지던 싸늘한 느낌이 사라졌다.

좌소천은 조금 이상한 기분에 흑의장한을 바라보았다. 그는 고개를 푹 숙이고 있어서 상처투성이 얼굴이 머리카락에 가려 보이지 않았다.

그때 문득 탁자 밑으로 검은 가죽에 싸인 한 자루 검이 의자 위에 놓여 있는 게 눈에 들어왔다. 검 위에 자연스럽게 얹어져 있는 좌수가 검집을 쓸어내린다.

그때 흑의장한의 고개가 슬쩍 들렸다.

여전히 머리카락에 가려 얼굴은 보이지 않는 상황이다. 하지만 흑의장한은 머리카락 사이로 제갈세가의 움직임을 보고 있을 것이다.

그사이 제갈세가의 무사들이 객잔 가운데로 다가와 탁자를 차지하고 앉았다.

제갈세가의 무사들이 앉은 곳은 좌소천과 그리 멀지 않았다.

그들은 두 개의 탁자를 차지하고서 오만한 표정으로 좌우를 쓸어보았다.

곧 그들을 향해 스물이 채 안 되어 보이는 점소이가 쪼르르 달려갔다.

"뭘 드시겠습니까, 나으리들!"

그때까지만 해도 별일이 없었다.

주문을 받은 점소이가 돌아가고, 제갈세가 무사들이 있는 곳에서 가벼운 웃음이 흘러나올 때까지만 해도 그냥 그렇게 지나갈 줄 알았다.

한데 점소이가 양손에 가득 음식을 들고 탁자 사이를 지나갈 때다.

검을 쥔 흑의장한의 좌수에 힘이 들어갔다.

은은히 퍼지는 싸늘한 기운.

한데 바로 그때였다.

고개를 돌린 좌소천의 눈에 제갈세가의 네 중년인 중 두 사람이 슬며시 손을 내리는 게 보였다.

얼굴은 웃고 있는데 눈은 조금도 웃지 않는 두 사람이다.

두 사람의 탁자 밑으로 내린 손이 소매를 쓰다듬는다.

동시에 좌소천의 전음이 흑의장한의 귓청을 때렸다.

"들었소. 손을 쓰지 말고 그냥 나가시오."

순간 검을 꽉 쥔 흑의장한이 엉거주춤 반쯤 일어서다 말고 굳어버렸다.

그는 격렬히 떨리는 눈으로 탁자 위를 바라보고는, 허리를 다친 노인마냥 천천히 몸을 세웠다.

"여, 여기… 얼마인가?"

점소이가 쪼르르 달려갔다.

"열닷 푼입니다요!"

그제야 제갈세가의 두 중년인도 표정을 풀고는 소매를 잡았던 손을 탁자 위로 올렸다. 하지만 그들의 의혹에 찬 눈은 여전히 흑의장한에게서 떨어지지 않은 상태였다.

좌소천이 자리에서 일어난 것은 바로 그때였다.

그가 자리에서 일어나 제갈세가의 사람들 쪽으로 다가가자 두 군데에서 반응이 일었다.

흑의장한이 품속에서 돈을 꺼내 계산하려다 멈칫한 채 좌소천을 쳐다보고, 제갈세가의 중년인들도 다시 눈빛을 바꾼 채 좌소천의 움직임을 주시했다.

터벅터벅.

좌소천은 서너 걸음을 걸어 제갈세가 무사들 앞에 서서 그들에게 물었다.

"혹시 제갈세가 분들이 아니신지요?"

네 명의 중년인 중 매부리코의 중년인이 대답했다.

"맞네만, 그러는 자네는 누군가?"

"무당산에서 살다 어제 내려온 강호 초출의 후배입니다."

무당산이라는 말에 매부리코의 중년인 제갈승의 표정이 조금 풀어졌다.

"흠, 무당이라……. 무당의 제자는 아닌 것 같네만."

무당산에는 무당파만 있는 것이 아니었다. 무당산에는 적어도 수백 개의 도관이 있고, 그곳마다 적게는 몇 명, 많게는 수십 명의 제자들이 있었다. 게다가 우송 도인처럼 수십 년을 홀로 수도하는 사람도 많았다.

또한 도인이 아니면서도 무당산의 기운이 좋아 은거한 무인만도 수백은 될 터이다.

다만 그들 중 마도인이 없다는 것. 좌소천이 무당을 들먹인 것은 바로 그걸 알기 때문이었다.

아니나 다를까, 제갈승이 경계를 늦춘다.

"그저 무당산에서 사 년 조금 넘게 살았을 뿐, 무당의 제자는 아닙니다. 제갈세가 분이시라면 한 가지 물어볼 게 있습니다만?"

"물어볼 것? 뭘 말인가?"

"혹시 제갈 성에 진 자, 우 자 이름을 쓰시는 분이 지금도 제갈세가에 계시는지요?"

제갈승의 얼굴에 가벼운 놀람이 떠올랐다.

"숙부님은 무슨 일로 찾는 건가?"

"오래전에 약간의 인연이 있어서 찾아뵈려는 것입니다."

"그분이야 본가에 계시기는 하네만……."

제갈승이 말을 늘일 때다. 눈썹이 굵은 호안의 중년인이 눈살을 찌푸렸다.

"형님, 숙부께서는 이미 사람을 만나지 않은 지 오래되었는데, 굳이 그분의 거처를 저 청년에게 알려줄 필요가 있겠습니까?"

조금은 이상한 뜻이 담긴 말이었다.

본가에 있기는 한데 거처가 따로 떨어져 있는 듯하다.

말리려던 게 오히려 단서를 제공한 꼴. 좌소천은 내심 쾌재를 부르며 어깨를 으쓱했다.

"만나주시지 않는다면 어쩔 수 없습니다만 한번 가보기는 하겠습니다. 한데 거처가 제갈세가 안이 아닌지요?"

"같은 융중산에 있긴 하나 아마 간다 해도 저 아우의 말대로 만나지는 못할 것이네."

"그럼 어쩔 수 없지요. 좌우간 알려주셔서 감사합니다."

가볍게 포권을 취한 좌소천은 고개를 돌려 점소이를 바라보았다.

그때까지도 흑의장한은 계산을 끝내지 못하고 있었다.

"뭐 하는 거요? 기회를 놓치면 이들이 보내주지 않을 것이오!"

움찔한 흑의장한이 서둘러 계산을 끝내는 걸 보고 좌소천이 점소이를 불렀다.

"나도 계산을 했으면 좋겠군."

점소이가 손에 든 돈을 세며 좌소천에게 다가왔다.

그사이 흑의장한이 좌소천을 노려보면서 그의 뒤를 지나 입구 쪽으로 향했다.

앞에 앉아 있던 제갈세가 사람들은 주시하고 있던 흑의장한이 나가는데도 머뭇거리지 않을 수 없었다. 좌소천과 점소이가 그들의 시선을 가로막았기 때문이다.

하지만 제갈세가 사람들이 앉아 있던 탁자는 둘. 다른 탁자에 앉아 있던 사람들이 흑의장한을 불렀다.

"이봐! 잠시 거기 서보게!"

그러나 흑의장한은 못 들은 척 곧장 주렴을 젖히고 밖으로 나갔다.

"거기 서보라니까!"

뒤늦게 제갈세가의 사람들 중 창을 든 중년인과 두 명의 청년이 흑의장한의 뒤를 쫓아나갔다.

계산을 끝낸 좌소천도 그들의 뒤를 따라 객잔을 나섰다.

밖에는 여전히 황사바람이 불고 있었다.

좌소천은 선창가로 나가 도도히 흐르는 한수를 바라보았다.

반 시진 후면 배가 온다고 했다.

배가 오면 제갈세가가 자리 잡고 있는 융중산으로 갈 것이다. 그리고 원수 중 하나의 목숨을 거둘 것이다.

'이제 시작일 뿐이다.'

얼마나 지났을까, 머리칼을 바람에 휘날리며 묵묵히 서 있던 좌소천의 고개가 북쪽으로 돌아갔다.

바람에 섞여 무기 부딪치는 소리가 들려온다.

한수 상류 쪽 갈대숲이 우거진 너머.

흑의장한이 끝내 제갈세가의 무사들과 부딪친 듯하다.

좌소천은 그들의 싸움을 무시할 생각이었다. 자신의 일만도 벅찬데 남의 일을 신경 쓰기에는 마음의 여유가 없었다.

한데 갑자기 흑의장한의 눈빛이 떠올랐다.

순간 마음이 흔들렸다.

이제야 그 눈빛의 의미를 알 것 같았다.

'그건 한 맺힌 눈동자였어.'

동병상련이랄까. 좌소천은 문득 흑의장한에게 어떤 한이 있어 제갈세가를 단독으로 상대하려 하는지 궁금해졌다.

마음이 움직이자 몸도 움직였다.

천천히 몸을 돌린 좌소천은 갈대숲을 향해 걸음을 옮겼다.

세 걸음 옮기는 사이, 그의 몸이 이십여 장 떨어진 갈대숲

쪽으로 사라졌다.

쩌저정!
"어림없다!"
흑의장한은 두 청년과 격전을 벌이며 한 치도 물러서지 않았다.
그러나 입으로 힘차게 소리치는 것과 달리, 그의 마음은 다급하기만 했다.
단순히 두 청년만 상대하는 것이라면 걱정할 것이 없었다. 문제는 창을 든 채 퇴로를 막고 있는 중년인이었다.
그는 현의신창 제갈광. 제갈세가에서 가장 창을 잘 쓴다는 고수였다. 능히 제갈세가에서 열 손가락에 드는 고수.
그를 신경 쓰다 보니 두 청년의 합공이 부담이 될 수밖에 없는 상황이었다.
'제기랄!'
두 청년과 손을 나눈 지 십여 초. 벌써 서너 군데 상처를 입었다. 어쩌다 한 번씩 끼어드는 제갈광에게 입은 상처였다.
수십 군데의 상처를 지닌 자신에게 그까짓 상처는 아무것도 아니었다. 하지만 없는 것보다는 못했다.
휘리리릭!
검을 휘돌리며 두 사람의 공격을 막아낸 흑의장한은 이를 악물고 반격을 시도했다.
'이곳에서 죽을 수는 없어!'

그가 제갈세가 사람들을 노린 이유는 단 하나다.

마도에 몸을 담았다는 이유만으로 친구들과 십여 명의 식솔이 죽임을 당했다. 무정효 제갈승이란 놈에게.

그들의 한을 풀어줘야 했다.

제갈승이란 놈의 목을 쳐야 했다.

하기에 손가락질을 받는 한이 있어도 등 뒤에서 암습을 하려 했다.

자신의 목숨을 바쳐서!

그게 바로 사신이 사는 목표였으니까!

한데 놈을 보자 광기가 꿈틀거려 자신을 드러내고, 결국 실행도 못해본 채 도망치듯 객잔을 나섰다. 그나마도 잠시 머뭇거린 바람에 자신의 정체마저 드러나고 말았다.

'멍청한 놈! 그때 바로 나와야 했는데!'

문제는 지금이다.

이들의 공격을 물리치고 빠져나가야 하는데 막막하기만 했다. 상처를 입어 몸놀림도 둔해진데다, 이들이 펼치고 있는 삼재진은 너무나 견고했다.

게다가 나머지 한곳을 제갈광이 막고 있는 상태가 아닌가.

"흥! 제갈세가가 정파의 기둥이라더니 다 헛소리구나! 나 하나를 상대하기 위해서 세 놈이 진을 펼쳐 덤비다니!"

흑의장한은 악에 받친 표정으로 소리치며 검을 좌우로 휘둘렀다. 그 기세가 어찌나 사나운지 두 청년의 공격이 멈칫했다. 하지만 포위망은 조금도 흔들리지 않고 여전했다.

그렇게 삼사 초가 더 흘러가던 어느 순간, 흑의장한의 이가 악물리더니 눈에서 살광이 돌았다.

'도망칠 수 없다면 한 놈이든 두 놈이든 저승길의 동반자로 삼을 것이다!'

제갈승을 죽이지 못한 것은 어쩔 수 없다. 그 대신 다른 놈의 목을 가족들에게 바치리라.

그것이 자신의 한계라는 것이 서글펐지만, 상황은 막다른 골목으로 치닫고 있었다.

쩌저저정!

자신의 몸을 돌보지 않는 흑의장한의 공격에 두 명의 청년이 흠칫 뒤로 물러섰다.

"어림없다, 장하경!"

동시에 바라만 보고 있던 제갈광이 몸을 날렸다.

흑의장한은 정면으로 날아드는 제갈광의 창을 향해 연달아 삼초를 펼치며 갈지자로 물러섰다.

하지만 그가 풀어내기에는 제갈광의 창이 너무나 신랄하고 강했다.

더구나 현천단의 어린놈들 둘과 싸우던 중 제갈광의 급습에 제법 깊은 상처를 입은 상태.

따라라라랑!

연이은 검명이 울리며 흑의장한 장하경의 검이 한쪽으로 밀렸다.

순간 하늘 가득 퍼진 창영이 물러서는 그의 가슴으로 밀려들었다.

앞이 캄캄해진 장하경은 이를 악다물었다.

'오냐, 그래!'

"함께 죽자, 제갈광!"

독심을 품은 장하경은 제갈광의 창을 보지도 않고 물러서던 걸음을 멈춘 채 혼신의 공력으로 검을 뻗었다.

"이런!"

뜻밖의 강수에 제갈광이 창을 비틀었다.

땅!

귀청을 떨어 울리는 소리와 함께 장하경의 검이 한쪽으로 밀렸다.

하지만 그로 인해 가슴에 꽂힐 제갈광의 창이 어깨를 가르고 지나갔다.

"크읍!"

장하경은 몸을 굴리며 제갈광과의 거리를 이 장으로 벌리고는 벌떡 몸을 일으켰다.

동시에 제갈가의 두 청년이 그를 향해 달려들었다.

그런 판국에 쩍 갈라진 한쪽 어깨에서 피분수가 솟구친다. 한쪽 팔이 마비된 듯 움직이지 않는다.

장하경은 이판사판이라는 마음으로 두 청년을 향해 마주 달려들었다.

"으아아아아! 같이 죽자, 이놈들!"

콰아아아!

갑자기 세 사람 사이에 돌개바람이 몰아친 것은 바로 그때였다.

단순한 돌개바람이 아니다.

바위도 부숴 버릴 가공할 위력을 동반한 권풍이다.

"뭐, 뭐야?!"

제갈가의 두 청년이 놀랄 사이도 없었다.

쾅!

굉음과 함께 한 사람이 훌훌 날아갔다.

남은 청년이 휙 고개를 돌렸다.

대기가 비틀리는 모습이 눈에 보였다 싶은 순간, 거대한 압력이 그의 몸을 짓눌렀다.

청년 제갈소는 아연한 표정을 지은 채 본능적으로 검을 뻗었다.

퍽!

"끄억!"

제갈소가 그대로 뒤로 넘어가고, 제갈광이 창을 앞세운 채 몸을 날린 것은 거의 동시였다.

"이놈!"

수백 개의 창영이 땅에 내려선 좌소천을 뒤덮었다.

좌소천은 하늘을 가득 메운 채 쏟아지는 창영을 바라보며 두 손을 휘돌렸다.

<u>고오오오오!</u>

하늘과 땅이 비틀어지며 수백 개의 창영이 말려든다.

창이 제대로 제어되지 않자 제갈광의 눈이 부릅떠졌다.

찰나의 순간에 간격이 일 장으로 줄어든 바람에 뒤로 물러설 틈도 없는 상황.

제갈광은 이를 악물고 혼신의 공력을 쏟아 부었다.

새파랗게 젊은 놈이 강해봐야 얼마나 강하랴 하는 오기 섞인 공격이었다.

대낮에 별빛처럼 번뜩이며 폭풍처럼 몰아치는 창 그림자다.

순간, 한 발을 내디딘 좌소천이 두 손을 거꾸로 휘돌렸다.

건곤신권 중 사초 건곤역회(乾坤逆回)!

구구구구구!

가공할 역류에 대기가 비명을 지르며 모든 것을 부숴 버린다.

제갈광의 창을 잡은 손이 비틀리며 찢겨지고, 폭류처럼 쏟아지던 기혈이 역류하며 혈맥이 터져 나간다.

혼신의 힘을 다해 공력을 쏟아 넣은 제갈광이었다. 현격한 공력의 차이를 감안하지 않은 정면대결은 결국 그에게 일방적인 손실만 끼쳤다.

심장이 터져 나가는 충격!

숨이 턱 막힌 제갈광은 더 이상 견디지 못하고 피화살을 뿜어냈다.

"푸혁!"

동시에 뒤따라간 또 하나의 권풍이 그의 가슴을 그대로 두들겼다.

쾅!

가슴이 움푹 함몰된 제갈광은 신음도 내지르지 못한 채 홀홀 날아갔다.

털썩!

먼지를 일으키며 떨어진 몸뚱이가 들썩거리며 피를 뿜어낸다. 하지만 그도 잠시, 그르렁거리며 거품을 흘리던 그의 몸짓이 점차 가라앉기 시작했다.

휘이이잉!

고요한 갈대숲을 훑으며 지나가는 한줄기 강바람에 비릿한 혈향이 풍긴다.

그제야 천천히 몸을 돌린 좌소천은 한쪽에 멍하니 앉아 있는 장하경을 바라보았다.

반쯤 넋이 빠진 모습이었다.

"저들 일행이 올지 모르는데 여기 계속 있을 거요?"

흠칫 정신을 차린 장하경은 비틀거리며 몸을 일으켰다.

한쪽 어깨가 떨어져 나갈 것 같았다. 하지만 그 정도의 아픔은 눈앞에서 펼쳐진 광경에 비하면 아무것도 아니었다.

"어, 어디로……?"

입을 열던 장하경은 좌소천과 눈이 마주치자 부르르 몸을 떨었다.

꿈에도 생각할 수 없었던 일이 눈앞에서 벌어졌다.

직접 보고도 믿을 수가 없었다.

제갈세가의 현의신창 제갈광이 죽었다. 두 명의 조카와 함께. 그것도 삼 초 만에.

한데 현의신창을 죽인 자의 눈빛은 여전히 무심하기만 하다.

'대, 대체 어떻게 저런 사람이……!'

그때 무심한 눈의 주인이 무심한 목소리로 입을 연다.

"일단 지혈을 하시오. 이곳을 떠나야 하니까."

장하경이 자신도 모르게 고개를 끄덕였다.

좌소천은 장하경이 지혈하는 것을 바라보고는 몸을 돌렸다.

아직은 제갈세가와 정면으로 부딪칠 때가 아니었다. 무진도를 뽑지 않은 것도 그 때문이었다. 그들은 제갈세가의 사람들, 칼을 쓰면 누구에게 당했는지 능히 짐작할 수 있는 능력이 있는 자들이니까.

비록 자신이 누군지는 알 수 없을 테지만, 제갈세가에 비상이라도 걸리면 제갈진우에게 접근하기가 그만큼 어려워질 터였다.

"다 되었으면 갑시다."

냉정한 좌소천의 말에 장하경은 억지로 몸을 일으켰다.

좌소천이 장하경과 떠난 지 일각이 지났을 무렵, 갈대숲 안쪽 공터에 한 사람이 들어섰다.

"맙소사!!"

주먹을 움켜쥔 그는 부릅뜬 눈을 파르르 떨며 비명을 지르듯 소리쳤다.

"숙부님! 여깁니다! 광 숙부님께서… 광 숙부님께서 돌아가셨습니다!"

숨을 두어 번 쉬기도 전에 세 명의 중년인과 세 명의 청년이 달려왔다.

그들은 갈대숲 안쪽 공터에 펼쳐진 광경을 보고 말을 잃었다.

"광 아우!"

제일 먼저 정신을 차린 제갈숭이 제갈광에게 달려갔다.

그는 숨이 멎은 제갈광의 상태를 살펴보더니 표정이 갑자기 창백하게 굳어졌다.

"이, 이런!"

제갈청이 곁으로 다가가 급히 물었다.

"왜 그러십니까, 형님?"

"혈맥이… 광 아우의 혈맥이 완전히 뒤틀려 버렸네. 그리고 심장이 부서졌어."

그 말에 제갈청과 제갈웅의 얼굴도 해쓱하게 굳어졌다.

상처투성이 얼굴의 장한은 결코 제갈광보다 고수가 아니다. 설령 자신들이 잘못 봤다 해도 기껏해야 제갈광과 비슷한 정도. 더구나 제갈광의 옆에는 두 명의 조카가 있던 상황이 아닌가.

그들까지 함께한 이상 절대 흑의장한은 제갈광의 손을 벗어날 수 없었을 것이다.

한데 세 사람이 모두 죽었다.

상황이 여의치 않으면 적어도 이 자리를 벗어나 연락이라도 할 수는 있었을 텐데 아무도 이곳을 벗어나지 못한 채.

제갈광의 혈맥이 완전히 뒤틀리고 손아귀가 찢어져 너덜너덜해진데다, 가슴이 함몰되며 심장이 부서진 것이 의미하는 것은 단 하나.

세 사람을 단숨에 죽일 만한 고수가 이곳에 나타났다.

대체 누군가? 누가 있어 제갈광과 두 명의 조카를 도망칠 시간도 주지 않고 죽일 수 있단 말인가!

그것도 주먹으로.

이를 악다문 제갈승의 눈이 잘게 떨렸다.

그는 냉철한 자다. 강호에서 무정효라 불리는 사람이 바로 그다. 이곳에서 어떤 일이 벌어졌는지 짐작한 이상 감정에 치우쳐 움직이는 자가 아니었다.

'과연 이곳에 남은 사람들로 그를 상대할 수 있을까?'

그러나 상대는 동생과 조카들을 죽인 자. 당장은 그자를 쫓는 게 우선이었다.

"본가에 연락을 취해라! 지원을 요청해! 우리는 지원이 올 때까지 놈을 쫓는다!"

'무림맹 사람들과 합류하기는 다 틀렸군.'

2

북쪽으로 반나절.

좌소천은 민가에서 옷을 한 벌 구할 때 빼고는 장하경이 쓰러질 때까지 걸음을 멈추지 않았다.

장하경도 필사적으로 좌소천의 뒤를 따라왔다. 뒤를 따르지 않으면 당장 죽을 거라 생각하는 듯했다.

하긴 장하경이 중간에 쓰러졌다면 뒤도 안 보고 그냥 혼자 갔을 좌소천이었다.

그렇게 어두워질 무렵, 좌소천은 이름없는 바위산 아래쪽에 작은 산신당이 보이자 발걸음을 멈추었다.

"저곳에서 쉬었다 갑시다."

산신당 안으로 들어가자 장하경이 기다렸다는 듯 주저앉았다.

'독하군. 그만큼 한이 깊다는 말이겠지.'

오면서 대충 이야기를 들었다.

"나는 장하경이라 하오……."

그는 젊을 때 신월맹의 무사였다. 그러다 신월맹이 제천신궁에 의해 멸망하자 살아남은 동료 몇 사람과 함께 전마성에 몸을 담았다.

그리고 오 년. 그는 자신이 속한 전마성 사혈검대가 죄없는 양민을 살육하는 걸 보고는 욕을 바가지로 퍼붓고 전마성을 나와 버렸다.

그 후 그는 함께 전마성을 나온 두 친구와 그 친구들의 가족들을 대동하고서 전마성의 눈을 피해 형문 근처에서 숨어 살았다.

한데 이 년 전이었다. 제갈세가의 무사들이 전마성의 준동을 살피기 위해 형문 근처에 온 적이 있었다. 재수없게도 그들 중 한 사람이 장하경을 알아보았다.

무정효 제갈숭, 바로 그가.

그는 장하경이 그때까지도 전마성의 사람인 것으로 알고 장하경을 핍박했다.

장하경은 그에게 자신은 전마성을 떠난 사람이라며 그냥 놔두라고 말했다.

그러나 그날 밤 제갈숭은 제갈세가의 제자 몇 사람과 함께 장하경이 살고 있는 작은 장원을 쳐들어왔다.

언제 다시 전마성의 사람이 될지 모르니 미리 싹을 자른다는 말과 함께.

결국 그날 두 명의 친구를 비롯한 열두 명의 가족이 죽임을 당하고 장하경만 겨우 살아남았다. 전신에 수많은 상처를 입은 채.

혼자 살아남은 장하경은 대홍산까지 도망을 가 그곳에서 이 년간 몸을 치료했다. 그러고는 몸이 완쾌되자 제갈숭을 죽이기 위해 대홍산을 떠나왔다.

하지만 그는 제갈숭을 죽이기는커녕 중상만 입은 채 다시 도망자 신세가 되어버린 것이다.

"구해줘서 고맙소, 공자."

"그런 말 할 시간 있으면 상처부터 돌보시오."

냉정한 좌소천의 말에 장하경은 더 이상 입을 열지 않고 어깨의 상처를 싸맨 천을 풀었다.

어깨를 제외한 다른 곳은 그리 큰 문제가 아니었다.

천을 풀자 혈을 눌러 지혈하고 급히 싸매어서인지 쩍 벌어진 어깨에는 엉겨 붙은 피가 그대로 있었다. 그대로 두면 깊은 곳까지 곪을 터였다.

장하경은 품에서 가루로 된 금창약을 꺼내고는, 피를 닦아낸 후 그곳에 골고루 뿌렸다.

이를 악다물고 푸들푸들 떠는 것이 극심한 고통을 동반하는 약인 듯했다.

하지만 그는 좌소천이 옷을 찢어 어깨를 싸매줄 때까지 신음 한 번 흘리지 않았다.

상처를 다 싸매자 좌소천이 말했다.

"나는 강을 건널 거요. 당신은 북으로 더 올라간 다음에 몸을 피하시오."

장하경은 잠시 망설이는 듯하더니 이를 지그시 깨물었다.

"나 장하경, 이미 한 번 죽은 목숨이오. 죽어도 원망하지 않을 테니 괜찮다면 나도 좀 데려가 주시오."

"미안하지만 그렇게 할 수는 없소."

좌소천이 냉정하게 잘라 말했다. 안 되는 것은 안 되는 것이었다. 제갈세가로 가는데 부상을 당한 그를 데리고 갈 수는 없는 일이 아닌가.

사실 자신 혼자라면 굳이 배도 필요없이 나뭇조각 몇 개만 있으면 되었다. 그런데도 장하경을 이곳까지 데려온 것은 약간의 시간을 벌어주기 위함이었다. 혼자 도망가서는 하루도 되지 않아 잡힐 것이 뻔해 보였으니까.

한데 장하경도 만만치 않았다.

"그럼 죽이고 가시오."

부상이 심한데다 얼굴마저 알려진 상황. 어차피 혼자 도망쳐서는 제갈세가의 추적을 피할 수 없다.

더구나 좌소천은 무공만 고강한 것이 아니라 추적을 피하는 솜씨도 교묘할 정도로 기가 막혔다.

중간 중간 나무와 풀을 흐트러뜨려 상대를 무당산 쪽으로 가게끔 유도하고, 강을 건넌 것처럼 흔적을 남기기도 했다. 아마 자신이 추적자였다면 열불이 나서 한두 시진 만에 포기하고 말았을 것이다.

그러니 어쩌랴. 이판사판 좌소천을 따라가는 수밖에.

"어차피 당신이 살려준 목숨, 죽여도 원망은 절대 하지 않겠소."

한마디 더한 장하경은 가만히 눈을 감았다.

그때 좌소천이 갑자기 손을 뻗어 장하경의 맥문을 잡았다.

'진짜 죽이려고 그러나?'

아무렴 어떤가. 죽일 테면 죽이라지!

장하경은 그렇게 자포자기한 심정으로 좌소천의 손을 그대로 놔두었다.

그사이 좌소천은 장하경의 맥문을 통해 진기를 움직여 봤다.

외상은 심하지만 생각보다 내상은 그리 심하지 않은 상태였다.

좌소천은 진기를 움직인 김에 두어 군데 막힌 부분을 억지로 뚫어주었다.

이를 악문 장하경이 부르르 몸을 떨고는 눈을 꽉 감았다.

고통도 고통이지만 이제 진짜 죽는다 생각한 것이다.

'씨불! 나 장하경이 이렇게 죽다니!'

그런데 이상하다. 시간이 조금 지나자 고통은 사라지고 시원한 느낌이 드는 것이 아닌가.

장하경은 슬그머니 눈을 떠봤다.

그때 맥문을 놓은 좌소천이 말했다.

"한 시진만 쉬고 떠날 거요. 그동안 몸을 최상의 상태로 끌어올리시오."

한때 신월맹 제일의 무력 단체 초혈단의 제일조장이었던 장하경은 가슴이 울컥해서 목이 메었다.

왜 그런지는 자신도 이해할 수 없었다.

한 시진 후.

좌소천은 산신당을 나와 북쪽으로 올라갔다.

달빛조차 없는 캄캄한 밤인데도 대낮처럼 움직이는 좌소천이다. 행여나 놓칠세라 장하경은 눈을 부릅뜬 채 그의 뒤를 뒤따라갔다.

그렇게 오십여 리를 북상한 좌소천은 작은 어촌이 보이자 그곳에서 걸음을 멈췄다.

"내가 배를 몰 줄 아오. 조금만 기다리시오. 작은 배를 하나 가져올 테니."

마침내 할 일이 생겨 기쁘다는 듯 장하경이 밝은 표정으로 입을 열었다.

하지만 좌소천은 고개를 가로젓고는, 마침 강가에 지어진 창고가 하나 눈에 띄자 그곳으로 걸음을 옮겼다.

그러고는 그곳에서 어스름이 몰려올 때까지 기다렸다.

장하경은 의아했지만 일체 반문하지 않고 좌소천의 옆에 앉아 몸을 다스리는 데 최선을 다했다.

몸이 성하지 않으면 언제든 자신을 버리고 갈 수 있는 사람이 좌소천이라는 것을 그는 아는 것이다.

어스름이 몰려오고 강가에 낀 안개가 창고를 하얗게 엄습할 즈음, 몸을 일으킨 좌소천은 창고를 나섰다.

강가에는 작은 배가 서너 척 있었는데, 그중 한 척에 새벽 고기잡이를 위해 길을 나선 어부가 손질한 그물을 올리고 있었다.

좌소천은 곧바로 그에게 다가갔다.

뒤따라가던 장하경이 불안한 표정으로 물었다.

"어부가 저들에게 알려줄 텐데, 차라리 배만 빌리는 게 낫지 않겠소?"

그러나 좌소천은 아무런 대답도 하지 않고 어부에게 다가가 물었다.

"사례를 드릴 테니 건너편으로 태워다 주실 수 있겠습니까?"

어부는 고개를 들어 두 사람을 바라보더니, 장하경의 상처투성이 얼굴을 보고는 하얗게 질린 표정을 지었다.

"지, 지금 말씀이십니까요?"

"그렇습니다."

좌소천은 담담히 대답하며 품속에서 한 냥짜리 은자 세 개를 꺼냈다.

그걸 본 어부의 눈이 휘둥그레졌다.

장하경도 의아한 표정으로 좌소천을 바라보았다.

한 냥도 과한데 석 냥의 은자를 내미는 좌소천을 이해할 수 없다는 표정이었다.

"저희를 태워다 주시고 내일 아침까지 이곳으로 돌아오시지 않겠다면 석 냥의 은자를 더 드리겠습니다."

합이 여섯 냥이다. 그 정도면 열흘은 고기잡이를 해야 만져 볼 수 있는 돈이었다.

다만 어부로선 그래야 하는 이유가 마음에 걸려 불안할 뿐이었다.

"내일까지… 말입니까?"

"그렇습니다. 그리고 누가 와서 혹시 사람을 태워다 주지 않았냐고 묻거든 사실대로 말씀하십시오. 그럼 아무런 일도 없을 겁니다. 다시 말하지만 절대 미리 오면 안 됩니다. 그러면 그들이 당신을 가만두지 않을 겁니다."

담담히 흘러나오는 좌소천의 말이다.

그제야 장하경은 좌소천의 뜻을 알고 입술을 깨물었다.

'어차피 내일까지 어부가 돌아오지 않으면 제갈세가에서는 우리가 강을 건넜다는 것을 짐작할 수 있을 것이다. 뒤늦게 돌아온 어부가 말해봐야 이미 늦었다는 말. 이 사람은 시간도 더 끌 겸, 어부의 안전까지 고려해서 이런 번거로운 짓을 하고 있

는 거야. 세상에!'

좀 전까지만 해도 좌소천이 강을 건너고 나서 어부를 죽일지도 모른다는 생각마저 했다. 만일 정말로 그러면 장하경은 죽더라도 좌소천과 헤어질 작정이었다.

한데 죽이기는커녕 오히려 어부의 안전을 걱정하는 것이 아닌가.

장하경은 그런 생각을 한 자신이 부끄러워 고개를 들 수가 없었다.

'똥멍청이 같은 장하경! 감히 뱁새도 되지 못하는 네놈이 황새의 생각을 쫓아가려 했다니.'

                    *   *   *

좌소천이 장하경과 어부의 배를 타고 한수 건너편에 당도할 무렵, 제갈승이 벌겋게 변한 얼굴로 바위산 아래 산신당에 들어섰다.

그는 산신당 안에 남아 있는 핏자국을 보더니 얼굴을 와락 일그러뜨렸다.

"젠장! 겨우 백 리를 쫓기 위해 하루 종일 돌아다녔다니!"

"정말 여우 같은 놈입니다, 형님!"

제갈청의 분노에 찬 일갈에 제갈승은 지그시 입술을 깨물었다.

무공도 그 경지를 알 수 없는데 머리마저 뛰어나다. 제갈세가의 추적을 농락할 정도로.

그 생각을 하자 스멀거리는 두려움이 제갈숭의 어깨를 짓눌렀다.

'절대 함부로 부딪치면 안 된다. 지원대가 오기 전에는.'

문제는 그자가 대체 어디까지 도망갔을지 짐작이 가지 않는다는 것이었다.

또한 장하경과 무슨 사이기에 그를 구한 것인지도 걱정이 되었다.

장하경의 친구들과 식솔을 죽인 사람이 바로 자신이 아닌가 말이다.

"응 아우, 지원대는 언제쯤 올 거 같은가?"

"오후쯤이면 만날 수 있을 것입니다, 형님."

"오후라……. 어쩔 수 없지. 일단 놈의 행적을 쫓으면서 지원대를 기다리는 수밖에."

"저… 꼭 그럴 필요가 있겠습니까? 그냥 저희만으로도……."

제갈웅이 머뭇거리며 말하자 제갈숭의 눈매가 날카롭게 번쩍였다.

"너는 우리가 모두 합공한다 해서 광 아우를 오 초 안에 눕힐 수 있다고 보느냐?"

"그건 아닙니다만……."

"그럼 아무 소리 말고 함부로 움직이는 일이 없도록 해라."

"예, 형님."

하지만 제갈웅의 불만은 여전했다.

머리 쓰는 거라면 제갈승에 못 미쳐도 무공에 있어선 제갈세가에서 열 손가락 안에 드는 자신이 아니던가.

'흥! 놈은 내가 죽일 것이오, 형님! 광 아우의 복수는 반드시 내가 하겠소!'

*   *   *

그 시각.

한수를 건넌 좌소천은 곧장 남쪽으로 내려갔다.

그 바람에 장하경은 또 한 번 혼란을 겪어야만 했다.

남쪽으로 가면 제갈세가가 있는 융중산과 가까워진다.

겨우 적을 따돌리는가 싶었는데, 이번에는 아예 적의 아가리 속으로 달려가는 꼴이 아닌가.

그러나 목줄이 매인 그는 어쩔 수 없이 좌소천을 따라가지 않을 수 없었다.

그나마 옷을 갈아입고 머리에 초립을 써서인지 그의 모습은 많이 달라진 상태. 적이 자신을 알아보지 못하기만을 바랄 뿐이었다.

'아이고, 나도 모르겠다!'

3

다음날.

지원대와 만난 후 작은 어촌에 도착한 제갈숭은, 어부의 입에서 좌소천의 도강에 대한 말을 듣고 아연한 표정을 짓지 않을 수 없었다.

"강을… 건넜다고? 당신을 다음날 돌아오라 해놓고?"

"그렇습니다요, 나으리. 그 젊은 공자께서는 혹시 묻는 분이 있거든 사실대로 다 말하라 했습지요."

제갈숭은 주먹을 움켜쥐고 다리에 힘을 주었다.

그러지 않으면 그 자리에 주저앉을지도 몰랐다.

장하경이 강을 함께 건넌 자는 이제 이십대의 젊은 놈이었다고 한다.

그놈은 누굴까?

제갈광과 두 명의 조카를 죽인 고수는 어디로 갔을까?

설마 그 젊은 놈이 그 고수는 아니겠지?

아닐 것이다. 천하에서 이십대의 나이에 제갈광과 두 조카를 오 초 안에 죽일 수 있는 사람이 얼마나 될 것인가.

아마 놈은 그 고수의 제자나 일행일 확률이 컸다.

한데 왜 놈들은 한수를 건넜을까?

단순히 시간을 벌어 다른 곳으로 도망가기 위해서 그랬을까?

그럴지도 몰랐다. 하지만 두근거리는 가슴이 그걸 인정하지 않고 계속 의문을 제기했다.

그때 불현듯 스쳐 가는 생각에 제갈숭이 어부에게 지나가듯이 물었다.

"그 젊은 자가 어떤 무기를 들고 있었소?"

어부가 고개를 갸웃거렸다.

"검이던가? 아니, 칼이던가? 그 공자의 옆구리에 무기가 하나 끼어져 있긴 했는데……. 검처럼 폭이 좁은데도 살짝 휘어진 것이 꼭 도처럼 보이는 것이었습지요."

순간 제갈승은 저릿한 충격에 눈을 부릅뜨고 입술을 피가 나도록 깨물었다.

좌소천의 옆구리에 끼어져 있던 도가 떠오른 것이다.

"설마 그놈이?!"

그의 외침에 제갈세가의 사람들이 일제히 제갈승을 주시했다.

하지만 제갈승은 그들에게 일일이 설명할 정신이 없었다.

"모두 최대한 서둘러 본가로 돌아간다! 본가로 전서구를 날려 다섯째 숙부에게 사람을 보내라고 해! 그리고 웅 아우, 너는 즉시 어촌의 배들을 징수해!"

다급히 소리를 내지르는 와중에도 그의 귓전에선 좌소천의 목소리가 윙윙 울리고 있었다.

"혹시 제갈 성에 진 자, 우 자 이름을 쓰시는 분이 지금도 제갈세가에 계시는지요?"

第六章

제갈세가에 부는 바람

絶對天王

소나무와 대나무로 뒤덮인 융중산은 그리 높은 산이 아니었다. 기껏해야 일천 척이 조금 넘는 정도에 불과했다.

그럼에도 봉우리들이 병풍처럼 둘러쳐진 아름다운 산, 융중산을 모르는 사람은 거의 없었다.

강호인들은 융중산이라는 이름이 들리면 일단 두 가지를 떠올렸다.

제갈량, 그리고 제갈세가.

자는 공명(孔明), 시호는 충무(忠武). 흔히 와룡선생이라 불리는 제갈량은 본시 미천한 신분으로, 난세를 피해 융중산에서 밭을 갈고 농사를 지으며 때를 기다리던 일개 학사였다. 그런 제갈량을 신야에 머물던 유비는 융중산에 있는 오두막으로

세 번이나 찾아가 삼고지례(三顧之禮)로 맞이했다. 천하를 삼
국으로 나눈 천하삼분지계가 바로 그곳에서 나왔음이니, 천하
가 제갈량의 지략에 일회일비한 것도 그때부터였다.

　제갈량이 뜻을 펼친 곳, 어쩌면 제갈량의 후예라는 제갈세
가가 융중산 자락에 그 터를 잡은 것도 당연한 일이었다.

　삼월의 봄 햇살이 따사로이 쏟아지던 날 오시 초.
　좌소천은 장하경을 양양에 남겨놓고 보다 홀가분한 마음으
로 융중산으로 향했다.
　그리고 어촌의 배 다섯 척을 징수한 제갈승이 정신없이 한
수를 따라 내려올 무렵, 좌소천은 제갈량이 자주 올랐다는 낙
산 위에서 융중산 자락을 넓게 차지한 제갈세가를 내려다보았
다.
　'제갈세가는 아니나 제갈세가라 할 수 있는 곳, 그런 곳은
융중산에 세 곳이 있다. 하나 제갈진우가 사람의 눈을 피해 있
을 만한 곳은 단 한 곳뿐이다.'
　생각이 정해진 이상 망설일 이유가 없었다. 좌소천은 낙산
의 절벽 위에서 계곡 아래로 몸을 날렸다.
　저 멀리 북쪽에서 날아든 전서구 한 마리가 제갈세가를 향
해 내려앉는 것과 동시였다.

　거대한 측백나무 숲을 지나가자 저만치 초옥이 보였다.
　겉으로 보기에는 볼품없는 초옥일 뿐이었다. 하나 그곳이

과거 제갈량이 공부하며 천하로 나아갈 때를 기다렸다는 곳이라면 이야기가 달라진다.

그리고 그곳에 기문진학에 있어 천하제일이라는 제갈진우가 머물러 있다면, 그곳은 절대 평범한 곳이 될 수 없었다.

측백나무 숲을 지난 좌소천은 담담한 표정으로 대숲을 빙돌아갔다.

그렇게 얼마를 갔을까, 좌소천은 걸음을 멈추고 좌우를 살펴보았다.

사방이 대나무로 둘러싸여 있다. 마치 안개 속에 서 있는 것처럼 방위를 분간하기가 힘들 정도다. 단순한 대숲이 아니라는 말이다.

'생각대로 진이 펼쳐져 있군.'

아마 사람들의 출입을 막기 위해 설치한 듯했다.

하나 거기에는 융중산에서 누가 감히 자신을 침범하랴 하는 오만이 담겨 있기도 했다.

진의 이름은 청죽만상진. 비록 그 진이 대단한 진이라고는 하나, 결코 무은도의 진세에 비견될 수 있는 것은 아니었던 것이다.

제갈진우라면 더 고절한 진세를 수십 가지는 알고 있을 터. 그런 그가 이러한 진을 펼쳐 놨다는 것은 결국 드나들기 쉽게 하기 위함일 것이다.

어릴 때부터 진세에 대해 배우고, 거기에 무은도에서 삼뇌자가 남긴 책을 보며 어지간한 진은 파훼할 수 있는 좌소천이었다.

그가 보기에 청죽만상진은 시간이 걸릴 뿐 풀 수 없는 진은
아니었다.

하지만 그는 정식으로 진을 풀 생각이 없었다.

시간이 없어서가 아니다. 백부에게 해를 끼친 제갈진우의
같잖은 학식을 힘으로 무너뜨리고 싶었을 뿐이다.

'내가 서 있는 쪽이 남서(南西)니 이곳이 바로 곤(坤)이다.
때가 봄[春]이니 오행(五行) 중 목(木)이오, 천간(天干) 중 갑(甲)
이라.'

좌소천의 싸늘하게 빛나던 눈이 어느 한곳을 향했다.

'그대가 호수 속의 기둥을 뽑아 천승운무진을 파훼했다면,
나는 내 주먹으로 그대의 진을 부술 것이다!'

찰나, 좌소천이 두 주먹을 교차시키더니 그곳을 향해 세차
게 내쳤다.

콰르릉!

순간 폭풍에 휘말린 듯 대숲이 거세게 일렁였다.

좌소천은 거기에 그치지 않고 두 주먹에 팔성의 내력을 담
아 반대편을 향해 연달아 내질렀다.

쿠구구궁!

만 근 화약이 터지기라도 한 것마냥 대숲이 통째로 들썩이
더니 대나무들이 광풍에 휘말려 하늘로 올라갔다.

그러나 좌소천은 그것이 다 허상이라는 것을 알기에 조금도

당황하지 않았다.

아니나 다를까, 숨을 서너 번 쉬는 사이 휘몰아치던 광풍이 가라앉는다.

바로 그때였다!

무진도의 도병을 잡은 좌소천의 우수가 천천히 움직였다.

한데 채 한 치도 뽑힌 것 같지 않는데 갑자기 전면이 길게 갈라진다. 찰나,

암절단광(暗切斷光)!

어둠을 가르고 빛을 자른다는 절대의 도식이 펼쳐졌다.

허공이 쩍 갈라지더니 일순간 대숲이 일 장 넓이로 사라졌다.

뒤늦게 이는 굉음.

콰아아앙!

마치 바다가 갈라지는 듯했다.

대숲이 갈라지며 붉은 땅이 깊고 길게 속살을 드러냈다.

우르르르!

으르렁거리던 대지가 점차 울음을 그치고 잦아든다.

굉음이 완벽히 가라앉을 즈음, 안쪽에서 대경한 목소리가 흘러나왔다.

"웨, 웬 놈이냐?!"

좌소천은 대답 대신 일 장 넓이로 갈라진 길을 따라 천천히 걸음을 옮겼다.

저만치 초려(草廬)에서 나와 있는 한 사람이 보인다. 단정한 학창의를 입은 노인이다.

'제갈진우…….'

한편 노인은 좌소천이 다가오는 걸 보면서 절로 몸이 떨렸다.

자신이 펼친 진세가 무너지고 구멍이 뻥 뚫렸다.

진세가 무너진 것은 그리 큰 충격이 아니었다. 문제는 힘에 의해 뭉개지고 갈라졌다는 것이다.

물론 빗장이 틀어져 입구가 일부 열린 것은 그도 알았다. 그걸 알고 나온 터이니까.

하나 아직도 세 겹의 방어막이 남아 있던 터다.

한데 세 겹의 방어막이 부서지고, 갈라지고, 터져 나가면서 일직선으로 길이 뚫렸다. 가공할 인간의 힘에 의해서.

'어찌 이런 일이 있을 수 있단 말인가!'

그때다.

"제갈진우, 맞소?"

좌소천의 입에서 음울한 목소리가 새어 나왔다.

제갈진우가 황망한 눈으로 난장판이 된 대숲과 좌소천을 번갈아 보며 대답했다.

"내가 바로 그 사람이네만, 대체 이게 무슨 짓인가?"

"무슨 짓?"

좌소천이 아무런 온기도 없는 웃음을 지으며 반문했다.

"동정호 속에 박힌 기둥을 뽑는 거와 뭐가 다르다고 그리 난리시오?"

제갈진우가 어리둥절한 표정을 지었다. 하나 곧 두 눈이 점점 커지고 입꼬리가 푸들푸들 떨렸다.

"동정호라면……?"

"나를 찾으러 온 사람들을 그대가 인도하지 않았소?"

"그, 그럼 네가 바로 성도에 갔다는 그 아이였단 말이냐?"

"성도?"

좌소천이 잠시 의아한 표정을 지었다.

하지만 그도 잠시, 하늘을 향해 고개를 쳐든 좌소천의 얼굴에 비감이 떠오르며 이가 악다물렸다.

악다문 그의 입에서 짓씹힌 목소리가 새어 나왔다.

"백부께서 그리 말씀하셨소? 내가 성도에 갔다고? 하하! 으하하하하! 백부! 나를 살리기 위해 그런 거짓말을 하셨습니까?! 그로 인해 또 얼마나 많은 고통을 당하셨습니까?!"

갑자기 좌소천의 광소가 뚝 그쳤다.

천천히 고개를 내린 그가 우수에 들린 도를 휙 뿌렸다.

쩌적!

외줄기 시커먼 벼락이 허공을 쩍 가르더니, 삼 장 거리에 서 있던 제갈진우의 어깨마저 갈랐다.

서걱!

뭐가 뭔지도 모르는 사이, 피분수가 제갈진우의 왼쪽 어깨를 밀어내며 뿜어졌다.

"크억!"

곧이어 신음이 뒤따르고 좌소천의 목소리가 그의 귀청에 틀어박혔다.

"나는 그 섬에 있었다, 제갈진우! 오십 장 깊이 동굴 속에! 백부께서는 그런 나를 살리기 위해 고통을 자초하신 것이다! 그리고 그대들이 그토록 선량하신 백부를 죽였지. 팔을 자르고 심장을 부수어서!"

좌소천이 걸음을 옮겼다.

천천히 들리는 무진도가 악귀처럼 일그러진 표정을 지은 채 비틀거리며 물러서는 제갈진우를 향했다.

"그대만 아니었다면 무릉도원이었을 무은도이다. 한데 그대의 알량한 머리가 그곳을 지옥으로 만들어 버린 것이다, 제.갈.진.우!"

항거할 수 없는 기세!

제갈진우의 새파랗게 질린 얼굴이 푸들거리며 떨렸다.

"나, 난… 어쩔 수……."

"어쩔 수 없었단 말인가? 왜?!"

"그들에게 신세를… 빚을 갚으려 했을 뿐……."

"백부를 죽음으로 몰아넣으면서 무은도의 평화를 깨뜨린 이유가 고작 그거란 말인가!"

쿵!

좌소천이 발걸음을 내딛자 땅이 흔들리고 하늘이 울었다.

"빚이라 했지? 좋아! 그럼 나도 그대에게 한 가지 묻겠다. 그대는 나에게, 백부께 빚을 졌으니 대답해야 할 것이다."

"뭐, 뭘……?"

"천외천가의 위치가 어딘가?!"

제갈진우의 얼굴이 참담하게 일그러졌다.

"처, 천외천가? 그, 그들은 태백산 천선곡에……. 하나 내가 아는 것은 그것뿐… 그들의 위치는 진세로 가려져 있어서 직접 눈으로 지형을 보기 전에는…….."

제갈진우조차 자세한 위치를 모르는 듯하다.

지독할 정도로 철저한 자들이다.

그나마 천선곡이라는 이름과 그들의 위치가 진세로 가려져 있다는 것을 안 것이 소득이라면 소득이었다.

"천선곡이라……. 그대는 반밖에 빚을 갚지 못했다, 제갈진우!"

그의 말이 끝남과 동시였다.

번쩍!

무은도의 도첨에서 도광이 번쩍였다.

일직선으로 쭉 뻗어나간 도광은 제갈진우의 심장을 관통하고 그의 뒤에 있던 바위마저 부수어 버렸다.

쾅!

"푸헉!"

제갈진우의 쩍 벌어진 입과 가슴에서 피 화살이 솟구쳤다.

"백부님께 진 빚의 반을 갚았으니 고통없이 죽이는 걸로 끝내겠다! 지옥에 가서라도 참회하라! 백부님께 머리를 조아리고 만 배를 올려라!"

부들거리며 몸을 들썩이는 제갈진우의 눈빛이 격렬하게 흔들린다.

뭔가 할 말이 있는 듯 달싹이는 입이 붉게 물들어 있다.

"하, 한 가지… 천외… 천해… 그들… 어쩔 수……."

좌소천은 일말의 흔들림도 없는 눈으로 제갈진우를 직시했다.

"천외천가 그들도 곧 그대의 뒤를 따를 것이다. 내가 그리할 테니까."

"그, 그게 아니… 처… 천해… 그들……."

문득 기이한 생각이 든다.

연이어 흘러나오는 이름, 천해.

무슨 말을 하고 싶었기에 죽기 전에 악착같이 그 이름을 말하는 건가.

좌소천의 무심한 얼굴이 꿈틀거렸다.

처음 들어보는 이름이었다. 그런데도 왠지 짙은 어둠처럼 느껴져 가슴을 짓누른다.

천해(穿海).

구멍 뚫린 바다라는 말이다. 천하에 그런 이름을 지닌 곳이 어디에 있단 말인가.

'천해라…….'

바로 그때였다.

저 멀리서 누군가가 다가오는 것이 느껴졌다.

하긴 진세에 가려져 있을 때는 굉음이 흘러나가지 않았겠지만, 진세가 부서진 후에는 제법 크게 들렸을 것이다.

좌소천은 마지막 숨을 몰아쉬는 제갈진우의 숨소리가 잦아들자 천천히 뒤를 돌아다보았다.

마음 같아서는 달려오는 자들을 다 죽여 버리고 싶다.

하지만 그런 마음이 들 때마다 영허 진인의 목소리가 뇌리에서 울린다.

"일을 행함에 있어 항상 한 번쯤 뒤를 돌아다보았으면 싶구나."

좌소천은 무심하게 가라앉은 눈으로 산 아래를 내려다보았다. 제갈세가의 사람들이 백여 장 아래까지 다가온 게 느껴진다.

'어르신, 지금은 어르신의 말씀에 따르겠습니다. 하지만 항상 그럴 수 있을지는 자신할 수가 없습니다.'

그는 미련없이 몸을 돌려 초려(草廬) 뒤쪽 대나무 숲으로 발걸음을 옮겼다.

그때 제갈진우의 손끝이 떨리며 미미하게 움직였다.

*　　　*　　　*

제갈조릉.

제갈세가의 정보망을 책임지고 있는 현위당의 당주.

그는 반 각 전 받은 제갈승의 서신을 보자마자 급한 대로 멸사검대 삼십을 대동한 채 초려로 달려왔다.

하나 그는 눈에 비친 광경을 직접 보고도 믿을 수가 없었다.

"이, 이런! 어떻게 이런 일이 생길 수 있단 말인가?!"

청죽으로 둘러싸인 대숲이 일 장 넓이로 갈라져 있다.

그 너머 저편에 한 사람이 바위에 등을 기댄 채 쓰러져 있다.

제갈진우, 기문진학에 있어 천하제일을 다툰다는 그가 한 팔이 잘리고 가슴이 피범벅으로 물든 채 쓰러져 있다.

보고 있는 지금도 가슴에서는 핏물이 뭉클거리며 쏟아진다.

'핏물이 아직도?'

그걸 본 제갈조릉의 눈이 번뜩였다.

"숙부님께서 당하셨다! 모두 주위를 수색해라! 놈은 멀리 가지 못했을 것이다!"

멸사검대의 대주 제갈추가 좌우를 향해 손짓하며 명을 내렸다.

"예, 당주! 모두 흩어져서 주위를 수색한다!"

멸사검대의 대원들이 부챗살을 이루며 흩어진다.

제갈조릉은 현위당의 무사 셋만 데리고 구멍 뚫린 대숲 안으로 들어갔다.

"숙부님!"

소리쳐 불러보지만 아무런 반응이 없다.

제갈조릉은 급히 무릎을 꿇고 제갈진우의 목에 손을 대어보았다.

실낱같은 기운만이 남아 있을 뿐, 이미 죽은 거와 다름없는 몸이다.

한데 이상하다. 뭔가가 자꾸 신경을 거슬린다.

고개를 모로 꼰 제갈조룽은 천천히 고개를 돌렸다.

순간, 그는 자신이 본 것을 믿을 수 없어 입을 쩍 벌렸다.

"지, 진이……!"

진세가 강제로 부서졌다!

어떻게 저런 일이 벌어질 수 있단 말인가!

제갈숭의 전서에 의하면, 초려에 은거하고 있는 숙부를 노리는 적은 젊다고 했다. 기껏해야 이십대 초, 중반. 그런 적에게 제갈광과 제갈호, 제갈민이 죽었다고 했다.

그것도 오 초를 전후해서.

자신은 그 말을 믿지 않았다. 아무리 무정효 제갈숭의 말이라 해도 믿을 수가 없었다.

그러나 이제 믿지 않을 수가 없다. 아니, 자신이 잘못 보지 않았다면 적은 제갈숭이 생각한 것보다 더 무서운 자일지도 몰랐다.

적은 멸사검대가 잡을 수 없는 자. 잡을 수 없는 자를 쫓아가봐야 불필요한 희생만 커질 뿐.

그는 굳은 얼굴로 서 있는 현위당의 무사 세 명에게 다급히 명령을 내렸다.

"멸사대원들을 돌아오라고 해!"

"예?"

"어서! 수색을 중지하고 돌아오라고 신호를 보내란 말이다!"

세 명의 무사가 다급히 밖으로 나가고, 회귀 신호음인 짧은 소성이 연달아 울릴 즈음이었다.

제갈조릉은 뭔가 기이한 기분에 제갈진우를 바라보았다. 순간 그의 눈이 한껏 커졌다.

땅으로 내려진 제갈진우의 손끝이 가늘게 떨리고 있다.

죽기 직전의 마지막 몸부림인가?

회광반조.

어쩌면 그것일지도 몰랐다.

제갈조릉은 바짝 몸을 붙이고 제갈진우를 향해 소리쳤다.

"숙부님!"

그 충격 때문인지 제갈진우의 손끝 떨림이 더욱 심해졌다.

바로 그 순간, 제갈조릉의 눈이 파르르 떨렸다.

그는 한곳에 시선을 멈춘 채 움직일 수가 없었다.

제갈진우의 손끝이 글을 쓰고 있다. 흐릿한 초서로 쓰이는 글자다. 바라보고 있는 사이 마지막 글자가 드러난다.

자득(自得). 부(不)… 수(讐)… 초려(草廬)… 하(下).

자득이라니? 복수를 하지 말라니?

'초려 밑?'

그가 한참 멍하니 그 글을 바라보고 있는데 안으로 멸사검 대주 제갈추가 들어왔다.

"당주, 왜 철수시킨 겁니까?"

제갈조릉은 입술을 깨물고 제갈진우가 쓴 글자를 지워 버렸다.

"모두 돌아왔는가?"

"아직 대여섯 명이 돌아오지 않았습니다."

"일단 이곳을 정리하고 나서 본가로 철수한다! 추적은 본 당이 맡을 것이니 너희들은 항시 출동대기 상태를 유지해라!"

"예, 당주!"

제갈추가 수하들과 함께 주위를 정리하는 사이, 제갈조릉은 초려로 들어갔다.

초려의 안은 그리 넓지 않았다. 그나마도 넓지 않은 초려의 안은 반이 책으로 쌓여 있었다.

초려 밑에 뭐가 있기에 죽기 직전 그런 글을 남긴 걸까?

제갈조릉은 제갈진우가 글을 남긴 뜻을 파악하려 애쓰며 빠르게 초려 바닥을 살펴보았다.

책을 치우고 바닥에 깔린 대나무 자리를 들추고서, 혹여 비밀스럽게 만든 비고가 있는지 일일이 손으로 두들겨 보았다.

한데 제갈진우의 침상까지 들추고 샅샅이 훑어보았는데도 이상한 곳이 보이지 않는다.

얼마나 지났을까, 제갈추의 목소리가 들렸다.

"당주, 정리가 끝났습니다."

제갈조릉은 눈살을 찌푸린 채 바닥을 한번 더 살펴보고는 몸을 돌렸다.

"철수하자!"

그는 벽에 걸린 낡은 족자 앞을 지나 밖으로 나갔다.

제갈량이 초려 안에서 책을 읽는 모습이 그려진 족자였다.

* * *

젊을 때는 지룡(智龍)이라 불렸고, 나이 먹어 혜왕(慧王)이라 불리는 자.

제갈세가의 가주 제갈황에게 제갈조룡의 보고가 들어간 것은 일각 후였다.

그는 마시던 찻잔으로 탁자를 내려치고 대경해 소리쳤다.

탕!

"뭐라?! 숙부께서 돌아가셔?!"

고개를 숙인 제갈조룡이 참담한 표정을 지은 채 마저 보고를 올렸다.

"청죽만상진이 깨져 있고, 한 팔을 잃은 숙부께서는 심장이 뚫린 채……. 소제가 조금 더 서둘렀어야 하는데…….."

"지금 그게 문젠가?! 그래, 놈은! 놈은 어디로 갔는가?!"

"숙부님을 해치고 나서 양번 쪽으로 움직인 듯합니다."

"양번? 그럼 한수를 타고 내려가려고?"

"그리 예상하고 수하들을 보내 탐문 중입니다, 가주!"

제갈조룡은 보고를 올리고 제갈황의 반응을 살폈다.

제갈황의 눈 깊은 곳에서 불길이 인다. 금방이라도 제갈세가를 뒤흔드는 일갈이 터져 나올 것만 같다.

그러나 제갈황의 성격은 온화한 듯하면서도 냉철하기가 무정효보다 더했다. 그가 중원오대세가 중 하나인 제갈세가의 가주가 된 이유다.

아니나 다를까, 제갈황의 입이 열린 것은 한참이 지나서였다. 언제 분노했냐는 듯 격동이 거짓말처럼 가라앉은 후였다.

"다른 피해는?"

제갈조롱은 제갈황의 변화를 당연하게 받아들이고 마저 보고를 올렸다.

"멸사검대 다섯이 중상을 입은 채 돌아왔습니다, 형님. 그리고……."

제갈조롱이 머뭇거리자 제갈황이 굳은 얼굴로 제갈조롱을 직시했다.

"뭘 머뭇거리는가? 말해보게."

제갈조롱은 마지막으로 제갈진우가 남긴 글자에 대해 보고했다. 나중에 자신이 한 번 더 확인해 볼 생각으로 '초려 하'라는 글자는 빼고서.

순간 제갈황의 눈이 가늘어지더니 싸늘한 광채가 쏟아졌다.

"자득? 숙부께서 복수를 원치 않으셨다고?"

"그런 뜻으로 보였습니다."

"그걸 알고 있는 사람은?"

"소제뿐입니다."

제갈황은 잠시 생각에 잠기더니 조용히 입을 열었다.

"그럴 수 없다는 것을 잘 알겠지?"

"그래서 지운 것입니다. 소제는 가주 형님의 뜻에 따를 것입니다."

제갈황이 천천히 고개를 끄덕였다.

복수를 포기하는 거야 문제가 아니다.

하나 그리하면 천하가 제갈세가를 얕볼 터. 그는 숙부의 뜻을 결코 받아들일 수 없었다.

"놈의 뒤를 쫓는 것은 현천단과 절호당에게 맡길 것이네. 놈이 천하 어디로 가든 행적을 놓치지 말도록."

"예, 형님."

"숙부님의 장례는 최대한 성대하게 치를 것이네. 그 자리에서 놈에 대한 복수를 다짐할 것이야."

"당연히 그래야 할 것입니다."

"이해해 주니 고맙군. 그럼 나가서 장로들을 모두 모이라 전해주게."

"예, 형님."

제갈조룡이 밖으로 나가자 제갈황이 태사의에 깊숙이 등을 묻었다.

그의 머릿속에는 처음부터 한 가지 의문이 떠나지 않고 있었다.

"진을 무력으로 돌파한 자라……. 정말 그가 순수한 무력만으로 청죽만상진을 돌파했을까?'

천하에 그러한 무위를 지닌 자가 몇이나 될 것인가.

아마 열 손가락으로 꼽을 정도에 불과할 것이다.

그가 제갈조릉의 판단을 완전히 믿지 못하는 이유였다.

하기에 그는 꿈에도 알지 못했다. 왜 제갈진우가 복수를 포기하라 했는지.

그 진짜 이유를.

*　　　　*　　　　*

제갈세가에서는 전대 절호당주이자 추적에 있어서 천하에서 손꼽히는 제갈진경이 형님의 복수를 하겠다며 직접 나섰다.

그는 제갈승의 전서를 꼼꼼히 살피고는 양번으로 향했다는 수하들의 보고에 고개를 저었다.

"놈은 무정효라 불리는 승 조카를 농락한 놈이다. 일반적인 생각만으로 잡을 수 있는 자가 아니야."

그러더니 일부만 양번(襄樊)으로 보내고는 주력을 이끌고 양양을 뒤졌다.

양양에서 제갈세가는 제왕이나 마찬가지였다. 두 사람의 인상착의를 전달하자마자 양양이 벌집을 쑤신 듯 시끄러워졌다.

그리고 두 시진 만에 구석진 곳 객잔에서 장하경의 상처투성이 얼굴을 봤다는 사람이 나왔다.

제갈진경은 즉시 절호당으로 하여금 적의 흔적을 쫓도록 하고, 제갈세가 제일의 무력 단체인 현천검대의 무사 삼십 명과 세 명의 중견 고수를 대동한 채 그 뒤를 따라갔다.

그렇게 이틀.

제갈세가의 추적대는 대홍산 북쪽 삼십 리 지점에서 좌소천과 장하경의 흔적을 발견했다.

기껏해야 두어 시진밖에 되지 않은 흔적이었다.

절호당의 제이조장인 제갈부는 추적 형태를 횡에서 종으로 변환시켰다.

"두 명이 한 조가 되어 이십 장 거리로 놈들을 쫓는다. 발견 즉시 무리하게 덤비지 말고 신호를 보내도록."

2

약초를 떼어낸 자리에선 붉은 새살이 보이고 있었다. 더 이상은 상처가 덧나지 않을 듯했다.

좌소천은 손에 들린 약초를 쥐어 즙을 짜냈다. 약초 즙이 장하경의 어깨에 떨어져 상처 속으로 스며들자, 벌겋게 일그러진 장하경의 눈이 튀어나올 것처럼 커졌다.

"끄으으으으!"

하지만 좌소천은 아무런 표정 변화도 없이 약초를 쿡쿡 찍어 약초 즙이 더 잘 스미도록 했다.

"어흑! 꺼헉!"

얼굴의 상처가 쩍쩍 벌어졌다 닫히는 것처럼 보였다. 어찌 힘을 주었는지 상처에서 핏물이 배어 나올 정도였다.

좌소천은 감정이 없는 사람처럼 끝까지 손을 멈추지 않고 일을 마쳤다.

그리고 나서야 남은 약초를 장하경의 상처에 얹고 천으로 어깨를 감쌌다.

어깨를 다 감싸고 손을 떼자 이를 악문 장하경의 표정이 조금씩 풀렸다.

"갑시다, 장 형."

"예, 좌 공자."

좌소천이 제갈세가의 추적을 눈치 챈 것은 장하경의 상처를 치료하고 출발한 지 두 시진 만이었다.

아무리 조심한다 해도 사람의 기운과 짐승의 기운은 다를 수밖에 없었다. 그리고 제갈세가의 무사들은 자신들의 기운을 감출 정도의 고수가 되지 못했다.

제갈세가 절호당의 선두가 백 장 가까이 접근하자 좌소천은 장하경을 바라보았다.

"놈들이 쫓아왔소. 싸움이 벌어지거든 무리하지 말고 수비에 중점을 두도록 하시오."

장하경이 입술을 깨물고 고개를 끄덕였다.

좌소천은 굳이 추적대와 거리를 벌이려 하지 않았다.

거리가 점점 줄어드는데도 그대로 놔두었다. 그러다 적당한 장소가 나타나자 걸음을 멈추었다.

한쪽에 백 장 절벽이 있어서 삼면만 방어하면 되는 곳인데다, 우거진 숲 앞의 공터가 제법 넓어서 암습에 신경을 쓰지 않아도 되는 곳이었다.

추적자들이 삼십여 장까지 근접한 상태. 좌소천은 장하경을 절벽에 붙어 있게 하고 조용히 서서 적을 기다렸다.

스스스스스……

기다리는 사이 적의 숫자가 점점 늘어났다.

여섯… 열…….

숫자가 많아지자 자신이 생겼는지 제갈세가의 무사들이 숲을 기어나왔다.

제일 먼저 나온 자는 제갈부였다.

그는 나서기 전에 한참을 망설여야만 했다.

상대는 절정의 고수라 했다.

한데 자신보다 어려도 한참은 어려 보였다.

정말 저놈이 절정의 고수일까? 그런 의문이 들었다.

더구나 자신 옆에 이십 명의 조원이 다 모인 상황. 제갈부의 어깨에 힘이 들어갔다. 설사 상대가 절정의 고수라 해도 처리할 수 있을 것 같았다.

"이제 포기한 건가?"

좌소천은 앞으로 나선 제갈세가 추적대를 둘러보았다.

전부 젊은 사람들뿐이었다. 잘해야 서른 초반에 키가 큰 자가 수장인 듯 보였다.

그때 멀리서 또 다른 기운이 몰려오는 게 느껴졌다. 그들이 본진인 듯했다.

"성질이 급하군. 다른 사람들을 기다리지 않고 벌써 나타나

다니.”

“큭, 굳이 그분들이 오실 것까지 없는 것 같은데?”

“글쎄······.”

좌소천은 천천히 뒷짐 지고 있던 두 손을 풀고 걸음을 옮겼다.

순간 그를 향해 서너 명의 무사가 일제히 달려들었다.

미리 이야기가 된 듯 철저히 합공을 한 채.

하지만 그들은 결코 좌소천의 상대가 아니었다.

우르르릉!

우렛소리가 울리는가 싶더니 서너 번의 주먹질에 사상의 방위가 무너지며 네 명의 무사가 사방으로 튕겨졌다.

대경한 제갈부가 급히 수하들을 독려하며 전권으로 뛰어들었다.

“모두 조심해서 철저히 진세로 대응해!”

좌소천은 일곱 명의 무사들이 칠성의 방위를 점한 채 달려들자 금환비영을 펼쳤다.

동시에 아홉 번의 주먹질이 사방으로 뻗어나갔다.

콰과과광!

칠성진의 변화 정도는 환히 꿰뚫고 있는 좌소천에게 진세는 아무런 영향도 미치지 못했다.

“크억!”

“허어억!”

순식간에 다섯 명이 사방으로 날아가고, 남은 두 명마저 비틀거리며 물러서기에 바쁘다.

제갈부는 십여 걸음을 물러선 채 아연한 표정으로 좌소천을 바라보았다.

휘이잉!

바람이 누런 흙먼지를 쓸어갈 때다. 숲이 갈라지며 삼십여 명이 장내로 날아들었다.

"멈춰라!"

제갈세가의 본진이 마침내 도착한 것이다.

그들 중 세 명의 중년인이 장내로 들어서자마자 좌소천을 향해 달려들었다.

"네가 셋째 숙부를 죽인 놈이더냐?!"

좌소천은 무심한 표정으로 주먹을 들어 올렸다.

그의 두 주먹이 하늘과 땅을 가리키며 움직였다. 건곤이 휘돌며 강력한 권풍이 세 사람의 공격을 감싸고 휘돌았다.

쿠구구궁!

세 명의 중년인이 달려들 때만큼이나 빠르게 비틀거리며 물러섰다.

좌소천과 제갈세가 무사들 사이에 다시 흙먼지가 피어올랐다.

그사이 제갈진경이 앞으로 나섰다.

"왜 형님을 살해한 것이더냐?!"

그는 감정을 앞세워 무작정 손을 쓸 만큼 어리석지 않았다. 질문을 던지고 장내가 수습될 시간을 기다리며 좌소천을 압박

했다.

좌소천도 서두르지 않았다.

제갈세가의 원로가 나선 만큼 더 나타날 적도 없는 상황. 제갈세가와의 일은 여기서 매듭짓는 게 나았다.

"죽일 이유가 있었으니까 죽인 것 아니겠소."

"죽일 이유? 형님께선 오래전부터 초려에 기거하며 학문에만 힘쓰신 분이다. 그런 분을 죽일 이유가 뭐란 말이냐?"

"우습군. 그런 사람이 왜 남의 앞잡이가 되어 평화로운 섬에 피를 뿌리게 했단 말이오?"

"뭐라?"

"만패철검 선우궁현이라는 분이 그로 인해 죽었다는 것을 모르지는 않을 텐데?"

"무, 무슨 말이냐? 천외천가의 사람들에게 죽은 선우궁현과 형님이 무슨 상관 있다고?!"

이상하다. 제갈세가에선 모르고 있는 듯하다.

그렇다면 제갈진우가 단독으로 그 일에 끼어들었다는 뜻인가?

어쨌든 상관없는 일이었다. 백부는 제갈진우 때문에 돌아가셨고, 이미 제갈진우는 죽었다.

지금은 그것만이 진실이었다.

"더 긴 말을 하고 싶지 않소. 싸우겠다면 싸워주겠소. 단, 지금까지와는 많이 다를 것이오. 귀하라면 내 말이 무슨 뜻인지 모르지는 않을 터."

제갈진우를 죽인 후 다른 사람을 죽이지 않은 것만으로도 자신의 뜻을 밝혔다.

상대는 제갈세가의 추적대를 지휘해서 자신을 이틀 만에 쫓은 자. 아마 그 뜻을 알아챌 수 있을 것이다. 모른다 해도 상관은 없지만.

제갈진경은 좌소천의 말뜻을 알아듣고 낯빛이 침중하게 굳었다.

셋째 형님인 제갈진우가 뭔 일인가를 했고, 그로 인해 원한을 졌다. 그리고 상대는 복수를 했다.

강호에서 정당한 복수는 원한으로 치지 않는다. 정당한 대결을 벌이다가 죽는 걸 따지지 않듯이. 그 빚을 갚으려면 그 역시 정당한 대결로 해야 한다.

정파일수록 그 일에 대해 더 철저했다. 아니면 강호에 피가 마를 날이 없을 테니까.

더구나 죽은 자가 만패철검 선우궁현이라면 그것은 결코 작은 문제가 아니었다.

'대체 이게 어떻게 된 일이란 말인가?'

만일 사실이라면 둘 중 하나를 선택해야 한다.

조사를 해보고 사실이라면 정당한 대결을 신청하든지, 아니면 이 자리에서 상대의 입을 막든지.

문제는 상대가 생각보다 무서운 자라는 것이다.

진을 무력으로 파훼시켰다 했다. 진을 모르는 사람이라면 몰라도 제갈세가의 사람이라면 그게 얼마나 어려운 일이라는 것을 안다.

싸운다면 피가 튀고 많은 사람이 죽을 것이다.

'과연 상대의 입을 막을 수 있을까?'

그러나 상황이 상황인 만큼 그냥 물러설 수도 없는 제갈진경이었다.

"나와 함께 본가로 가서 사유를 밝힐 생각은 없는가?"

좌소천은 제갈세가로 갈 생각이 눈곱만큼도 없었다. 간다는 것 자체가 우스운 일이었다.

"복잡하게 할 필요가 있겠소? 힘있는 자들이 항상 선호하는 방법이 있지 않소?"

툭!

좌소천의 좌수 엄지가 무진도의 도격을 밀어 올렸다.

고오오오오……

좌소천의 전신에서 묵직한 기운이 흘러나왔다.

바로 옆에 있으면 질식해서 숨을 쉴 수 없을 것 같은 기운이다.

얼굴이 딱딱하게 굳은 제갈세가의 무사들이 일제히 무기를 잡고 크게 원을 그렸다.

사십대의 중견 무사 셋, 현천단의 무사 삼십, 절호당의 무사 열하나.

그들의 힘이라면 어지간한 중소 문파와도 싸울 수 있는 전력이다. 한데도 제갈진경은 좌소천을 공격하라는 명령을 내릴 수 없었다.

제갈세가에 부는 바람 187

"순순히 도를 놓고 나와 함께 본가로 가자. 대항한다면 죽음 뿐이다."

그 말에 좌소천이 무심하게 고개를 저었다.

"그렇게 되지는 않을 것이오."

중년 무사 중 둥근 얼굴에 눈썹이 가느다란 자가 노성을 내질렀다.

"건방진 놈! 숙부님, 더 말할 필요 없습니다! 놈의 목을 들고 돌아갑시다!"

제갈모의 말에 제갈진경의 눈빛이 흔들렸다.

스멀거리는 불안감이 가슴을 짓누른다.

한데 그때였다. 제갈진경이 대답을 하지 않자 제갈모가 고갯짓을 했다.

동시에 현천단의 무사 중 십여 명이 좌소천을 에워싼 채 주위를 맴돌았다.

제갈진경이 말리려 했을 때는 이미 십방진(十方陣)이 가동된 이후였다. 상황이 그리되자 제갈진경도 멈칫하지 않을 수 없었다.

좌소천의 좌수 엄지가 마저 무진도를 튕겨내고, 소리없이 밀려 나온 무진도를 좌소천의 우수가 잡은 것은 바로 그때였다.

동시에 제갈모의 명이 떨어졌다.

"놈을 쳐라!"

기다렸다는 듯 현천단의 열 명 고수가 일제히 달려들었다.

찰나,

허공에 검은 선 하나가 그어졌다.

쩌저저적!

뒤늦게 사람들의 고막을 뒤흔드는 낙뢰 소리다.

절공참(絶空斬)!

단 일격에 허무하게 무너지는 십방진이다.

먼저 공격했던 다섯 명의 현천단원이 허수아비처럼 쓰러진
다.

반쯤 잘린 다섯 사람의 몸에서 뿜어지는 피분수!

"이놈!"

제갈모가 반사적으로 몸을 날리며 좌소천을 공격했다.

남은 현천단원 중 다섯이 십방진의 빈자리를 채우고 달려들
었다.

순간 좌소천이 무진도를 비틀어서 그어 올렸다.

스읏

길게 그어진 검은 선이 제갈모를 스치고 간 순간,

쩡!

제갈모의 검과 이마가 동시에 갈라졌다.

동시에 빙글 한 바퀴 도는 좌소천의 도에서 시커먼 도기가
채찍처럼 길게 뻗어나갔다.

털썩!

땅에 떨어진 제갈모가 몇 번 버둥거리다 굳어간다.

"허억!"

"흐읍!"

또다시 여섯 명의 헌천단원이 단말마를 흘리며 나뒹군다.

그들이 떨어지며 피어오른 누런 흙먼지가 피 안개와 섞여 붉게 물든다.

백 장 절벽이 무너져 내린 것보다 더한 무게의 침묵이 장내를 짓눌렀다.

모두가 헛것을 본 것처럼 몸이 굳어버렸다.

그사이로 좌소천의 음울한 목소리가 나직이 울려 퍼졌다.

"전과 다를 것이라 했다. 덤비는 자는 모두 죽인다. 열이면 열, 백이면 백."

주춤거리며 뒤로 물러서는 헌천단의 무사들이다.

제갈진경은 후두둑 몸을 떨고 믿을 수 없는 광경에 치를 떨었다.

"어, 어떻게 그런……!"

좌소천은 그런 제갈진경을 직시한 채 내려진 무진도를 흔들었다.

촤르르르…….

대기가 떨며 진저리를 친다.

"잊지 마시오. 빚을 먼저 진 쪽은 제갈세가라는 걸. 결정은 내가 해야 하는 것이 아니라 제갈세가가 해야 할 것이오. 나를 적으로 삼을 것인지, 아니면……."

뒷말을 끌며 걸음을 옮기는 좌소천이다.

저벅저벅.

발걸음 소리가 기이하게 심령을 뒤흔든다.

형제들이 죽었다. 그런데도 원한보다 더한 공포에 사로잡힌 제갈세가의 사람들은 누구 하나 움직이지를 못했다.

차라리 한판 드잡이질을 하다가 죽었다면 이를 악물고 싸웠을 것이다.

그러나 이건 싸움이 아니라 도살일 뿐이었다.

멍하니 바라보는 사이, 장하경이 재빨리 좌소천의 뒤를 따라갔다.

그제야 정신을 차린 제갈웅과 제갈환이 이를 악물고 도검을 잡았다.

"어딜! 모두 놈을……!"

"그냥… 놔둬라."

제갈진경이 그들을 말렸다.

두 사람이 악을 쓰듯이 소리치며 제갈진경을 바라보았다.

"숙부님!"

그때 제갈진경의 입에서 핏물이 흘러나왔다.

극심한 갈등의 충격이 그의 심기를 흔들어 내상을 입은 것이다.

"우리가 다 죽으면… 본가에서 저자를 죽이기 위해 사람들을 파견할 것이다. 아마 두 배 정도 파견하겠지. 그들이… 저자를 죽일 수 있다고 보느냐?"

"……."

"그 후에 또……."

"……."

"나는… 본가의 수백 년 위업이 나 한 사람의 판단으로 무너지는 것을 원치 않는다."

"하오나 저자가 아무리 강하다 해도……."

"삼 할만 무너져도 오대세가에서 밀리고, 오 할이 무너지면 제천신궁에 먹힌다. 무슨 말인지 알겠느냐?"

"……."

"그게 당금의 강호다."

석연치 않은 원한을 갚겠다고 세가의 운명을 걸 수는 없었다. 그러기에는 세가에 딸린 식솔이 너무 많았다.

'지금까지 강자에게 굽힌 것이 어디 한두 번이던가? 그렇게 하며 힘을 키웠기에 지금의 본가가 있는 것을…….'

제갈진경은 창백하게 굳은 얼굴로 고개를 저었다.

"아이들의 시신을 수습해서 돌아가자, 가주께는 내가 말씀드리겠다. 벌이 떨어진다면 내가 책임지마."

장하경은 가슴이 벌떡거려 도저히 참을 수가 없었다.

제갈세가가 한 사람에게 무릎을 꿇었다.

오대세가의 하나인 제갈세가가 말이다.

마치 자신이 그 주인공이라도 된 것 같았다.

"좌 공자, 정말… 정말이지……!"

말이 잘 나오지 않았다.

그동안 쌓여 있던 한이 모조리 씻겨 나가는 기분이었다.

제갈세가의 굴복을 어찌 제갈승의 목숨에 비할 수 있으랴!

물론 나중에 제갈승을 만나면 반드시 죽일 것이지만, 그래도 당장은 기분이 좋아 대소라도 나올 것 같았다.

그때 좌소천이 물었다.

"대홍산에 산적이 많았다던데, 지금도 있소?"

뜬금없는 물음에 장하경이 크게 고개를 끄덕였다.

"물론입니다. 오죽하면 녹림산이라 불렸겠습니까?"

후한 말, 왕광과 왕봉이 농민들을 모아 농민군을 결성했을 때는 오만에 이르는 대군이 숨어 있던 곳이다.

도둑들의 산채를 녹림이라 부르는 것도 대홍산의 옛 이름인 녹림산에서 유래된 것이었다. 그러니 녹림의 무리가 어찌 대홍산을 그냥 두랴.

"현재 대홍산에는 모두 일곱 무리의 산적들이 있는데, 그중 자칭 녹림의 총표파자라 칭하며 하북의 녹림 무리를 이끄는 대왕채가 나머지 여섯 무리를 지배하고 있습니다."

장하경은 대홍산에서 이 년을 숨어산 사람. 당연히 대홍산의 사정에 대해 누구 못지않게 잘 알고 있었다.

"그런데 왜 갑자기 산적들에 대해서 묻는 겁니까, 공자?"

"그들 중 쓸 만한 사람들이 얼마나 되오?"

"제법 될 겁니다. 제가 비룡채라는 곳에 가본 적이 있는데, 그곳의 채주가 저와 비슷한 실력을 지니고 있었습니다."

"그럼 대왕채에는 더 많겠군요."

"아마 그럴 겁니다. 여느 대문파 못잖게 강해서 강호의 대문

파들도 대홍산의 산적은 토벌할 생각을 하지 못할 정도니까
요."

"대왕채의 주인에 대해 아는 것 있소?"

"녹림왕 북리환이라는 이름만 알려져 있을 뿐, 그의 정확한
정체에 대해선 강호에 알려진 것이 거의 없습니다."

"대왕채가 어디 있는 줄 알고 있소?"

"알고는 있습니다만……?"

장하경이 의아한 표정을 지으며 고개를 든다.

"그럼 그곳에 가봅시다."

"예?"

"제간세가 때문에 밥도 굶었는데, 우리 그곳에 가서 한 끼
얻어먹읍시다."

난데없는 농담에 장하경이 멍하니 입을 벌리고 좌소천을 쳐
다보았다.

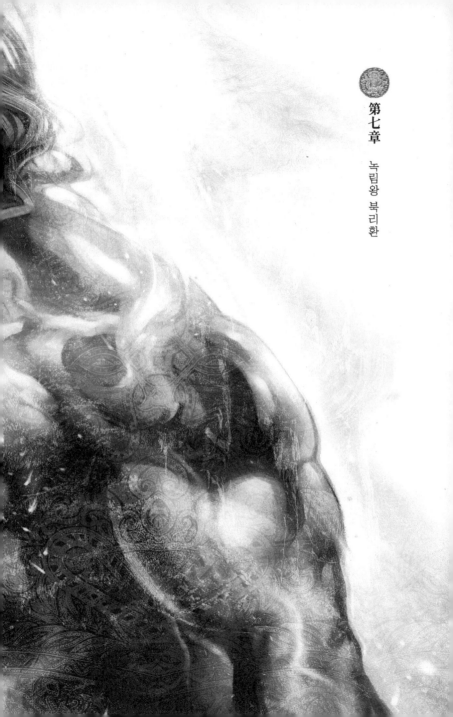

第七章

녹림왕 북리환

1

관도를 벗어나 사방 오십 리에 달한다는 대홍산 쪽으로 방향을 튼 지 반 시진도 되지 않아 두 사람 앞에 십여 명이 튀어나왔다.

전형적인 산적 복장을 한 자들이었다. 어깨와 옆구리에는 보기만 해도 겁이 날 정로 커다란 무기들이 걸쳐져 있고, 얼굴은 하나같이 '나 산적이오!' 라고 쓰인 것 같은 인상이었다.

그들은 나타나자마자 숲을 떨어 울리며 소리쳤다.

"멈춰라!"

장하경이 그들을 보더니 반가운 표정을 지으며 다가갔다.

"왜들 이제 나타나는가!"

자기들보다 열 배는 흉악한 얼굴의 주인이 장하경이다. 그가 다가가자 산적들이 똥 밟았다는 표정으로 물러섰다.

"치, 친구는 누군데 우리를 알은체하는 것이오?"

"자네들, 비룡채의 사람들이 아닌가?"

커다란 대감도를 들고 있던 자가 떨떠름한 표정으로 말했다.

"우리는 조하채의 사람들이오. 비룡채를 찾아왔다면 잘못 오셨소."

"어? 그런가? 오랜만에 양대곡 그 친구 좀 만나려고 했더니 쉽지가 않군."

양대곡이라면 비룡채 주인의 이름이 아닌가.

"양 채주님을 잘 아시오?"

"잘 안다기보다 몇 번 만나서 술을 마신 적이 있지."

그 정도면 잘 아는 정도가 아니라 호형호제할 사이다. 녹림의 사람들은 형제가 아니면 몇 번씩이나 술자리를 마주하는 법이 없으니까.

"미처 몰라 뵈었소. 비룡채를 찾아가려면 저쪽으로……."

그때다.

우르르릉! 우지지지직!

갑자기 천둥소리가 나더니 장정 두 사람이 안아야 겨우 안길 아름드리나무가 허리가 동강난 채 쓰러진다.

그런데 하필 쓰러지는 곳이 산적들이 서 있는 곳이다.

"피, 피해!!"

"으아아아!"

왜 거목이 갑자기 쓰러지는 것인지는 알 필요도 없었다. 산적들은 정신없이 좌우로 흩어진 채 쓰러지는 거목을 피했다.

쿠앙!

땅이 진동하더니 넓은 길이 거대한 나무로 막혀 버렸다.

먼지구름이 피어오르더니 하늘로 솟구친다.

그때 먼지구름 속에서 조용한 목소리가 들렸다.

"원래 저쪽으로 넘어뜨리려고 했는데 미안하게 되었소."

너무 담담해서 조금도 미안한 구석이 느껴지지 않는 목소리였다.

"좌 공자, 왜 그 나무를……?"

"남의 집을 방문하는데 마땅한 선물은 없고, 그래서 땔감이라도 하라고 잘랐는데……."

장하경과 열 명의 산적이 멍하니 좌소천을 바라보았다.

선물하려고 두 아름드리나무를 자르는 사람이 천하에 어디 있단 말인가!

멍하니 있는 그들에게 좌소천이 물었다.

"장 형, 비룡채로 가지 말고 바로 대왕채로 갑시다."

"바로요?"

"언제 또 돌아가겠소?"

"뭐… 정 그러시다면야……."

장하경이 산적들을 향해 사람 좋은 웃음을 지었다. 그러고는 산적들이 흠칫 놀라 뒤로 물러서든 말든 자신이 할 말만 했다.

"아무래도 바로 대왕채로 가야겠소. 그럼 수고들 하시오."

좌소천과 장하경이 십여 걸음을 옮기자, 그제야 정신을 차린 산적 하나가 눈을 크게 뜨고 두 사람을 불렀다.

"이, 이봐!"

그러자 옆에 있던 대감도를 든 산적이 잽싸게 그자의 입을 시커먼 손으로 막고서 함박웃음을 지었다.

"그럼 잘들 가시오!"

좌소천과 장하경이 언덕을 넘어가 보이지 않자 대감도를 든 산적이 눈을 부라렸다.

"미친 새끼! 죽으려면 혼자 죽지, 왜 우리까지 다 죽이려고 하는 거냐!"

"소두령, 그게 무슨……?"

"아무리 무식해도 눈깔은 박혀 있으니까 저것은 보이겠지?"

그가 손으로 거목의 밑동을 가리켰다.

매끈하게 잘린 면이 비스듬하게 눕혀 있었다. 그가 손으로 목을 쓱 그으며 말했다.

"아마 우리 목이 저렇게 다 잘렸을 거다. 단 한 칼에. 하물며 그 수라귀 같은 놈은 또 어쩌겠냐."

"흡!"

좌소천과 장하경은 곧바로 대왕채로 향했다.

조하채는 대왕채로 가는 길목을 막고 있는 산채였다. 그곳을 통과한 이상 대왕채까지는 별일이 없을 것이다. 만났던 산적들이 대왕채에 신호를 하지 않는 이상은.

"제법이신데요?"

"어디 내가 나무를 베어서 그냥 보냈겠소? 장 형의 웃음 때문이지."

"……."

조금 불만은 있었지만 사실이 그러니 불평할 수도 없었다. 하긴 자신조차 고인 물에 세수를 하다 깜짝 놀란 적이 한두 번이 아니었으니 더 말해 뭐 할까.

'냉정하기만 한 사람인 줄 알았더니 농담도 곧잘 하는군.'

대신 그것으로 위안을 삼았다.

죽을 때까지 쫓아다니려 하는데 매일 얼음장 같은 얼굴을 보는 것보다야 훨씬 나을 게 아닌가 말이다.

마음이 가벼워진 장하경은 입을 꾹 닫고 대왕채를 향해 잰 걸음을 놀렸다.

오솔길을 따라 골짜기를 지나자 까마득한 저 안쪽에 작은 건물이 보였다. 장하경의 말에 의하면 본채는 아직 더 들어가야 하고 보이는 곳은 초소라 했다.

대왕채는 생각보다 훨씬 깊은 곳에 위치해 있었다.

그들 역시 두 사람을 보더니 튀어나오며 대뜸 소리쳤다.

이번에도 장하경은 환하게 웃었고,

"정말 오랜만이오!"

좌소천은 바위를 갈랐다.

서걱!

"쉴 만한 곳이 없는 것 같아서 의자로 쓰라고 잘랐소."

어차피 들어가서 뒈질 놈은 뒈질 것이고 살 놈은 살 거라는 생각에 초소장인 왕두는 두 사람을 그냥 보내주었다.

"그 자식, 인상 한번 진짜 산적으로 딱이네."

그러고는 목을 쓰다듬었다.

그 후로도 두 사람은 모두 세 군데의 초소를 더 지나야 했다.

첫 번째 초소에서 무사통과했다는 것을 안 나머지 초소들은 굳이 장하경이 웃지 않고 좌소천이 칼로 뭘 자르지 않아도 알아서 안으로 들여보내 주었다.

그들은 보내주면서도 두 사람의 뒤에다 대고 한마디씩 했다.

"조상 중에 산적이 있었나?"

"저 얼굴로 어디 빌어먹기나 하겠어? 천생 산적이 될 팔자군."

"씨발, 오늘 밤에 잠은 다 잤군. 저 얼굴이 꿈에 나오면 경기 들려서 어디 잠이나 자겠어?"

2

대왕채는 말이 산적들의 산채지 어마어마한 규모였다. 넓은 계곡 안에 성 하나가 통째로 들어앉은 것 같았다.

사람 수가 일만이 넘는다더니 조금도 과장된 말이 아니었다.

한데 그곳만은 초소와 반응이 달랐다.

두 사람이 십여 장 가까이 다가가자 목책 위로 한 사람이 얼굴을 내밀었다.

좀 가냘프게 보이는 자로 지금까지 봐온 산적들과는 판이한 인상이었다. 인상 좋은 사람을 고의로 배치한 것이 아닌가 하는 생각이 들 정도였다.

"정지! 무슨 일로 왔는지 거기 서서 말하시오!"

"나는 비룡채주 양대곡과 친구 사이인 장하경이라 하오! 안으로 들어가 총표파자를 뵙고 싶소!"

"총표파자님을?"

총표파자라는 말에 그가 뒤에 대고 뭐라고 중얼거렸다. 상관에게 보고하는 듯했다.

그렇게 얼마가 지났을 때다. 아름드리나무로 만들어진 목책의 문이 열리고 세 사람이 걸어나왔다.

그들은 곧장 좌소천과 장하경을 향해 다가오더니, 세 사람 중 얼굴이 영락없이 말대가리인 장한이 두 사람의 위아래를 쓱 훑어보았다. 그러다 장하경의 얼굴에 시선이 닿자 눈을 가늘게 떴다.

"비룡채주님의 친구라고?"

"그렇소."

"그럼 저 젊은 사람은?"

"내가 모시는 공자시오."

"무슨 일로 총표파자님을 뵈려는 것이지?"

장하경이 머뭇거렸다. 사실대로 밥 얻어먹으러 왔다고 할 수는 없는 일이 아닌가.

그때 좌소천이 나섰다.

"물어볼 게 있어 왔소."

"물어볼 것? 총표파자께?"

"그렇소."

"흠, 보아하니 아직 솜털도 가시지 않은 것 같은데……. 이곳에 몸담으려거든 가서 엄마 젖이나 더 먹고 오게나."

좌소천이 가만히 말상의 장한을 바라보았다.

"솜털은 어떨지 몰라도 사람 목은 자를 수 있소."

좌소천의 담담한 말에 말상의 장한이 눈을 치켰다.

"머리 꼭대기에 피도 안 마른 애송이가 사람 목을? 홋!"

가소롭다는 코웃음이다.

좌소천이 별거 아니라는 듯이 대답했다.

"뭐 전부 목을 자른 것은 아니지만, 조금 전에도 열하나를 자르고 왔소."

"열하나? 푸하하하! 거, 사람 웃길 줄도 아는 놈이군."

"원한다면 당신 목도 잘라줄 수 있소만."

말상 장한의 웃음이 뚝 그쳤다.

그가 싸늘한 눈으로 좌소천을 바라보고는 입꼬리를 말아 올리며 살소를 지었다.

"미친놈."

이번에는 장하경이 코웃음을 쳤다.

"훗! 잘하면 오늘 목 떨어진 살미귀검을 볼 수 있겠군."

말상의 장한이 홱 고개를 돌려 장하경을 노려보았다.

"놈, 어떻게 나를 아는지는 몰라도 싸움은 인상으로 하는 것이 아니다."

"씨발, 내 인상 이렇게 된 데 당신이 보태준 것 있어?"

살미귀검(殺美鬼劍) 조필.

강호에서도 알아주는 일류검사다. 너무 살기가 짙은 검이어서 제대로 인정을 받지 못했을 뿐.

하지만 몸만 성하면 충분히 상대할 수 있는 자였다. 이긴다는 장담은 못해도 쉽게 지지는 않을 자신이 있었다.

이런 자가 어떻게 산적들의 집단인 대왕채에 몸담고 있는 걸까.

그러나 대왕채에 일류고수라 할 만한 자들이 이십여 명 이상이라는 말을 양대곡에게 들었던 터다. 더구나 절정고수조차 서너 명 있다는 소문도 있었다. 그것을 생각하면 살미귀검의 존재는 사실 그리 크게 놀랄 일도 아니었다.

'근데 이런 놈이 어떻게 산채의 정문에 있는 것이지?'

아무리 그래도 살미귀검이 문지기라는 것은 말도 되지 않았다.

의아해하는 와중에도 눈에 불을 켜고 노려보는 장하경이다.

살미귀검은 그제야 장하경의 실력이 범상치 않다는 걸 알고 눈을 가늘게 떴다.

"너, 누구지?"

"장하경."

조필의 눈꼬리가 꿈틀거렸다.

"악바리 초혼마검(超魂魔劍) 장하경?"

"맞아."

"죽었다고 들었는데 살아 있었나?"

"다 죽기 직전에 도망쳐서 이 산 저쪽 계곡에 숨어서 이 년을 살았지."

"악바리는 악바리군."

어차피 나이도 비슷하다. 상대가 먼저 반말로 나온 상황. 장하상도 끝까지 반말로 했다.

"잔소리 말고 총표파자를 만날 수 있는가나 알아봐 줘."

"조금만 기다려라. 일단 저 애송이 먼저……."

"큭! 나더러 목도 없는 사람하고 이야기하란 말인가?"

조필의 눈초리에서 살광이 번뜩였다.

"네가 대신 싸워주기라도 하겠다는 거냐? 큭, 좋지! 장하경의 무공이 제법이라던데 오늘 피 맛 좀 볼 수 있겠군."

그때 좌소천이 한 걸음 앞으로 나가더니 두 사람의 눈싸움을 간단히 중지시켰다.

턱!

손을 쭉 뻗어 조필의 목덜미를 잡아당긴 것이다.

"내가 좀 바빠서 일을 서둘러야 할 것 같소. 확인하고 싶다면 목은 나중에 잘라줄 테니 일단 연락이나 해주시오."

뱀눈처럼 살기를 뿜어내던 조필의 눈이 한여름 강가에 죽어 있는 물고기의 상한 눈처럼 희뜩하니 변했다.

'허억!'

다른 사람은 모를지 몰라도 그만은 알았다.

목덜미가 잡혔을 뿐인데 목이 콱 막히고 온몸이 얼음 동굴에 갇힌 기분이 든 것이다.

그것은 지독한 느낌이었다.

저절로 몸이 덜덜 떨렸다.

살기로 똘똘 뭉쳐 사람을 죽이면서도 인상 한 번 안 변한다는 그다. 한데 오늘 그런 조필의 이마에 땀방울이 맺혔다.

"괜찮다면 바로 들어갔으면 하오만."

좌소천의 담담한 말이 지옥 염왕의 명령처럼 들렸는지 조필의 고개가 자신도 모르게 급하게 끄덕여졌다.

좌소천은 그런 조필의 목덜미를 확 코앞까지 잡아당기고는, 싸늘한 눈으로 그를 바라보며 나직이 말했다.

"오늘은 손님으로 와서 그냥 두지만 다시는 내 앞에서 '엄마 젖'이라는 말은 하지 마시오. 진짜 죽여 버릴 테니까."

좌소천의 눈동자에서 은은히 맴도는 가공할 기운에 조필은 눈이 터져 나갈 것 같았다.

"께, 깨……."

'예, 예'라는 대답인 듯했다. 좌소천은 그제야 조필의 목덜미를 놓고 고갯짓으로 안을 가리켰다.

"들어가도 되겠소?"

조필은 언제 살기 띤 눈을 흡떴냐는 듯 멍한 표정이 되어 안으로 걸어갔다.

곁에서 지켜보던 대왕채의 두 사람은 살모사 같은 살무당주 조필이 손 한 번 못 쓰고 당하는 것을 보고 감히 대항할 엄두도 내지 못했다.

조필이 어느 정도 정신을 차린 것은 대왕채의 목책 문을 막 지날 때였다.

그가 어깨를 부르르 떨고 몸을 바로 하자 좌소천이 입을 열었다.

"혹시 몰라서 그러는데, 나는 칼을 풀 생각이 전혀 없소. 그러니 그냥 들어갑시다."

목책 안쪽 초소 앞에 무기대가 놓여 있었다.

연무장이 아닌 곳에 무기대가 놓여 있을 이유는 하나뿐이다. 방문자로 하여금 무기를 놓고 들어가라는 말.

좌소천의 목소리에 조필이 움찔 몸을 떨었다.

"그, 그래도… 본 채의 법도가 그러니……."

"법도?"

좌소천이 살짝 눈살을 찌푸리고는 검대가 있는 곳으로 갔다. 하지만 바로 검대로 가지 않고 그 옆에 있는 사람 키만 한 바위 앞에 섰다. 순간,

퍽!

좌소천의 손바닥이 바위 위에 떨어졌다.

좌소천은 바위에 일장을 내려치고는 몸을 돌려 다시 장하경과 조필이 있는 곳으로 돌아왔다.

"이제 갑시다."

조필이 의아한 눈으로 바위를 바라보았다.

그때다. 사람 크기의 바위 윗부분이 부스스 바람에 날려 천천히 줄어들었다.

정확히는 사람의 머리에 해당하는 부분이었다.

'당신의 머리도 저렇게 될 수 있다!' 라고 경고하는 듯했다.

"가, 가시죠, 공자."

녹림 총표파자 녹림왕 북리환.

그가 대왕채를 이끌기 시작한 것은 그의 나이 서른 후반이던 십오 년 전부터였다.

당시의 대왕채는 단순히 대홍산의 일곱 산채 중 하나에 불과했고, 북리환 역시 녹림 총표파자라 불리지도 않았다. 그러나 오 년이 지날 즈음, 그는 대홍산의 여섯 산채를 모두 굴복시키고는 스스로를 녹림왕이라 칭했다.

천하에 산재한 거대 산채들은 그의 건방진 호칭에 분노했다. 대홍산의 산채를 제외한 열두 산채가 녹림대회를 열어 그를 징치하겠다고 선언했다.

한데 그때 의외의 일이 벌어졌다.

북리환이 녹림대회가 열리는 석인산에 열두 명의 수하를 대동한 채 참석해서는 천하를 대표하는 열두 산채의 채주들과 그들의 수하들을 모두 굴복시켜 버린 것이다.

이후 그가 자신을 녹림의 총표파자이자 녹림왕이라 칭해도 누구 하나 불만을 표시하지 못했다.

오히려 시간이 지나면서 녹림의 구심점이 생겼다며 그에게 선물을 가져다 바치는 산채들이 하나둘 늘어나기 시작했다.

그리고 다시 칠 년이 지나자 녹림을 이전처럼 강호의 쓰레기통이라 부르며 무시하는 대문파는 거의 없게 되었다.

항상 강호의 언저리에 머물러 있던 녹림을 강호의 세력 중 하나로 발돋움시킨 입지전적인 인물, 그가 바로 녹림왕 북리환인 것이다.

한데 봄바람이 나른하게 불어오는 삼월의 어느 날, 그런 북리환의 이마에 골이 파였다.

'저놈이 왜 저리 우거지상이지?'

살무당주 조필이 햇살을 등진 채 두 사람을 데리고 녹왕전으로 들어오는데, 어째 눈빛이나 표정이 한 시진 전의 그가 아니다.

겉으로는 어깨를 펴고 당당한 걸음으로 들어오지만, 그 차이를 모를 그가 아니었다.

항상 칼날처럼 번뜩이던 눈빛은 대체 어디에 팔아먹었단 말

인가. 자신 앞에서도 가끔씩 대들던 그 기백은 어느 계집 치마
폭에다 던져 놓고 왔단 말인가!

북리환은 그 원인을 찾아 조필을 따라오는 두 사람을 살펴
보았다. 자신을 만나고자 대왕채까지 찾아왔다는 자들을.

순간, 그의 눈이 번뜩였다.

'호오! 굉장하군!'

두 사람이 가까워지자 등에 진 햇살로 인해 확실하게 보이
지 않던 두 사람이 뚜렷하게 보인다.

'완벽해! 선봉에 세우면 얼굴로 반은 먹고 들어가겠어!'

장하경의 그물처럼 갈라진 상처투성이 얼굴. 그것은 북리환
조차 처음 보는 완벽한 산적의 상이었다.

한편 좌소천에게 북리환의 모습은 조금 의외였다.

커다란 체구에 부리부리한 눈, 짙고 굵은 눈썹, 각진 턱, 두
툼하면서도 꾹 닫힌 입술. 갑옷을 입혀놓으면 능히 일국의 대
장군이라 해도 백이면 백 모두 믿을 것이다.

'산적이 되기에는 아까운 사람이군.'

잠시 살펴보는 사이 북리환과의 거리가 삼 장으로 줄어들었
다.

조필이 걸음을 멈추더니 억지로 힘을 주고 입을 열었다.

"총표파자께 아룁니다! 초혼마검 장하경과 좌 공자를 모시
고 왔습니다."

북리환의 이마에 그어진 주름이 더욱 굵어졌다.

'공자? 모시고 와? 저 자식이 언제부터 저런 말을 썼지?'

최대한 봐준다고 해도 '좌가 성을 쓰는 젊은이', '데려왔다', 그렇게 말을 해야 조필다운 말투다.

　'흐음, 좌우간 두고 보면 알겠지.'

　북리환은 이마의 주름을 펴고는 장하경에게 최대한 너그러운 말투로 물었다.

　"무슨 일로 나를 찾아왔는가?"

　멋진 얼굴에 대한 대우였다.

　"장하경이 총표파자를 뵙습니다. 좌 공자께서 총표파자께 볼일이 있으시다기에 이렇게 모시고 왔습니다."

　차마 밥 한 끼 얻어먹으러 왔다고 할 수는 없는 일. 장하경은 일단 말을 돌려 공을 좌소천에게 넘겼다.

　북리환이 다시 이마에 주름을 만들고 좌소천을 바라보았다.

　장하경이라면 제법 이름이 있는 자다. 얼마 전까지 대홍산에 머물렀다는 것도 양대곡에게 넌지시 들은 바가 있어 그가 자신을 찾아왔다는 것이 그리 의외로 생각되지는 않던 차다.

　문제는 그런 장하경 역시 '좌 공자', '모시고'라는 말을 쓰고 있다는 것이었다.

　'이놈들이 단체로 쥐약을 먹었나?'

　북리환은 이마를 찌푸린 채 좌소천에게 물었다.

　"얼마나 중요한 일이기에 조필이 직접 데려왔는지 모르겠군. 그래, 나에게 볼일이 있다고?"

　그제야 좌소천이 말문을 열었다.

　"좌소천이라 합니다. 물어볼 것이 있어 찾아뵈었습니다."

"대체 뭘 물어보려고 이곳까지 찾아왔는지 모르겠군."

"과거에 약속을 한 적이 있는데, 약속한 사람이 이 세상 사람이 아닙니다. 그래도 그 약속을 지켜야 할까요, 말아야 할까요?"

북리환의 표정이 서서히 변했다.

눈에 힘을 주고 좌소천을 뚫어지게 바라보더니 곤혹스런 표정을 지었다. 하지만 얼마 되지 않아 곤혹이 분노로 바뀌었다.

"자네, 지금 나하고 장난하자는 건가?!"

"만일 그 약속이 술 한잔 하다가 취중에 나온 약속이라면 그 약속을 지켜야 할까요, 말아야 할까요?"

쾅!

북리환이 원목으로 만들어진 팔걸이를 내려치고 벌떡 일어섰다.

"보자 보자 하니까! 삼랑(三狼)!"

그의 외침에 좌우로 늘어서 있던 여섯 사람 중 세 사람이 즉시 대답하며 고개를 숙였다.

"예, 주군!"

"저자를 끌어내라!"

세 사람이 고개를 들더니 좌소천에게 다가갔다.

"주군께서 끌어내라 하신다! 나가자!"

하지만 좌소천은 그들을 보지도 않고 북리환을 향해 다시 물었다.

"당신은 당신의 친구가 억울하게 죽었다면 복수를 하겠습니까, 아니면 약속을 지키지 않아도 되니 잘되었다고 생각하시겠습니까?"

"뭐라! 네놈이 감히!"

북리환이 부르르 떨더니 휙 손을 저었다.

"모두 물러서라! 내 직접 저 애송이의 입을 찢어놓을 것이다!"

막 좌소천의 몸을 잡아가던 삼랑이 재빨리 뒤로 물러섰다.

동시에 북리환이 단걸음에 좌소천의 일 장 앞에 섰다.

그는 부리부리한 눈에서 불길을 쏟아내며 한마디 한마디 씹어뱉듯이 말했다.

"네놈은 두 가지 잘못을 저질렀다! 그 하나는 나를 약속도 지키지 않는 불의한 자로 취급했다는 것이다! 나는 한 번 한 약속은 죽어도 지키는 사람이니라! 그리고 두 번째는, 나를 친구의 복수도 하지 않을 부덕한 자로 봤다는 것이다! 그 두 가지를 잘못한 죄로 네놈은 입이 찢기고 개밥이 될 것이니라!"

쏴아아아!

북리환의 전신에서 분노에 찬 기운이 넘실거렸다.

처음 보는 그의 분노에 조필과 여섯 명의 수하는 창백하게 질린 표정으로 이를 악물었다.

순식간에 북리환의 기운이 좌소천을 뒤덮었다.

하지만 좌소천은 무표정한 얼굴로 북리환을 노려보며 다시 입을 열었다.

"그럼 왜 친구의 죽음에 침묵하고 있었던 거요?"

순간적으로 북리환의 기운이 주춤했다.

동시에 좌소천의 무심한 목소리가 싸늘하게 흘러나왔다.

"나는 그런 자에게 신의가 있다는 것을 조금도 믿을 수 없소."

"뭐, 뭐라고?! 네놈이 감히!"

"다시 한 번 묻겠소. 당신은 약속한 사람이 죽었어도 그 약속을 지킬 수 있소? 친구의 복수를 할 생각은 있소?"

단 몇 마디에 북리환의 기세가 완연히 잦아들었다.

"네놈이 지금 무슨 말을 하는 것……?!"

"지금 이 자리에서 답을 주면 좋겠소."

북리환의 얼굴이 벌겋게 달아올랐다.

일류고수라 해도 자신의 기운에 휘말리면 손가락 하나 꼼짝할 수 없다. 한데 눈앞에 있는 애송이는 조금도 영향을 받지 않은 듯 행동하는 것이 아닌가.

게다가 뻔한 답을 계속 요구한다.

북리환의 가라앉았던 분노가 다시 끓어올랐다. 자신의 능력에 대한 불신마저 뒤섞인 분노였다.

"답은 조금 전에 말했다! 내 마음은 조금도 변함이 없다, 이놈!"

그가 선언이라도 하듯이 외치고는, 좌소천을 향해 분노에 찬 일장을 밀어냈다.

동시에 좌권을 들어 올린 좌소천이 북리환의 일장을 맞받아쳤다.

콰앙!

굉음과 함께 두 사람 사이에서 광풍이 일었다.

장하경과 조필이 정신없이 뒤로 물러서고, 좌우에 서 있던 여섯 명의 수하가 벽까지 밀려났다.

충격이 가라앉을 즈음, 그 자리에서 한 걸음도 움직이지 않은 좌소천이 북리환을 직시한 채 중얼거렸다.

"죽어도 변함이 없다라……."

어이가 없는지 북리환이 말을 더듬었다.

"이, 이, 이런… 개 같은 경우가……!"

좌소천의 무심한 눈이 점차 가늘어졌다.

"그럼 죽어도 나를 원망하지는 않겠군요."

딸깍.

좌소천의 좌수 엄지가 무진도를 밀어 올렸다.

순간 대경한 장하경이 다급히 말렸다.

"좌 공자, 참으십시오!"

좌소천이 차갑게 굳은 표정으로 소리쳤다.

"왜? 내가 왜 참아야 하는 거요?"

"총표파자가 돌아가시면 대왕채의 사람들이 일제히 무기를 들 겁니다. 설마 대왕채의 모든 사람을 죽일 생각은 아니시겠지요?"

"나는 친구의 죽음을 도외시하고 녹림왕이라는 이름에 취해 사는 소인배의 목숨을 원할 뿐이오!"

마치 북리환의 목숨이 자신의 손안에 있다는 듯이 말하는 좌소천이다.

북리환은 물론이고 삼랑삼호조차 어이가 없어 잠시 몸이 굳었다.

한데 그때다. 조필이 털썩 무릎을 꿇고 고개를 처박는다.

"공자, 대왕채의 일만 식솔을 생각해서 부디 분노를 가라앉혀 주시오!"

누구보다 자신을 잘 안다는 조필마저 황당한 행동을 하다니!

북리환은 환장할 지경이었다.

제정신이 아닌 놈은 두 놈으로 충분했다.

"조필! 네놈이 미쳤……!"

"주군! 제발 진정하시고 어찌 된 일인가부터 알아보십시오!"

"조필!!"

북리환이 조필 먼저 때려죽이겠다는 듯 손을 들었다.

그런데도 조필은 겁을 상실한 사람처럼 버럭 소리를 질렀다.

"아, 진짜! 저 공자는 저를 한 손가락으로 죽일 수 있는 사람이란 말입니다!"

북리환이 부르르 떨고는 좌소천을 노려보았다.

아직도 믿기가 힘들지만, 일 수 격돌로 눈앞의 젊은 놈이 자신보다 강할지 모른다는 생각은 들었다. 하나 아무리 그렇다 해도 자신이 죽는다는 생각은 들지 않았다.

"네놈이 정말 나를 죽일 수 있다고 생각하느냐?!"

"무인은 입으로 싸우는 게 아니오. 무기를 드시오."

"흥! 나의 무기는 바로 이 두 손이다! 어디 마음껏 도를 휘둘러 봐라!"

찰나였다!

좌소천의 우수가 무진도를 잡아간 순간,

스ㅇㅇㅇ…….

기음이 흘러나오는가 싶더니 한줄기 검은 선이 장내의 허공을 두 쪽으로 갈랐다.

"허억!"

북리환의 경악성과 동시,

쩌렁!

그리 크지 않으면서도 듣는 이의 소름을 돋게 하는 소리가 울렸다.

방 안에 있던 사람들은 몸이 딱딱하게 굳은 채 앞만 바라보았다.

도신이 검은 도를 앞으로 내밀고 있는 좌소천이다.

그 앞에는 이를 악다문 북리환이 부리부리한 눈에 힘을 잔뜩 준 채 두 손을 앞으로 내밀고 있다.

두 사람 사이에 머리카락이 너풀거리며 떨어진다. 북리환의 머리 위에 묶여 있던 머리카락이다. 북리환이 도를 쳐내기는 했지만, 무진도가 자신의 임무를 완수한 것이다.

머리가 헝클어진 북리환의 모습은 좀 전의 위엄에 찬 그가 아니었다.

　좌소천은 그런 북리환을 바라보며 천천히 도를 거두었다. 도를 거둔 그의 입에서 나직한 목소리가 흘러나왔다. 좀 전보다 많이 누그러진 목소리였다.

　"백부님께선 세 사람을 말하며 진정한 친구라 했습니다. 한데 백부님께서 돌아가시자 한 사람은 힘도 없으면서 발 벗고 나섰는데, 두 사람은 그 이름조차 들리지 않더군요. 그중 한 사람은 녹림을 호령하며 녹림왕이라 불린다 하더이다. 수만 식솔을 다스리는 사람이니 그만한 사정이 있었을 터……."

　나직한 목소리가 이어지자 북리환의 몸이 사시나무처럼 떨렸다.

　"아마 백부님이었다면 웃으면서 그러려니 했을 겁니다. 그러나 그렇게 넘어가기에는 내 마음속의 한이 너무나 컸지요. 해서 나는 백부님을 대신해 그 사람의 머리카락을 잘랐습니다. 이제 그 사람은 백부님께 미안해하지 않아도 될 것입니다."

　"자, 자네가 그럼……?"

　"백부님께선 선우 성에 궁 자, 현 자 이름을 쓰셨습니다. 그분은 팔이 잘리고 심장이 부서지면서도 조카를 살리기 위해 거짓을 말하고 웃으셨지요. 나는… 무슨 일이 있어도 그분의 복수를 하고 말 것입니다. 적이 천하, 그 자체라 해도."

　북리환이 망연한 표정으로 털썩 주저앉았다.

　"한 가지 더, 백부님과 했던 약속 역시 지키지 않아도 됩니다."

좌소천은 그 말까지만 하고 몸을 돌렸다.

북리환이 좌소천의 등에 대고 버럭버럭 소리쳤다.

"말도 안 되는 소리! 나는 그 약속을 지킬 것이다! 나는 신의가 없는 사람이 아니다! 당장 선우 형의 복수를 하지 않고 있는 것은 분명 잘못한 것이지만, 아주 포기한 것은 아니란 말이다!"

좌소천이 멈칫했다. 하지만 곧 다시 걸음을 옮겼다.

"때가 되면 연락하겠습니다. 총표파자께서 정말 그분과의 약속을 잊지 않았다면 그에 대한 답을 그때 주셨으면 합니다."

"때가 되면?"

"언제가 될지는 저도 확실히 모릅니다. 하나 분명한 것은, 그리 오래 걸리지는 않을 거라는 것입니다."

북리환이 입술을 씹으며 고개를 주억거렸다.

"좋네. 그때 내 확실한 답을 주지."

좌소천은 북리환의 대답을 들으며 녹왕전을 나섰다.

황금빛 햇살이 가슴으로 안겨 들었다.

'일단 한 가지 일은 무사히 끝냈군.'

뒤따라 나온 장하경은 좌소천의 입가에 가느다란 웃음이 걸린 걸 보고 의아한 표정을 지었다.

왠지 묘한 웃음이다.

마치 모든 것이 뜻대로 되었다는 그런 웃음 같다.

'서, 설마?'

장하경의 입이 서서히 벌어졌다.

지나치다 싶을 정도로 북리환을 자극하는 게 평소의 냉정하던 좌소천답지 않아 이상하다 생각했다. 그런데 이제야 그 의도를 어렴풋이나마 짐작한 것이다.

'맙소사!!'

그때 좌소천이 걸음을 옮겼다.

"갑시다. 악양까지 가려면 서둘러야겠소."

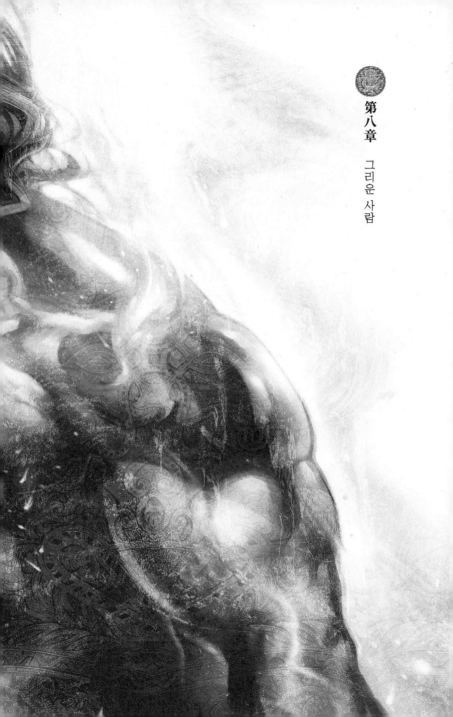

第八章

그리운 사람

동정호에서 불어오는 바람이 반갑게 온몸을 어루만진다.

고향으로 돌아온 느낌이다.

좌소천은 선창가에 서서 무은도가 있는 남쪽을 바라보고는 한참 동안 움직이지 못했다.

대왕채를 출발한 지 사흘 만에 장강을 타고 악양에 도착했다. 사 년 반 만에 돌아왔는데도 마치 엊그제 떠났다 돌아온 기분이다.

'백부, 제가 돌아왔습니다. 지금은 령매를 데려오지 못했습니다만… 언제고 령매와 함께 백부를 찾아뵙도록 하겠습니다.'

대답은 들려오지 않았다.

그러나 선우궁현의 웃음이 보이는 듯했다.

―그래, 꼭 함께 와라!

소영령의 슬픈 눈이 자신을 부르는 듯했다.

―오빠, 빨리 나를 찾으러 와!

좌소천은 주먹을 움켜쥐고 동정호 저 멀리에 두었던 시선을 하늘로 쳐들었다.

'그래, 오빠가 반드시 찾을 거다. 반드시!'

악양에 들어선 지 하루.

밤이 되어서야 좌소천은 실소를 금치 못했다.

어이없게도 이번에는 구포봉이 살던 장원을 찾지 못한 것이다.

아무리 밤에 찾아가고 나올 때는 소영령을 찾겠다는 일념에 정신이 없었다지만 그 큰 장원을 찾지 못하다니.

결국 그는 여기저기 객잔에 들러 일부러 포봉객잔에 대해 물어보고는 다시 선창가로 나가 어둠에 물들어가는 동정호를 바라보았다.

"숙부라는 분을 찾는 겁니까, 공자?"

장하경이 의아한 표정으로 물었다.

"그렇소."

"집을… 모르시는 겁니까?"

좌소천은 고소를 배어 물었다.

"전에 한 번밖에 와보지 않아서……."

"그분도 좌 공자님만큼 강합니까?"

절대 그렇지는 않을 것이다. 북리환을 이기는 사람보다 더 강한 사람이 알려지지 않았을 리가 없다. 물론 좌소천은 예외로 치고.

"그분의 무공은 그리 강하지 않소. 하나 그 마음만은 천하의 어떤 고수보다 더 강하오. 하늘을 향해 복수하려 했을 정도로 말이오."

그때 장하경이 주위를 힐끔거리며 입을 열었다.

"그런데 이곳에는 왜 온 겁니까? 차라리 객잔에 가서 쉬고 내일 찾으시지."

좌소천이 묵묵히 동정호를 바라보았다.

그때는 공소가 자신을 찾아왔었다.

이번에도 찾아올지는 알지 못했다.

하지만 다른 방법이 없었다. 비슷해 보이는 장원이 수십 개다. 남의 집에 무조건 들어가 구포봉이 있는지 알아볼 수도 없는 일이 아닌가.

'오지 않으면 객잔에서 쉬고 내일 다시 찾아보는 수밖에.'

한데 그때였다.

주위로 사람들이 다가온다. 나름대로 조심스럽게 주위를 에워싸고 다가오지만, 좌소천의 감각에서 벗어나기에는 너무 조잡한 움직임이었다.

"이봐!"

마침내 그가 왔다. 목소리도 그때와 같다. 다만 묻는 말투가 그때보다 싸늘하고 혼자가 아닐 뿐.

좌소천은 웃음이 나오려는 것을 참고 잠시 기다렸다.

"혹시 자네가 포봉객잔을 찾지 않았나?"

장하경이 힐끔 좌소천을 바라보더니 좌소천이 천천히 고개를 젓자 가만히 앞만 바라보았다.

공소가 제법 무게를 잡고 물었다.

"왜 포봉객잔을 찾은 거지?"

그제야 좌소천이 고개를 돌렸다.

"그야… 포봉 아저씨를 찾으려고 그러는 거지요."

순간 흠칫한 공소의 눈이 점점 커졌다. 그러다 어느 순간, 그의 눈이 튀어나올 것처럼 불거졌다.

"흐억! 자네!"

죽었다던 좌소천이 엉덩이를 탈탈 털고 일어서고 있는 것이다.

"자, 자네가 어찌……?"

주춤거린 공소가 부들부들 떨며 손을 들어 좌소천을 가리켰다.

동시에 여기저기서 사람들이 쏟아져 나오더니 좌소천과 장하경을 포위했다. 그들의 손에 들린 도검이 별빛을 받아 번쩍거린다.

"꼼짝 마라! 공 당주님, 물러서쇼! 저희들이 상대할 테니까!"

"감히 악양에서 본 방의 사람을 공격하다니! 죽고 싶어 환장

했구나!"

"잘근잘근 다져서 동정호의 고기밥으로 만들어주마!"

그들의 갑작스런 행동에 공소가 대경해 소리쳤다.

"물러서, 이 바보들아!"

하지만 그가 소리치기도 전이었다. 좌소천을 따라 일어선 장하경이 고개를 돌렸다.

그의 상처투성이 얼굴이 달빛 아래 드러난 순간, 금방이라도 달려들 것 같던 장한들이 헛바람을 집어삼키고 뒤로 물러섰다.

"허억! 수라귀다!"

장하경의 얼굴이 와락 일그러졌다.

"이런 썅!!"

2

아무런 말도 하지 못한 채 바라만 본다.

쉰이 다 된 사람이 눈물을 글썽이는 모습이 그리 좋게 보일 리 없었다.

한데도 좌소천은 그저 좋기만 했다.

수적의 우두머리였던 사람이다. 그런 사람이 자신의 생존에 반가워 눈물을 흘린다. 좌소천은 가슴이 뜨거워져 바로 입을 열 수가 없었다.

"살아… 있었군."

"운이 좋았죠."

"사매는……?"

좌소천은 쓴웃음을 지으며 조용히 바라보기만 했다.

살아 있을 것이다. 그러나 어디에 있는지 알 수가 없다.

"설마……?"

구포봉이 안타까운 표정을 짓는다. 진심이 느껴지는 그의 떨림에 좌소천의 가슴도 묵직해졌다.

"살아 있는 것 같기는 합니다만, 어디로 갔는지는 모릅니다."

그 후로 이런저런 이야기가 오갔다. 그러다 일각가량이 지나서야 이야기가 중심을 향해 다가갔다.

"그놈이 바로 천외천가의 둘째인 순우무궁이란 놈이었네."

좌소천의 눈이 깊게 침잠되었다.

백부님을 죽이고 소영령을 절벽에 떨어뜨린 놈이다. 같은 하늘 아래서 함께 살아갈 수 없는 놈인 것이다.

"놈은 천외천가로 돌아갔습니까?"

"천외천가 자체가 워낙 신비에 싸여 있다 보니 뭐라 말할 수는 없네만, 상황을 보니 그런 것 같네."

"그 후의 움직임은 어떻습니까?"

"제천신궁과 모종의 이야기가 오갔다는 정보를 접하긴 했는데, 아직 특별한 움직임이 없어서 정확한 사정을 모르고 있네."

혁련무천은 철저한 사람이다. 쉽게 움직이지 않을 것이다.

그가 얼핏 뜻을 드러낸 것만으로도 무림맹이 동요하고 구파 오가가 힘을 결집할 정도다.

무림맹과 정면 대결을 원하지 않는 이상, 그는 기회가 오기 전까지는 절대 자신을 드러내지 않을 것이다.

'혁련 백부, 진정 천하를 노리려는 것이오?'

좌소천이 혁련무천의 야망에 대해 생각하며 입을 다물고 있자, 구포봉이 넌지시 말을 이었다.

"그건 그렇고, 한 가지 기이한 소문을 들었네."

좌소천의 눈이 구포봉을 향했다.

"무슨 소문 말입니까?"

구포봉이 눈살을 찌푸리고 입을 열었다.

"순우무궁이 제천신궁에 이 년 정도 머물렀다고 하더군."

좌소천의 눈빛이 싸늘하게 굳었다.

"그게 사실입니까?"

구포봉은 제천신궁과 좌소천의 관계를 잘 알지 못했다. 하기에 자신이 알고 있는 사실을 그대로 다 말했다.

"듣기로는 혁련궁주의 딸인 혁련미려와 아주 가까운 사이였다고 하네."

순간 좌소천의 싸늘하게 굳어 있던 눈이 파르르 떨렸다.

'미려 누님과?'

"혼담까지 오갔을지 모를 정도였다고 하더군."

이를 악문 좌소천이 미미하게 고개를 끄덕였다.

'그랬단 말이지? 미려 누님과 그런 사이였단 말이지?'

그렇다면 무은도의 위치가 드러난 것도 무리가 아니다. 혁련미려가 말했든 혁련무천이 말했든 중요한 것은 무은도의 위치가 제천신궁에서 알려졌다는 것이다.

'혁련 백부, 당신은 정녕 모르고 있었습니까?'

문제는 그것이었다.

과연 혁련무천이 순우무궁의 움직임을 모르고 있었을까?

문득 선우궁현의 목소리가 뇌리에서 울렸다.

"그는 천하제일패 제천신궁의 궁주다!"

깊은 침묵이 한참 동안 방 안에 내려앉았다.

답답한지 구포봉이 헛기침을 하며 물었다.

"그래, 이제 어떻게 할 건가?"

좌소천이 잇새로 나직이 말문을 열었다.

"복수를 하려고 합니다."

"당연히 그래야겠지."

구포봉도 그럴 줄 알았다는 담담히 말을 받았다.

그러고는 좌소천을 직시했다.

"힘은 갖추었나?"

전에도 그렇게 물었다. 그때는 대답할 수가 없었다.

그러나 지금은 대답할 수가 있었다.

"개인적인 힘이라면 어느 정도 갖추었다고 생각합니다."

"강호에는 혼자서도 할 수 있는 일과 혼자서는 할 수 없는 일이 있네. 천하제일을 다툰다는 오제라 해도 마찬가지네. 그걸 모르지는 않겠지?"

좌소천이 조용히 웃었다.

"그래서 이곳을 찾아온 겁니다."

"내가 도움이 될 거라 생각하나?"

"백부님의 눈이, 제 눈이 잘못되지 않았다면요."

구포봉의 눈이 흔들렸다.

"그분께서 나를 어찌 말씀하시던가?"

"세상에 뜻을 펴고 싶다면 얻으라 하시더군요."

환해진 얼굴, 눈초리가 떨린다. 감격에 겨운 표정이다.

좌소천이 말을 이었다.

"아저씨는 어찌 생각하실지 몰라도 저는 아저씨가 생각하시는 것보다 훨씬 더 강합니다. 어차피 복수를 할 대상은 천하를 좌우하는 문파들. 해서 하는 말입니다만… 하늘을 무너뜨릴 수 있는 힘을 얻고자 합니다."

쿵!

구포봉은 격동에 차 철렁거리던 가슴이 툭 떨어지는 기분이었다.

"하, 하늘을 무너뜨릴 힘이라 했나, 지금?"

"겁나십니까?"

"솔직히… 겁나네."

부르르 몸을 떤 구포봉이 자신의 가슴을 만지며 말을 이었다.

"간이 탱탱 부어서 터질까 봐 말이야."

장난 같은 구포봉의 말투에 좌소천의 입가에 작은 웃음이 걸렸다.

"사 년 동안 놀고만 계시지는 않으신 것 같은데, 그걸 다 잃을지도 모릅니다."

들어오면서 보고 느꼈다.

장원은 예전의 이름없던 구포방 총단 따위가 아니었다.

용담호혈. 거대 문파는 몰라도 어지간한 문파는 충분히 상대할 수 있는 힘이 축적된 곳이었다.

장원의 이름을 '구봉장(具奉莊)'이라고 지은 것 말고는, 구포봉의 능력을 엿보기에 충분한 변화였다.

하지만 선보다 열 배는 강해진 구봉장이라 해도, 강호의 혈풍에 휘말리면 한 줌 재로 변하는 것은 순식간일 터이다.

한데 구포봉이 씩 웃는다.

"자네가 뭘 모르는데 말이야, 이거 다 어르신의 복수를 하기 위해 키운 거라네. 덤으로 자네 복수까지 해주려고 했지. 뭐, 언제가 될지는 몰라도."

이번에는 좌소천이 말을 잃었다. 가슴이 메어 바로 말이 나오지 않는 것이다.

구포봉이 은근한 목소리로 말을 이었다.

"사람들은 개똥밭을 굴러도 이승이 좋다고 하는데, 나는 개똥밭을 구르면서까지 이승에 남아 있고 싶지 않네. 뭐, 그렇다고 쥐뿔도 없으면서 대가리 밀어대다 일찍 죽고 싶은 마음도 없지만."

수적질을 때려치우면서부터 그날을 생각하고 살았다. 그것이 바로 선우궁현을 주인으로 모시려 한 이유 중의 하나였다.

다른 하나는 당연히 은혜 때문이고.

그런 그조차도 '하늘'이라는 말은 부담이 되지 않을 수 없었다.

"그런데 정말… 하늘을 무너뜨릴 생각인가?"

"하고자 하면 못할 것은 또 뭐 있겠습니까?"

"그건 그렇지. 그래, 뭐부터 할 건가? 녹림이 돕는다 해도 그 정도로는 어림도 없을 텐데."

이미 대왕채에 대한 일을 말해준 터다. 그 말을 들은 구포봉은 해연히 놀란 표정을 지었다. 하지만 선우궁현의 발이 천하에 뻗쳐 있다는 걸 알고, 좌소천이 하는 일이기에 곧 그러려니 했다.

좌소천은 그런 구포봉이 정말 좋았다.

그가 담담한 표정으로 구포봉을 바라보았다.

"일단 사람을 먼저 모아야겠지요."

밑도 끝도 없이 막연한 말이다.

갑자기 사람을 어디서 모은단 말인가. 그것도 하늘을 무너뜨릴 수 있는 사람들을.

그런데도 구포봉은 당연하다는 듯 물었다.

"그래, 어떤 사람들을 모을 것인가?"

"강한 자, 신의있는 자, 목숨을 아끼지 않는 자. 우선은 그런 사람들을 모을 생각입니다."

그 역시 애매모호한 말이다.

그래도 구포봉은 환하게 웃으며 고개를 끄덕였다.

"참으로 좋은 생각이네. 당연히 그런 사람을 모아야지."

좌소천도 웃으면서 구포봉을 직시했다.

"제일 먼저 아저씨에게 제 사람이 되어달라고 부탁할 생각입니다."

얼굴이 환해진 구포봉의 두 눈에 눈물이 글썽였다.

"만일 그 말을 안 했으면 진짜 서운했을 것이네."

알고 보면 참 순진한 사람이었다. 하긴 그래서 수적질을 때려치운 것인지도 몰랐다.

"내일 아침에 무은도를 다녀온 후 자세한 이야기를 하기로 하지요."

무은도라는 말이 나오자 구포봉의 눈이 반짝였다.

"나도 같이 가면 안 되겠나?"

좌소천은 조용히 웃으며 고개를 끄덕였다.

구포봉, 그는 무은도에 함께 갈 자격이 충분한 사람이었다.

장하경은 객당에서 기다리고 있었다.

좌소천은 장하경을 향해 둘 중 하나를 결정하라고 했다.

"이곳에서 몸을 치료하고 당신이 하고 싶은 대로 하시오. 떠나든지 남든지."

"나는 갈 데가 없소. 죽이든 살리든 맘대로 하시구려."

한마디로 잘라 말한 장하경은 죽어라 머리를 굴렸다.

대왕채에서 본 눈빛.

자신이 잘못 보지 않았다면 좌소천이 대왕채에 간 것은 대왕채의 주인인 북리환을 끌어들이기 위해서다. 다시 말해 많은 사람의 힘을 필요로 하고 있다는 말.

잘하면 은혜도 갚고 원수도 갚고 새로운 인생을 불태울 수 있을지도 몰랐다.

'까짓것, 어차피 죽은 목숨, 다 맡겨보자고!'

장하경은 자신의 판단을 믿고 적극적으로 달려들기로 마음을 정했다.

"혹시 해서 드리는 말씀이오만, 내가 아는 사람이 꽤 돼오. 모두 신의가 있고 목숨을 아끼지 않는 사람이오. 단, 정이니 협이니 그런 고리타분한 것을 싫어할 뿐이오. 만일 공자가 힘을 키우시겠다면 내가 그들을 부르겠소. 물론 받아들이든 말든 그건 공자가 보고 결정하시오."

사람에 대한 판단은 구포봉이 좌소천보다 훨씬 고수였다.

한때 천 명의 수적을 거느렸던 그의 눈으로 봤을 때, 장하경은 정말 멋진 얼굴이었다. 상처투성이 얼굴도 그렇고, 특히 한이 맺혀 다른 곳으로 돌아가지 않을 것처럼 굳은 눈은 전형적인 투사의 것이었다.

사람을 배반하지 않을 사람, 목숨을 아까워하지 않을 사람. 장하경이 바로 그런 사람이었다. 그런 사람에게는 많은 사람이 따르는 법이었다.

하기에 구포봉은 봉 잡았다는 마음에 눈을 빛냈다.

"그러잖아도 사람을 모을 생각이었는데……. 그래, 몇 명이나 모을 수 있겠나?"

장하경이 곰곰이 생각에 잠겼다. 그 얼굴마저 인상을 쓰는 거 같아 구포봉은 나름대로 생각해 보지 않을 수 없었다.

'저 친구도 인피면구 하나 구해줘야 하나?'

하지만 곧 생각을 바꿨다. 장하경은 상처투성이 얼굴, 그대로가 딱 좋았다.

"아마 사오십은 되지 않을까 싶습니다. 물론 그들에게 딸려 있는 식구들도 꽤 될 겁니다만."

사오십!

구포봉이 보기에 장하경은 일류고수였다. 아마 자신이 데리고 있는 사람들의 실력과 비교해도 다섯 손가락 안에 들고도 남았다.

한데 그런 고수가 공짜로 품에 들어오려 한다. 거기다 사오십의 동료까지 데리고.

그 정도면 일단 녹림의 힘과 함께 적당한 균형을 이루며 일을 추진할 수 있을 것이다.

구포봉은 좋아서 입이 벌어지려는 것을 꾹 참고 진중하게 물었다.

"실력이 어느 정도나 되나? 너무 약한 사람은 부담만 될 뿐이네."

장하경은 그의 기대를 저버리지 않았다.

"그들 중에는 나보다 강한 사람도 있소. 그리고 비슷한 사람도 상당수고 말이오."

끝내 구포봉의 입이 쩍 벌어졌다.

그는 좋아하는 표정을 감추기 위해 놀란 표정을 지었다.

"호오! 대체 어떤 사람들이기에!"

장하경이 딱딱하게 굳은 표정으로 말했다.

"과거 신월맹에 있던 사람들이오."

끝내 구포봉의 얼굴이 환하게 밝아졌다.

자신이 그렇게 끌어들이려고 했던 사람들이 바로 그들이다. 한데 그렇게 회유해도 쉽게 오지 않던 사람들이 통째로 손안으로 들어오기 직전인 것이다.

하지만 좌소천은 장하경의 말에 침중한 표정을 지었다.

자신이 누군가. 과거 신월맹이 무너질 때 가장 큰 공을 세운 제천신궁의 군사 좌유승의 아들이 아닌가.

신월맹의 무사들이 아버지를 어떻게 생각하고 있는지 알지 못하는 상황에서, 그들이 대거 유입되면 자칫 혼란만 가중될 수 있었다.

그렇다고 자신의 정체를 숨기기도 싫었다. 나중에 밝혀지면 더 큰 문제가 될지도 몰랐다.

'풀 것은 풀고 매듭을 지어야 할 것은 지어야겠지.'

마음을 결정한 좌소천의 눈이 장하경을 향했다.

"장 형은 내가 누군지 알고 있소?"

장하경이 아는 좌소천은 무당에서 사 년 넘게 살다 나온 강호 초출의 절정고수. 그게 다였다. 하지만 그는 대답을 머뭇거리지 않았다.

"좌 공자가 누구든 상관없소. 내 목숨은 좌 공자 것이니까."

"그래도 장 형이 데려오려는 사람들에게는 문제가 될지 모르오."

장하경이 의아한 표정을 지었다.

구포봉도 고개를 갸웃거리며 좌소천을 바라보았다.

그도 좌소천이 선우궁현의 조카라는 것, 그 이상은 아는 것이 없었다. 지금까지는 그것만으로도 충분했으니까.

두 사람을 향해 좌소천이 말했다.

"일단 여기서 나온 이야기는 절대 밖으로 새어나가서는 안 됩니다."

"큵, 그거야 당연하지."

"못 믿겠으면 목을 치고 말하시오."

좌소천은 잠시 두 사람을 바라보고는 조용히 선친의 이름을 털어놓았다.

"선친께선 유 자, 승 자 이름을 쓰셨던 분이오."

"좌… 유…….."

이름을 하나하나 이어가던 구포봉의 눈이 화등잔만 하게 커졌다.

선우궁현과 제천신궁, 거기에 천외천가. 그러한 이름이 이어지면서 떠오르는 사람은 오직 하나다.

"서, 설마… 신유 좌유승?!"

그 이름이 튀어나오자 장하경의 상처투성이 얼굴이 닭 벼슬처럼 붉게 주름졌다.

잠시 숨을 고른 좌소천이 담담히 고개를 끄덕였다.

"그렇습니다. 과거 제천신궁의 군사였던 그분이 바로 선친 이십니다. 만일 장 형이 신월맹의 무사들을 데려오려 한다면 그전에 그 문제를 해결해야 할 것입니다."

좌소천은 그 말만 하고 장하경의 대답을 기다렸다.

장하경의 입이 바로 열렸다. 조금은 들뜬 목소리였다.

"좌 공자가 뭘 모르는 게 있소. 신월맹의 진정한 무사들은 좌유승이라는 분에게 그리 큰 원한이 없소. 무사 된 자로서 자신의 목숨을 바쳐 천하를 도모한 그분을 누가 욕할 수 있단 말이오? 신월맹이 무너진 후, 좌 군사의 죽음에 대한 사실이 밝혀지자 진정으로 감탄한 우리 초혈단의 무사들은 피에 전 술잔을 들며 좌 군사의 충정에 건배를 했소."

좌소천은 갑자기 가슴이 막혔다.

'아버지!'

장하경이 열기 가득한 표정으로 말을 이었다.

"오히려 그런 분 밑에서, 그분 못지않은 좌 공자 밑에서 힘을 쓸 수 있다면 모두가 만 리 길도 마다하지 않고 달려올 것이오!"

"정말 그리 생각하시오?"

"물론…… 아! 내가 잘못 생각했소."

장하경이 갑자기 벌겋게 달아오른 얼굴로 고개를 저었다.

그러더니 신중한 표정으로 자신의 말을 수정했다.

"사오십이 아니라 백 명은 끌어들일 수 있을 것 같소."

구포봉의 입이 턱뼈가 빠질 정도로 벌어졌다.

대왕채에 이어 신월맹이 몰려온다.

봉이 떼로 몰려오는 소리가 들리는 것 같았다.

'좋았어! 완전 길조야!'

3

무은도가 가까워지면서 좌소천은 마음이 무거워졌다.

이상하다. 분명 떠나기 전에 진세를 보강해 놓았다. 완벽하지는 않지만 어지간한 사람은 들어가지도 못한다.

하거늘 입구 쪽으로 다가가자 희미한 안개 사이로 어슴푸레하니 섬이 보인다.

어떻게 된 것일까? 설마 적이 또 왔었단 말인가?

섬이 가까워질수록 불안감이 마음을 짓누른다.

그날의 악몽이 되살아나는 것만 같다.

"무슨 일이라도 있나?"

구포봉이 좌소천의 감정을 눈치 채고 물었다.

"아무래도… 제가 없는 사이 누군가 들어갔던 것 같습니다."

구포봉의 눈이 커졌다.

"섬에 기진이 설치되어 있어서 아무도 들어가지 못한다고 했지 않은가?"

"진에 대해 잘 아는 사람이라면 제가 임시로 막아놓은 입구를 찾았을지도 모릅니다."

어쨌든 들어가 보면 알 일이다.

좌소천은 묵묵히 노를 저어 무은도로 다가갔다.

잠시 후.

언덕으로 다가가는 좌서천의 몸이 사시나무처럼 떨렸다.

"이, 이런……!"

그날, 양지 바른 언덕 위에 백부의 무덤을 만들고, 그 앞에 백부의 명복을 비는 목비(木碑)를 꽂고서 하루 종일 통곡했었다.

한데 무덤이 있어야 할 자리에 아무것도 보이지 않는다.

높은 곳에 있으니 비에 씻겨 내려갈 리도 없다. 흙이 비에 씻겼다면 하다못해 깊게 박힌 목비라도 있어야 할 것이 아닌가.

좌소천의 몸이 단숨에 언덕 위로 날아갔다.

순간 좌소천의 몸이 석상처럼 굳어버렸다.

"맙소사! 백부님!"

무덤이 있던 자리에 구덩이가 파여 있다.

흙에 묻혀 반쯤 썩어버린 목비.

누군가? 누가 무덤을 파헤쳤단 말인가?

"백부님!!"

좌소천의 외침이 무은도를 뒤흔들었다.

섬을 둘러싼 산이 터질 듯이 울어댔다.

"좌 공자, 저걸 보게!"

그때 목옥 쪽으로 내려가던 구포봉이 다급히 좌소천을 불렀다.

"시신을 가져간 자들이 남긴 것 같네!"

구포봉이 말을 이으며 손으로 목옥을 가리켰다.

순간 좌소천의 몸이 언덕 위에서 사라졌다.

단숨에 이십여 장을 날아가 목옥 앞에 도착한 좌소천은 목옥의 나무문을 파서 적어놓은 글을 보고 이를 악물었다.

만패철검 선우 대협의 시신을 본 궁으로 옮기고자 하오. 좌 공자께선 이 글을 보는 즉시 제천신궁으로 와주시기 바라오.

"제천신궁에서 선우 대협의 시신을 가져간 것 같군."

구포봉이 안타까움이 가득한 목소리로 입을 열었다.

좌소천은 이를 지그시 깨물고 천천히 고개를 끄덕였다.

선우궁현이 천외천가에 의해 죽었다는 것을 알고 제천단을 파견한 혁련무천이다. 그런 사람이 무은도에 사람을 보내지 않았을 리 없다.

거기다 혁련무천이라면 진이 설치되었다는 것까지 알았을 터, 분명 진을 풀 수 있는 사람까지 함께 보냈을 것이다.

그리고 선우궁현의 시신을 가져갔다.

'나더러 오라는 말이겠지.'

혁련무천이 선우궁현의 시신을 가져간 뜻 중 하나는 분명 그것일 것이다.

어쨌든 제천신궁에 단순히 선우궁현의 위패만 있는 것이 아니라 시신까지 모두 있다는 뜻.

이제는 오지 말라고 해도 가야 할 좌소천이었다.

'돌아갈 것이오. 그러나 당신의 생각과는 조금 다른 회궁이 될 것이오, 혁련 백부!'

4

장강으로 흘러들어 가는 물줄기인 청하 하류의 장양(長陽).

한 무리의 여인들이 그곳에 나타난 것은 삼월 말경이었다.

비록 차양이 넓은 모자를 쓰고 면사로 얼굴이 가려졌지만, 그녀들은 뒷모습만으로도 보는 이의 눈을 휘어잡을 만큼 아름다웠다.

모두 열두 명.

하나같이 무기를 등에 멘 그녀들은 장양(長陽)에 들어서자마자 곧장 한곳으로 향했다.

그녀들의 발걸음이 멈춘 곳은 장양에서 가장 세력이 큰 토호이자 일대를 호령하는 강호 세력인 장춘장원(長春莊園) 앞에서였다.

제일 먼저 그녀들을 발견한 장춘장원의 수문위사는 침을 질질 흘리며 그녀들에게 접근했다.

"이봐, 아가씨들! 본 장을 찾아오셨수?"

그게 그가 생에서 마지막으로 남긴 말이었다.

툭!

여전히 침을 질질 흘리는 표정으로 그의 머리가 바닥에 떨어졌다. 그게 시작이었다.

쾅!

정문이 부서져 나가고, 열두 명의 면사여인이 장원 안으로 들어갔다.

그리고 한 시진. 장춘장원 안에선 끊이지 않고 비명이 흘러나왔다.

장양 사람들은 구경 삼아 장원으로 몰려들었다가 부서진 정문 사이로 보이는 수십 구의 참혹한 시신을 보고 하얗게 탈색된 얼굴로 정신없이 도망쳤다.

그날 장춘장원의 백스물세 명의 무사와 장원의 식솔 중 장주의 가족 서른두 명이 죽임을 당했다.

장양의 현청에서 포졸들이 장춘장원에 들어갔을 때에는, 반쯤 미쳐 버린 일반 가솔들만이 살아 있을 뿐이었다.

하지만 그때만 해도 사람들은 짐작도 못했다.

장한궁의 삼백 년에 걸친 한이 중원을 피로 물들이기 시작했다는 걸. 장춘장원의 혈겁이 그 시작이라는 걸.

백색 마차 앞에 한 여인이 부복했다.

"임무를 완수하고 복귀했사옵니다, 신녀시여!"

"수고했어요. 아직은 남들의 눈에 너무 띄어서는 안 된다는 걸 잊지 말도록 하세요."

"철저히 주지시키고 있사옵니다."

"곧 세상에 우리의 모습을 드러내게 될 것이에요. 그때가 되면 천하는 우리의 한이 얼마나 무서운 것인지 알게 될 거예요.
그때까지만 조심하세요.”

“예, 신녀시여!”

“지금 진행 상황이 어떻게 되고 있죠?”

신녀가 누구에겐가 물었다.

백색 마차 안에서 한령파파의 자애로운 음성이 들려왔다.

“본 궁의 정한녀들이 의창의 한검문을 비롯해 다섯 개 문파
에 갔습니다, 신녀.”

5

사월이 시작되자마자 소문이 퍼졌다.

피로 뒤덮인 소문, 그것은 혈풍이었다.

삼월 말경 호북 서쪽에서 시작된 혈풍은 장강을 타고 동진
하더니 사월이 되자 더욱 거세졌다.

서풍에 섞인 비릿한 혈향은 숨조차 쉬지 못할 정도로 지독
했다. 간담이 서늘해진 사람들은 눈을 부릅뜨고 귀를 쫑긋 세
운 채 장강의 물결을 주시했다.

그 와중에 또 하나의 소문이 장강을 타고 내려왔다.

혈풍이 분 곳에는 깃발이 하나 남겨져 있었다고 한다. 피로
쓰인 글씨가 채 마르지도 않은 깃발이.

여인에게 한(恨)을 심어준 자여, 하늘이 그대들을 심판할 것이다!

사람들은 추측했다.

범인은 여인들인 것 같다.

혈풍을 목격한 사람의 증언이 쏟아졌다.

얼굴을 가렸는데도 눈을 뗄 수 없을 정도로 아름다운 여인
들이었다.

하지만 누구도 그녀늘이 혈겁을 저지른 후 어디로 사라졌는
지 알지 못했다.

어떤 자는 근처에서 마차를 봤다고도 했고, 어떤 자는 하늘
을 날아 사라졌다고도 했다.

분명한 것은, 그녀들을 쫓아간 사람들이 모두 시신으로 발
견되었다는 것이다.

그렇게 피바람은 칠 일을 불더니 칠팔백의 목숨을 집어삼킨
후 어느 날 갑자기 조용해졌다.

그러나 그걸 끝이라 생각하는 사람은 없었다.

폭풍전야!

사람들은 숨소리조차 죽이고 서쪽을 주시했다.

6

무은도에서 돌아온 좌소천은 구포봉이 모아놓은 정보를 열흘에 걸쳐 탐독했다.

강호의 상황과 인물에 대한 것을 알고 떠나라는 구포봉의 조언을 받아들인 것이다.

열흘, 그리 길지 않은 시간이었다. 하지만 좌소천에게는 어느 때보다 귀중한 열흘이었다.

좌소천이 근 백여 권에 달하는 책자를 다 읽고 마지막 권을 내려놓은 사월 초사흘.

의창에서 벌어진 다섯 번째 혈겁에 대한 정보가 구포방에 도착했다.

그날 저녁 좌소천과 구포봉이 마주 앉았다.

"어떤 여인들인지 전혀 짐작되는 바가 없습니까?"

좌소천의 질문에 구포봉이 눈살을 찌푸렸다.

"아직 알려진 바가 없네. 워낙 신비스럽게 움직여서 전마성도 신경을 곤두세우고 있다던데……."

전마성으로선 서쪽에서 불어오는 갑작스런 혈풍이 절대 반갑지 않을 터이다.

제천신궁도 견제해야 하고 무림맹의 움직임에도 신경을 써야 하는 그들이 아니던가.

반면 좌소천과 구포봉에게는 호기였다. 전마성이 악양 쪽에서 벌어지는 일에 그만큼 신경을 쓰지 못할 테니까.

변수(變數)!

너무나 큰 변수였다.

그것이 얼마나 유용한지 구포봉도 알고 좌소천도 알았다.

구포봉이 먼저 눈을 빛내며 물었다.

"그동안 호시탐탐 세를 늘이려 한 제천신궁이네. 아마 그들도 기회라 생각할 거네."

그럴 것이다. 혁련무천이 이런 기회를 놓칠 리가 없었다.

"곧 어떤 움직임이 있을 거네. 가려거든 그전에 가는 게 나을 거라 생각하네만, 언제 갈 생각인가?"

"내일 날이 밝는 내로 떠날 생각입니다."

"언제나 돌아올 거 같나?"

"얼마가 걸릴지는 모르겠습니다만, 그리 늦지는 않을 것입니다. 긴급한 일이 있으면 연락을 주십시오."

"알았네. 이곳은 걱정 말고 몸조심하게."

7

"어떻게 생각하나?"

혁련무천이 묻자 사공은환이 답한다.

"보고만 있으면 강호가 웃을 겁니다. 상황을 지켜보면서 기회가 오면 바로 움직일 수 있도록 준비를 해놓겠습니다."

"하면, 누가 좋겠는가?"

"경험도 키울 겸 둘째공자에게 맡기시는 게 어떻겠습니까?"

혁련무천의 눈매가 가늘어졌다.

"호승에게?"

"어차피 첫째공자께는 북쪽을 맡길 생각이 아니옵니까?"

"흠… 그놈 성질로 잘해낼 수 있을까?"

"겉으로는 불같은 성격처럼 보여도 속이 생각보다 꽉 찬 분이 둘째공자시지요. 실망시켜 드리지는 않을 겁니다. 누가 뭐래도 주군의 피를 이어받은 분이 아닙니까?"

"흐음……."

혁련무천이 손가락으로 탁자를 톡톡 치더니 나직이 명을 내렸다.

"좋아, 호승을 수장으로 백 명의 제천단과 열 명의 무천단을 준비해 놔라. 전마성이 움직이면 즉시 움직여서 잠강에 지부를 설립하도록 한다."

사공은환이 조용히 웃으며 고개를 숙였다.

제천신궁의 서쪽 마지막 지부는 한천 지부다. 잠강은 한천의 삼백 리 서쪽에 있다. 잠강 지부를 설립한다는 말, 그 말은 잠강까지 세를 늘리겠다는 뜻이었다.

전마성의 코앞까지 말이다!

"존명!"

第九章

사람, 사람들

신양에 도착한 것은 악양을 떠난 지 이틀 만이었다.

좌소천은 붉게 타오르는 석양을 두 눈에 담고서 신양성으로 들어갔다.

이제 목적지인 황강산까지는 오십여 리. 급할 것이 없었다.

헛소문이든 사실이든 최근의 상황을 가장 잘 알 수 있는 곳이 객잔과 주루. 좌소천은 겸사겸사 남문 근처에 있는 객잔을 찾아들어 갔다.

객잔은 꽉 차서 빈자리가 거의 없을 정도였다. 제천신궁에서 무사를 모집한다는 소문이 돌아서인지 객잔의 사람들 중 상당수가 무사들이었다.

좌소천은 마침 구석진 곳에 자리가 하나 나자 그곳으로 다가갔다.

"어이, 잠깐!"

그때 뒤에서 누군가가 소리쳤다. 처음에는 자신을 부른 소린지 몰라 고개도 돌리지 않았다.

"이보서!"

누군가가 다시 불렀다.

그제야 의자를 잡아당기려던 좌소천이 고개를 돌렸다.

세 사람이 자신을 바라보며 다가오고 있었다. 등과 옆구리에 무기를 걸친 자들. 모두 이십대 중, 후반의 청년들이었는데 하나같이 강한 기운을 갈무리한 고수들이었다.

"나를 불렀소?"

"하하하! 맞소!"

셋 중 짙은 눈썹이 길게 뻗은 자가 가볍게 웃으며 다가온다. 한데 웃는 얼굴과 달리 눈은 조금도 웃지 않고 있다.

"무슨 일이오?"

"별일 아니오. 형장은 혼자지만 우리는 세 사람이 아니오? 해서 자리를 양보해 달라고 부른 거라오."

당연히 비켜줘야 한다는 투다.

좌소천은 주위를 둘러보고는 그대로 의자를 잡아당겼다.

"미안하지만 다른 자리가 없군요."

"그러니 양보 좀 해달라는 말이오. 이곳에서 사람을 만나기로 하는 바람에 다른 곳으로 갈 수가 없어 그러는 거니까."

탁자에 딸린 의자는 여섯 개.

좌소천은 소란을 떨고 싶지 않아 고갯짓으로 의자를 가리켰다.

"그럼 잠시 앉아 있다가 자리가 나면 옮기시오."

조금도 물러서지 않는 좌소천이다.

눈썹이 길게 뻗은 청년의 입가에 그려져 있던 웃음이 지워졌다.

"거 꽤나 딱딱한 친구군."

그때 뒤에 있던 냉막한 얼굴의 청년이 입을 열었다.

"인학, 그의 말대로 앉아서 기다리지."

눈썹이 길게 뻗은 청년, 사인학은 좌소천을 날카로운 눈으로 쏘아보고는 고개를 돌려 말없이 맨 뒤에 서 있는 청년을 바라보았다.

잘생긴 얼굴에 고요한 눈을 지닌 그는 나이가 두 사람보다 서너 살 정도 많아 보였다.

"공손 형님, 그래도 되겠습니까?"

맨 뒤에 서서 말없이 서 있던 청년, 공손양이 고개를 끄덕였다.

"명한 아우 말대로 하세. 소란 피우지 말고."

사인학은 조금 못마땅한 표정을 지었지만, 좌장 격인 공손양의 말을 무시할 수는 없었다.

그는 천천히 좌소천의 옆을 지나가며 싸늘한 눈으로 좌소천을 바라보았다.

"그럼 잠시 함께 앉겠소."

세 사람이 의자에 앉자 점소이가 쪼르르 달려와 엽차잔을 내려놓았다.

"손님, 뭘 드시겠습니까?"

음식은 좌소천만 주문했다.

세 사람은 일행이 오면 같이 시키겠다며 주문을 미루었다.

점소이가 세 사람을 흘겨보고 돌아가자 사인학이 좌소천에게 물었다.

"나는 사인학이라 하오."

좌소천은 구포봉이 지이준 가명을 썼다.

"천소라 하오."

"칼을 차고 있는 걸 보니 제천신궁에 가려는 거 같은데……?"

"그렇소."

좌소천의 담담한 대답에 사인학의 눈빛이 예리하게 번뜩였다.

"사문이 어떻게 되오?"

"없소."

어찌 들으면 뻐딱한 말투다. 그러나 강호의 무사 중 홀로 무공을 수련하는 사람들이 어디 한둘이던가?

"사부도 없이 혼자 무공을 익혔단 말이오?"

"정식 사부라 할 만한 분은 없지만, 몇 분에게 가르침을 받긴 했소."

"호오, 그렇소?"

말도 없고 냉막한 두 사람과 함께 다니다 보니 심심하던 차였다.

좌소천이 꼬박꼬박 말대꾸를 해주니 사인학의 얼굴도 조금 펴졌다.

"천 형은 고향이 어디요?"

좌소천이 가만히 사인학을 바라보고 물었다.

"원래 그렇게 궁금한 것이 많소?"

종리명한과 공손양의 얼굴에 미미한 웃음이 떠오른다.

사인학은 멀뚱히 좌소천을 바라보더니 눈을 가늘게 떴다.

"천 형도 한번 말없는 일행하고 함께 사나흘 여행을 해보시오. 그러면 내 심정을 알 테니까."

"산속에서 혼자 이 년 몇 개월간 지내본 적은 있소."

"……"

사인학의 입이 닫혔다.

종리명한과 공손양의 입가에 떠오른 웃음이 조금 더 짙어지더니 두 사람의 눈에도 서서히 호기심이 떠올랐다.

그때였다.

종리명한이 고개를 돌리더니 손짓을 했다.

"여기네!"

곧이어 커다란 목소리와 함께 탁자 가득 그림자가 드리워졌다.

"일찍 왔군!"

주위의 시끄러움을 단숨에 잠재우는 목소리였다.

슬쩍 고개를 돌린 좌소천의 눈에 한 사람이 가득 찼다.

'사람이 아니군.'

칠 척의 키. 일반 사람의 세 배는 되어 보이는 덩치다. 무게를 잰다면 족히 삼백 근은 나갈 것 같았다.

곰이 껍질을 벗고 인간 세상으로 튀어나온다면 눈앞에 있는 사람과 비슷할 것 같다는 엉뚱한 생각이 들 정도였다.

끼기긱!

그가 앉자 의자가 비명을 질렀다.

"오래 기다렸습니까, 형님?!"

그의 질문에 공손양이 대답했다.

"얼마 되지 않았네. 바쁜 사람을 이렇게 나오라고 해서 미안하군."

"비상이 걸려서 나오기가 쉽지 않았습니다. 그래도 어쩌겠습니까? 천하의 공손양 형님이 구화산을 떠나왔는데요. 음하하하!"

그때 좌소천이 시킨 포자가 나왔다.

덩치는 음식이 좌소천 것만 나오자 의아한 표정으로 사람들을 둘러보았다.

그제야 사인학이 사정을 말했다.

"천 형은 일행이 아니네. 빈자리가 없어서 잠시 합석하고 있었네."

"그래?"

덩치는 주위를 둘러보더니 미간을 찌푸렸다. 당장이라도 다른 자리의 사람을 쫓아내고 자리를 만들겠다는 표정이었다.

공손양이 그를 말렸다.

"이 자리도 괜찮네."

"불편하지 않겠습니까?"

"불편하기는. 이런저런 이야기를 하면서 인학이하고도 꽤 친해졌는데."

"그래요?"

덩치는 좌소천을 바라보더니 좌소천이 입에 담긴 포자를 다 삼키자 그제야 솥뚜껑만 한 손을 들어 포권을 취했다.

"나는 이자광이라 하오."

겉보기와 달리 예의를 아는 자다. 좌소천도 흔쾌히 마주 인사를 했다.

"천소라 하오. 어느 분처럼 궁금한 것이 많지 않았으면 좋겠소."

"예?"

"푸웁!"

사진옥이 엽차를 마시다 말고 뿜어냈다.

냉막하던 종리명한의 입술이 길게 늘어지고, 공손찬의 잘생긴 얼굴에도 웃음이 번졌다.

덕분에 탁자의 분위기가 제법 느슨하게 풀어졌다.

그렇게 일각이 채 지나기도 전이었다. 좌소천은 동석한 네 사람의 신분을 알고 관심을 가지지 않을 수 없었다.

그 첫째가 이자광의 신분이었다.

제천신궁 무력의 중심은 사단이었는데, 이자광이 그 사단 중 최근에 생긴 패천단의 칠조장이었던 것이다.

그러니 제천신궁에 들어가려는 좌소천으로서는 관심을 가지지 않을 수 없었다.

두 번째는 공손양이었다.

그는 구화산 이화산장(理火山莊)의 소주인이었다. 이화산장은 인원이 소수인데다 대외적인 활동을 거의 하지 않아 많이 알려진 곳은 아니었다. 그러나 알 만한 사람은 이화산장의 무력이 여느 대문파에 못지않다는 것을 잘 알고 있었다.

'백여 명의 인원으로 그 정도라는 것은 적어도 절정의 고수가 열 명 이상은 있다는 말.'

좌소천도 구봉장에서 책을 보지 않았다면 이화산장이라는 곳이 있다는 것조차 몰랐을 터였다.

그리고 세 번째는 종리명한과 사인학의 신분이었다.

종리명한은 안휘십대고수 중 하나인 한백검(寒白劍) 사마군의 제자였고, 사인학은 마성(麻城) 일대의 세력가인 사가장의 소장주였다.

둘 다 젊은 무사들 중에서 나름대로 고수 소리를 듣는 사람들이었다.

'과연 제천신궁이군. 이런 자들이 스스로 걸어 들어갈 정도라니.'

좌소천이 묵묵히 듣고만 있을 때다. 이런저런 이야기 와중에 이자광이 은근한 목소리로 물었다.

"형님, 소문은 들었지요?"

공손양이 굳은 얼굴로 되물었다.

"혈풍에 대한 것 말인가?"

"요즘 그 일 때문에 분위기가 말이 아닙니다."

"대체 그녀들이 누군데 혈풍을 일으키는 것인가?"

"확실히 알려진 것이 없으니 더 골치 아픕니다. 그녀들이 언제 어느 쪽으로 올지 아무도 모르고 있는 상황이어서 말입니다. 사실 최근 무사들을 모집하는 것도 그 일 때문에 더 서두르고 있는 것입니다."

좌소천에게도 필요한 정보였다. 제천신궁의 조장이라면 상당한 정보를 접하고 있을 터. 좌소천은 포자를 먹으며 귀를 기울였다.

한데 그때, 문득 들려온 한마디에 좌소천의 눈이 굳어졌다.

이자광이 소리를 죽여 말한다.

"어제 들어온 정보로는 그녀들이 의창에서 일을 벌인 이후로 북상하는 것 같다고 합니다."

의창(宜昌)에서 북상하면 무당산 쪽이다. 영허 진인에게 목숨의 구함받은 그로선 무당에 빚이 있는 셈. 신경이 쓰이지 않을 수 없었다.

"어디서 발견되기라도 한 건가?"

"정확지는 않습니다만, 의창과 보강(保康) 중간인 점등(店鐙)에서 신비한 백색 마차를 보았다는 사람이 있는데, 그가 말하길 면사를 쓴 여인들이 그 마차를 호위하고 있었다고 합니다."

"그게 사실이라면 대체 어디를 가려고 위로 올라간 것이지?"

"그걸 몰라서 많은 사람들이 그곳으로 향하고 있다는 소식입니다."

만일 보강으로 가는 길이라면 무당이 지척이다.

'설마 무당으로 가는 것은 아니겠지?'

그 중간에도 크고 작은 문파가 상당수 있다. 제법 유명한 곳만 해도 당장 대여섯 곳을 꼽을 수 있을 정도다.

보강의 백가장이야 말할 것도 없고, 남장의 유운산장, 포게의 추운보, 혈곡, 마령문 등이 무당으로 가는 길목에 있다.

어쩌면 공연한 걱정일지도 몰랐다. 한데 왠지 느낌이 그리 좋지 않다.

'대체 그녀들은 누구일까?'

가장 중요한 것은 바로 그것이었다. 그걸 알아야 그녀들이 어디로 향하는지 조금이라도 짐작할 수 있을 것이 아닌가.

와직! 와장창!

그때 갑자기 탁자가 부서지고 집기들이 깨지는 소리가 나면서 좌소천의 생각을 방해했다.

"응? 저 사람은?"

고개를 돌린 이자광이 눈살을 찌푸린다. 이마에 깊게 골이 파인 그가 망설이는 표정이다.

좌소천도 고개를 돌려 소리가 일어난 곳을 바라보았다.

생각대로 탁자가 부서지고 집기들이 바닥에 흩어져 있었는데, 부서진 탁자를 사이에 두고 네 사람이 대치한 상황이었다.

한 사람이 의자에 앉아 있다. 한 명의 중년인과 삼십대 초반의 장한 두 사람이 의자에 앉은 사람을 포위한 형국이다. 그들 세 사람은 모두 검을 뽑은 상태.

살기가 서서히 객잔을 짓눌렀다.

난데없는 살기에 놀란 사람들이 급급히 자리를 피하자, 포위하고 있던 세 사람은 탁자를 밀치고 자리를 넓게 벌렸다.

"흥! 도요관, 우리가 누군지 모르지는 않겠지? 본 문의 복수를 위해 네놈을 삼 년간 뒤쫓은 우리다. 오늘은 절대 도망칠 수 없을 것이다!"

"도망? 누가? 내가 왜 도망간단 말인가?"

앉아 있는 자는 삼십 중반으로 보였는데, 하관이 쭉 빠진데다 눈매가 가늘어서 조필만큼이나 날카로운 인상이었다.

이자광이 나직하니 공손양에게 말했다.

"저자가 바로 두 개의 손도끼로 백 명의 가슴을 갈랐다는 혈심부 도요관입니다, 형님."

혈심부(血心斧) 도요관에 대해 알려진 것은 단 두 가지였다.

그가 천주산(天住山)에 존재했던 귀부문의 후예라는 것과 삼 년 전 천주산 북부 악서 일대를 호령했던 오기문(五旗門)이 그의 손에 멸망했다는 것.

말이 그렇지, 혼자서 오기문 백 명의 무사를 죽였다는 것은 절대 쉬운 일이 아니었다. 비록 그도 그 일전으로 죽기 직전의 상처를 입고 삼 년간 모습을 보이지 않았지만, 사람들의 뇌리에는 도유관이라는 이름이 깊게 새겨진 후였다.

이자광이 그를 아는 것은 그가 이틀 전에 제천신궁을 찾아왔기 때문이다. 그리고 오늘 이곳에 있는 이유도 아마 그 때문일 것이다.

좌소천도 구포방에서 도유관에 대한 이름을 본 적이 있었다. 최근 오 년 사이에 유명해진 무인 이백 명의 이름에 그의 이름도 올라 있었던 것이다.

'저자가 사문의 복수를 위해 혼자 오기문에 뛰어들었다는 자군.'

그리고 세 사람은 오기문의 복수를 위해 도요관을 죽이려는 자들인 듯했다.

물고 물리는 복수의 연환. 좌소천의 눈이 깊게 침잠되었다.

그때다. 도요관이 자리에서 일어나며 품속에 손을 집어넣었다.

동시에 포위하고 있던 세 사람이 그를 공격했다.

"놈을 쳐! 도끼를 꺼낼 시간을 주면 안 된다!"

그때였다. 도요관의 양손이 밖으로 나오고, 도끼 그림자가 그의 몸 일 장 반경을 뒤덮었다.

쩌저저정!

"물러서지 말고 놈을 죽여!"

십여 번의 격돌이 이어지던 순간,

"죽어라!"

"죽어……. 으아악!"

퍼버벅!

순식간에 두 명의 장한이 도끼에 난자된 채 뒤로 튕겨졌다.

이마가 갈라지고, 가슴이 갈라지고, 어깨가 쩍 벌어진 두 사람은 처절한 비명을 지르며 비틀거리다 부서진 탁자 위로 쓰러졌다.

붉은 피가 사방으로 튀면서 객잔 안에 비릿한 혈향이 풍겼다.

하지만 세 사람은 오기문에서 살아남은 자들 중에서도 가장 강한 자들. 더구나 죽음을 작정한 자들이었다. 세 사람 중 둘은 처치했지만, 중년인의 검을 피할 시간이 없었다.

"흐흐흐, 이놈! 지옥으로 가거라!"

중년인의 검이 도요관의 등을 파고들었다.

한데 그때였다. 검을 등에 꽂은 도요관이 그대로 돌아서며 쌍부를 휘둘렀다.

퍽퍽!

두 개의 도끼가 중년인의 이마와 심장을 찍었다.

생각지도 못한 일격에 중년인은 눈을 부릅뜬 채 몸이 굳어버렸다.

"어, 어떻게……."

"너처럼 등 뒤를 노리는 비겁한 놈들을 위해 돈을 좀 썼지."

중년인이 천천히 무너져 내리고, 그의 검이 도요관의 등 쪽 옷을 찢으며 미끄러졌다.

쨍그랑!

떨어진 검끝에 혈흔이 묻어 있다. 도요관 역시 상처를 입었다는 뜻.

그런데 검끝의 혈흔이 반 치를 넘지 않는다. 검이 반 치 이상 뚫지 못한 듯하다.

문득 찢겨진 옷자락 사이로 보이는 검은 가죽. 그곳에서 피가 배어 나오는 게 보였다.

'자신의 약점을 보강하기 위해 걸친 것이군. 하나 그 정도로는 검기에 당하는 내상을 피할 수는 없을 텐데?'

아니나 다를까, 얼굴이 창백하다. 상당한 내상을 입은 듯하다.

숨을 몰아쉰 도요관은 도끼를 든 채 주위를 살펴보았다. 그러다 이자광과 눈이 마주치자 가는 눈을 더욱 가늘게 떴다. 이자광이 누군지 알고 있는 눈치였다.

"상관할 건가?"

이자광은 피로 범벅된 객잔 안을 바라보고는 고개를 저었다.

"정당한 대결이었소. 나는 관여하지 않겠소."

이자광의 말이 떨어지자 도유관은 손에 들린 도끼를 품속에 집어넣었다. 그러고는 몸을 돌려 객잔을 빠져나갔다.

그의 모습이 완전히 사라진 뒤에야 점소이가 다가왔다.

"저… 음식을 내올깝쇼?"

사인학이 눈살을 찌푸리며 점소이를 바라보았다.

"이 상황에서 음식이 목구멍으로 넘어가겠나?"

"그, 그렇지만……."

"흠음, 반값만 받는다면 생각해 보지."

'쪼잔한 놈!'

점소이는 분통이 터졌지만, 아까운 음식을 그냥 버릴 수는 없었다.

"주인 어른께 그리 말씀드리겠습니다요."

음식이 나오면 더 이상 자리에 있기도 어색한 상황. 좌소천은 의자를 밀치고 자리에서 일어났다.

"그럼 먼저 일어나겠습니다."

'괜찮은 사람들을 만났군. 패천단에 들어간다고 했던가?'

2

아침부터 제천신궁의 정문 앞으로 수백 명이 모여들자, 무사 이십여 명이 나와서 그들을 통제했다.

좌소천은 줄을 서서 자신의 순서가 될 때까지 조용히 기다렸다.

오래전의 일을 파헤치고 천외천가와의 관계도 알아볼 생각으로 제천신궁에 온 터다.

그냥 들어가 혁련무천을 만나서는 얻는 것이 없다. 사방이 단절된 정보만 얻을 수 있을 뿐이다.

모든 것은 위에서 아래로 흐르는 법. 간혹 위로 솟구치는 것도 있지만 그것 역시 다시 아래로 내려오게 되어 있다.

정보를 얻는 것도 마찬가지다. 상층부에서 잊혀진 정보도 아래쪽에는 남아 있다. 조금 시간이 걸려도 아래서부터 올라가야 중요한 정보에 더 근접할 수가 있는 것이다.

'일 년, 일 년 안에 혁련무천조차 잊어버린 정보를 얻어야 한다.'

그리고 그 정도 시간이면 상층부의 주요 정보에도 접근할 수 있을 것이다.

"이봐, 자네도 제천신궁의 무사가 되려고 왔나?"

옆에서 누군가가 말을 걸었다.

이십 중반으로 보이는 자였다. 그는 등에 커다란 칼을 메고 있었는데, 울퉁불퉁한 근육을 자랑이라도 하려는 듯 소매가 없는 옷을 입고 있었다.

좌소천이 가볍게 고개를 끄덕이자 그가 가슴을 치며 말했다.

"하하하! 보아하니 강호 초출인 것 같은데, 혹시 안에 아는 사람이 없으면 말하게. 내 친구가 제천단의 조장이라네."

그때 앞에서 제천신궁의 무사가 소리쳤다.

"모두 조용히 하시오!"

시끌시끌하던 좌중이 조용해지자 그가 말을 이었다.

"인적 사항을 적고 원하는 부서와 가진 바 재주에 대해서도 적으시오! 글을 모르는 사람은 서기에게 자세히 일러주도록 하시오!"

그가 말을 마치고 물러서자 마침내 줄이 줄어들기 시작했다.

근 반 시진이 되어서야 좌소천의 차례가 되었다.

이름:천소
익힌 무공:이것저것
쓰는 무기:도
원하는 부서:패천단

서기는 좌소천이 무공난에 이것저것이라고 적자 비릿한 조소를 지으며 힐끔거렸다. 그러다 원하는 부서를 패천단이라고 적자 흠칫 올려다봤다.

대부분은 오대나 내외 십당을 지원한다. 사단을 지원하는 사람은 백 명 중 열 명도 되지 않는다. 그들의 유형은 오직 두 가지다.

허풍쟁이 아니면 진짜 고수.

한데 패천단은 만들어진 지 삼 년밖에 되지 않은 신생단이었다. 그런 만큼 온갖 사람들이 다 모여 있어서, 어지간한 사람은 한 달을 버티기 힘든 곳이었다.

오직 힘만이 우선인 곳, 그곳이 패천단인 것이다.

서기는 좌소천이 사단을 지원했다는 것만으로도 눈빛을 달리하고 바라보았다.

"정말 패천단에 들어갈 생각이오?"

"그렇소."

서기는 고개를 설레설레 젓더니, 육(六)이라 쓰인 위에 도장을 쾅! 찍었다.

"저 안으로 들어가면 패천단이라 쓰인 곳이 있을 거요. 이걸 가지고 그곳으로 가면 되오."

좌소천이 패천단의 건물로 들어갔을 때까지 패천단을 희망한 사람은 좌소천을 포함해 모두 여섯 명에 불과했다.

한데 그가 안으로 들어가자 근육질의 사나이가 뒤따라 들어왔다.

"제천단의 조장이 친구라 하지 않았소?"

"음하하하! 꼭 친구가 있는 곳으로 가라는 법은 없지 않은가?"

사실 꼭 그 이유만은 아니었다.

그는 글을 잘 몰랐다. 그래서 서기에게 자신도 좌소천이 응한 곳에 가겠다고 말했을 뿐이다. 조금 무표정한 얼굴이서 그렇지 인상도 괜찮고 자신보다 별 볼일 없어 보이는 좌소천과 함께하면 자신이 될 것 같아서였다.

그런데 설마하니 좌소천이 제천신궁에서 제일 기가 드세다는 패천단에 지원할 줄이야.

'제길! 하필 패천단이 뭐야, 패천단이!'

그렇다고 이제 와서 희망 부서를 바꿀 수도 없었다.

곧 죽어도 자존심은 지켜야 한다. 그러지 못할 거면 불알을 떼어놓고 다녀야 한다. 그것이 그의 신념이었다.

'지미, 죽어봐야 한 번 죽지, 두 번 죽어?'

잠시 후, 세 명이 더 패천단의 건물로 들어왔다.

그들을 본 좌소천의 눈빛이 묘하게 빛났다. 공손양, 종리명한, 사인학. 세 사람이 어제 말한 대로 패천단에 지원한 것이다.

그들도 좌소천을 보고는 의외의 표정을 지었다. 하지만 곧 들려온 목소리에 인사를 나눌 여유가 없었다.

"흠! 오늘은 성과가 좋군! 열 명이나 패천단을 지원하다니 말이야!"

옆구리에 도신이 넓은 도 한 자루를 걸친 사십 전후의 중년인이 다가온다. 신생단이라서 그런지 처음 보는 자였다.

그는 대충 자리를 잡고 서 있는 열 명 앞으로 다가오더니 근육질의 사나이 앞에 섰다.

"훗! 자네도 패천단에 들어오려고 하는 건가?"

"그렇습니다!"

근육질의 사나이가 패기있게 대답했다. 그러나 중년인은 조금도 감동하지 않은 표정으로 근육질의 사나이를 쓱 훑어보았다.

"이름이 뭐지?"

근육질의 사나이가 머뭇거리며 대답했다.

"홍… 려안입니다."

붉고 고운 얼굴.

남자에게, 그것도 근육질의 사나이가 가지기에는 너무 낯간지러운 이름이었다.

중년인은 웃음을 겨우 참고 고개를 저었다.

"아무래도 자네는 길을 잘못 찾아온 것 같군. 이곳보다는… 산적채를 찾아가는 게 낫겠어. 본 단은 근육이 좋다고 해서 견딜 수 있는 곳이 아니거든."

근육질의 사나이, 홍려운의 얼굴이 붉게 달아올랐다. 그러고 보니 이름과 그럭저럭 어울렸다.

"충분히 견딜 수 있습니다."

중년인은 피식 웃고는 뒷짐을 지고 어깨를 폈다.

"좋아, 어디 두고 보지."

그는 홍려운에게서 눈을 떼고는 나머지 사람들을 하나하나 살펴보았다. 그러다 공손양에게서 시선을 멈췄다.

"나는 패천단 이대주인 모이산이라고 한다. 그댄 누군가?"

모이산. 강호에서 귀혈도(鬼血刀)라고 불리는 절정의 도객.

그런 자가 일개 단의 이대주라는 것만으로도 새삼 제천신궁의 저력이 느껴지는 대목이었다.

'과연 제천신궁이군. 이런 자가 일개 대주라니.'

공손양도 함부로 하지 못하고 이름을 말했다.

"공손양이라 합니다."

"호오, 그대가 바로 이화산장의 셋째라는 공손양인가 보군. 이거 대단한 사람이 들어왔는데?"

"별다르게 보실 거 없습니다."

"아니지, 이화산장의 셋째 공자를 어떻게 별다르게 보지 않을 수 있는가?"

중년인 모이산은 눈을 크게 뜨고 호들갑스럽게 말하더니 갑자기 표정을 굳히고 나직이 말했다.

"하지만 이것만은 알아두게. 패천단은 능력 위주라는 것을 말이야."

"저도 그리 들었지요."

"흠, 좋아."

모이산은 흐뭇한 웃음을 짓고는 나머지 사람들을 둘러보았다. 종리명한을 보고는,

"거, 인상 좀 풀게. 간이 작은 사람은 어디 눈도 못 마주치겠군."

하더니 사인학을 향해서는 눈살을 찌푸렸다.

"눈 한 번 찌푸려 보겠나? 어디, 눈썹이 진짠가 보세."

눈썹이 짙은 사인옥이 정말로 눈살을 찌푸렸다.

"실없는 놈이군. 하란다고 진짜 하다니."

사인옥이 어이없는 표정을 지으며 노려보는데도, 그는 아무렇지 않다는 듯 걸음을 옮기며 나머지 다섯 사람에게 물었다.

"어디서 왔지?"

"염평에서 왔습니다."

"스승이 어느 분이신가?"

"비뢰검이라 불리는 유등이라는 분이십니다."

"나이가 어떻게 되지?"

"서른둘입니다."

"왜 패천단에 들어오려고 하는가?"

"꿈을 펼치고 싶어서 왔습니다."

"사람을 죽여본 적 있나? 있다면 몇 명이나 죽여봤나?"

"두 명 죽여봤습니다."

"흐음……. 그 정도면 개는 잡아서 팔 수 있겠군."

그는 우락부락한 인상의 장한을 개장수로 전락시키고 좌소천의 앞에 섰다.

한데 그는 한참 동안 고개를 갸웃거리며 질문을 하지도 않고 발길을 돌리지도 못했다. 뭔가 마음에 걸리는 게 있는데, 그게 뭔지 생각나지 않는다는 표정이었다.

"자네, 사문이 어딘가?"

"없습니다."

"특기는?"

좌소천이 답 대신 옆구리의 도를 톡톡 쳤다.

"호오, 도라……."

모이산이 좌소천의 도를 바라보더니 뒤로 한 걸음 물러섰다.

"어디 한번 나를 향해 뽑아보게."

"대주를 향해서 말입니까?"

"맞아."

"그냥 말입니까?"

"그러면 무슨 재미가 있겠나? 적을 공격하듯이 하게."

"다칠지 모릅니다."

모이산이 어이없는 표정을 지으며 좌소천을 쳐다보았다.

"강호에서 나를 뭐라고 부르는지 아나?"

"귀혈도라고 부르는 것으로 알고 있습니다만."

"그래, 내가 바로 귀혈도 모이산이라네."

모이산의 표정이 싸늘하게 가라앉았다. 자존심이 상한 듯했다.

하지만 좌소천은 변함없는 표정으로 다시 말했다.

"그래도 다칩니다."

모이산의 싸늘하게 굳은 눈에서 한광이 흘러나왔다.

"걱정 말아. 그깟 칼 같지도 않은 칼에 다치지는 않을 것이니까. 자네가 원한다면 정식 비무처럼 대해주지."

"그래도 다친다면?"

끝내 모이산의 눈초리가 치켜떠졌다. 목소리도 커졌다.

"걱정 말라니까! 만일 내가 진다면 자네가 대주 해! 그러면 되잖아!"

그의 전신에서 한겨울의 바람처럼 차가운 냉기가 흘러나왔다.

그제야 좌소천이 좌수 엄지로 무진도를 밀어 올렸다.

무진도가 한 치가량 모습을 드러냈다.

순간,

모이산은 등골이 서늘해지는 충격에 자신도 모르게 옆구리의 도를 콱 움켜쥐었다.

'뭐, 뭐야, 이 새끼?!'

갑자기 패천단의 연무장이 조용해졌다. 아홉 명의 패천단 희망자는 천천히 뒤로 물러서고, 심심풀이로 지켜보고 있던 패천단원들은 연무장으로 다가왔다.

그때 좌소천의 우수가 무진도를 잡았다.

쨍!

모이산이 엉겁결에 움켜쥔 도를 잡아 뺐다.

빼지 않으면 안 된다는 압박감이 그를 막다른 구석으로 몰 아넣은 것이다.

찰나,

쉬익!

좌소천과 모이산이 한줄기 흑선으로 이어졌다.

쾅!

"흡!"

거의 동시에 터져 나오는 단발의 굉음과 신음.

귀혈도 모이산이 다섯 걸음을 주르륵 물러서 칼을 늘어뜨 린다.

복잡하게 변하는 눈빛에는 지금 벌어진 일을 믿을 수 없다 는 불신의 표정이 역력하다.

구경하던 사람들은 숨도 쉬지 못한 채 눈만 부릅떴다.

"와우! 대단한 쾌도인데?"

"하마터면 모 대주가 당할 뻔했군."

그들에게는 좌소천의 도가 단순한 쾌도로 보일 뿐이었다.

그 소리를 들은 모이산은 미칠 지경이었다.

쾌도란다. 그저 단순한 쾌도.

일도를 받아낸 자신은 팔이 부러질 것만 같은데.

'이 자식들이 나를 어떻게 보고? 내가 칼 좀 빠르다고 물러서는 놈으로 보여?'

한데 그때, 아무 일 없던 것처럼 도를 집어넣는 좌소천이다.

"다행이군요. 들어오자마자 피를 보기는 싫었는데."

그를 향해 모이산이 버럭 소리쳤다.

"너! 뭐 하는 놈이야?!"

다른 사람은 정확한 상황을 모르고 있을 것이다. 그러나 자신만은 안다. 만일 좌소천이 자신을 죽이려 마음먹었다면 자신은 이미 죽은 목숨이란 것을.

"패천단에 들어가고자 하는 사람일 뿐입니다."

"지미……."

모이산이 부르르 몸을 떨더니 휙 몸을 돌렸다.

"다들 따라와!"

중원칠기 중에 한 사람, 파혼신창(破魂神槍) 악청백.

나이 쉰두 살로 악가창을 백 년래 최강의 경지로 끌어올렸다는 창의 달인. 천중산에 사는 그를 끌어들이기 위해 혁련무천이 삼고초려까지는 아니어도 두 번의 정중한 서신을 보냈다는 소문의 주인공.

그가 바로 제일대 패천단주였다.

항상 진중한 표정으로 석불이라는 말까지 듣는 그였지만, 오늘은 갑자기 들이닥친 모이산의 말에 어이없는 표정을 지을 수밖에 없었다.

"다시 말해보게. 대주 직을 내놓는다고?"

"내놓는 게 아니고 넘기겠다는 겁니다, 형님."

"그게 그거 아닌가? 자네, 아침에 뭐 잘못 먹었나? 왜 갑자기 대주 직을 내놓는다는, 아니, 넘긴다는 건가?"

모이산이 고개를 푹 숙였다.

"약속을 했습니다. 지면 넘기겠다고요."

"지지 않았다던데?"

악청백도 방금 전에 소식을 들었다. 직속 무사인 추강이 정신없이 달려와서 보고했다. 이대주인 모이산이 오늘 패천단에 들어올 예정인 신입 무사의 쾌도를 피하기 위해 뒤로 물러섰다는 것이다.

하지만 그뿐, 특별히 패한 기색은 보이지 않았다 했다. 그것이 그가 알고 있는 전부였다.

한데 모이산의 생각은 다른 듯했다.

"눈깔이 삔 놈들 눈에는 그렇게 보였겠지요. 갑작스런 돌팔매질에 화들짝 놀라 뛰어오른 개구리처럼 말입니다."

"그럼, 아니었나?"

모이산이 입술을 짓씹었다.

"힘에 밀려서 물러난 것입니다."

악청백의 표정도 서서히 진중해졌다.

"자세히 들었으면 좋겠군."

"자세하고 뭐고, 도저히 감당할 수가 없어서 밀려난 것이라니까요?! 하마터면 칼이 부러지고, 팔도 부러지고, 이마빡이 갈라질 뻔했단 말입니다!"

"천하의 귀혈도가 힘에 밀려서 물러났다? 기껏해야 스무 살 중반인 젊은이에게? 지금 그걸 나더러 믿으란 말인가?"

"아, 젠장! 형님, 그것도 겨우 받아낸 거라구요. 내가 받아내지 못했으면 놈은 분명 내 이마빡을 갈라놓고 이렇게 말했을 겁니다. '그거 보쇼, 다친다고 했잖소' 라고 말입니다."

모이산은 악청백 자신이 데려온 사람이다. 하기에 악청백 본인이 누구보다도 모이산의 성격을 잘 알았다.

장난은 좋아해도 결코 거짓을 말하지 않는 모이산이다. 그런 모이산이 자존심을 상하면서까지 헛소리를 할 이유가 뭐 있을까.

악청백의 눈이 방문을 향했다.

"지금 밖에 와 있나?"

"예, 모두 데려왔습니다."

"좋아, 과연 그가 대주가 될 수 있는 자인지 내가 직접 만나 보겠다."

좌소천을 비롯한 열 명의 패천단 희망자는 단주의 집무실 밖에 서 있었다.

지나다니는 패천단 사람들이 그들을 주시하며 온갖 표정을 지었다. 평소라면 졸병들이 들어왔다는 즐거움에 젖어 있어야 맞았다. 하지만 오늘만큼은 그렇게 일방적인 표정이 아니었다.

"어떤 놈이야? 어떤 놈이 모 대주를 물러서게 만든 거야?"

"저기 있는 저 새끼 같은데?"

"말조심해, 인마. 그 정도면 곧 우리보다 상관이 될 텐데 새끼가 뭐냐, 새끼가?"

"씨발, 아직은 아니잖아?"

웅성웅성!

"이화산장의 아들도 들어왔다며?"

"저기 잘생긴 놈이 그놈이야."

공손양의 얼굴이 기이하게 일그러졌다.

하지만 누구도 그의 변화에 신경 쓰지 않았다. 그들은 그저 신입들을 둘러보기에 정신없었다.

"근데 저 덩치 새끼는 몸 자랑할 일 있나? 왜 소매를 뜯고 다니는 거지? 칼 맞으면 곧바로 흉터가 남을 텐데."

"세상 무서운 줄 모르는 놈이군. 저렇게 하고 다니다 사흘을 못 가고 뒈지지."

홍려운이 흠칫하며 어깨를 좁혔다. 어떻게 된 것이 자신의 근육을 칭찬해 주는 사람이 하나도 없다. 십여 년간 열심히 키운 근육이 이렇게 쓸모없게 느껴지기는 처음이었다.

'제기랄, 우리 무관에서는 모두 나를 부러워했는데…….'

때마침 패천단 단주의 전각 문이 열리면서 대여섯 명이 걸어나왔다.

그들이 걸음을 멈추자 소란이 잦아들더니 주위가 조용해졌다.

한편, 좌소천은 가운데 서 있는 중년인을 보고 그가 바로 패천단주 악청백임을 직감했다.

마치 한 자루 날선 창이 서 있는 듯하다.

'궁주가 관심을 가지고 끌어들일 만한 사람이군.'

그때 모이산이 좌소천을 불렀다.

"천소, 앞으로 나서라."

좌소천이 그를 바라보고 한 걸음 앞으로 나갔다.

악청백의 눈이 그를 향했다.

두 사람의 눈이 마주쳤다.

사람들이 모르는 사이, 두 사람의 기운이 얽혀들었다.

악청백의 강렬하면서도 묵직한 기운. 좌소천의 고요하면서도 허허로운 기운.

두 기운이 마주친 지 얼마 되지 않아 악청백의 눈이 가늘어지고 눈매가 꿈틀거렸다.

아무리 강하게 기운을 끌어올려도 소용이 없다.

무저갱 속으로 한없이 빨려드는 기분이다.

게다가 이 답답함은 또 뭐란 말인가?

악청백은 내심 경악을 금치 못하며 좌소천을 직시했다.

'팔성의 공력을 무리없이 받아내다니!'

더 시험해 볼 필요도 없었다. 자신의 팔성 공력이 실린 눈빛은 모이산도 받아내지 못한다. 그것만으로도 좌소천은 오대주가 되기에 부족함이 없었다.

어느 순간, 악청백의 눈매가 고요히 가라앉았다.

"자네는 오늘부터… 패천단의 제오대주다."

갑자기 터져 나온 악청백의 선언에 주위에서 구경하던 사람들이 헛바람을 집어삼켰다.

"억!"

"말도 안 돼!"

이각 후.

사공은환의 침착함이 수하의 보고 몇 마디에 무너졌다.

그는 수하의 보고를 듣자마자 벌떡 일어나 제천전으로 향했다.

그리고 얼마 되지 않아 혁련무천의 목소리가 제천전을 울렸다.

"소천이가 왔다고? 그게 정말이더냐?!"

"예, 주군."

"지금 어디에 있느냐?"

"패천단에 있사옵니다."

대답이 뜻밖이었는지 혁련무천은 미간을 찌푸린 채 사공은환을 내려다보았다.

"패천단?"

"천소라는 가명을 쓰고 들어왔사온데, 패천단의 무사가 되기 위해 입단 신청을 했다고 하옵니다."

"무슨 말이냐? 왔으면 당장 나에게 달려와야지!"

"아마도 자신의 힘으로 단계를 밟아 올라올 생각인 듯하옵
니다."

"뭐라? 허어, 그 녀석!"

패씸한 한편으로 대견하다는 생각이 드는 혁련무천이었다.
그러나 그 이전에 좌소천은 그에게 있어 천 명의 무인보다 중
요한 '명분'을 제공할 사람이었다.

"아무리 그래도 소천이를 패천단의 말단 무사로 놔둘 수는
없다."

그때 사공은환이 천천히 고개를 들고 곤혹스런 표정을 지었
다.

"말단 무사가 아니옵니다."

"무슨 말이냐? 오늘 왔다면서?"

"그게… 들어온 지 한 시진 만에 대주가 되어 제오대를 맡았
다 하옵니다."

"조장도 아니고… 대주?"

천하의 혁련무천이 이해를 못하고 사공은환을 빤히 바라보
았다.

패천단에는 네 명의 대주가 있고, 각각의 대주가 각조 열 명
으로 된 구조(九組) 일대(一隊)를 이끌었다.

대주가 되었다는 말은, 직속 무사 열 명까지 합쳐 백 명의
패천단 무사를 이끌 수 있는 자격이 되었다는 것과도 같았다.

좌소천이 들어온 지 한 시진 만에 중견 간부인 대주가 되다니…….

어쩌면 혁련무천이 이해하지 못하는 것도 당연했다.

사공은환이 사정을 설명했다.

"모이산을 꺾었다 하옵니다."

"귀혈도 모이산을? 소천이가?"

"모이산이 좌 공자를 시험하려고 했사온데, 지면 좌 공자에게 자신의 대주 자리를 내주겠다고 약속하는 바람에…….'"

그제야 사공은환의 말뜻을 이해한 혁련무천이 입을 반쯤 벌렸다.

"그래서 모이산을 꺾고 대주가 되었다? 그것도 패천단의?"

"예, 주군. 다만 승부에 대해서는 확실치 않다고 하옵니다. 지켜봤던 사람들은 그냥 일도를 겨루었을 뿐인데 패배를 자인한 모이산이 너무 성급하다고들 하고 있다 하옵니다."

"어찌 되었든 어떤 결과가 있었으니까 모이산이 패배를 자인한 것이 아니겠느냐?"

"좌 공자의 급작스런 쾌도를 피하기 위해 뒤로 다섯 걸음쯤 물러났다고 하옵니다."

"쾌도라……. 그것참."

좌소천에게 아무리 좋은 자리를 내준다 해도 그의 실력이 뒷받침되지 않는다면 사단의 대주보다 높은 자리를 줄 수는 없었다.

기껏해야 제천단의 조장 정도가 다였다.

"그곳에서 견딜 수 있다고 보느냐?"

"어릴 때부터 침착했던 아이옵니다. 게다가 자질이 뛰어난 아이가 아니옵니까?"

"하긴……."

혁련무천의 눈빛이 깊어졌다.

사공은환의 말대로다. 꾸준히 능력을 키웠다면 지금쯤 대주가 될 수 있는 실력이 되었을 터다. 더구나 비록 이 년이지만 선우궁현의 지도를 받은 아이가 아니던가.

'그러고 보니 내가 소천이를 너무 어리게만 생각했구나. 그 아이의 나이도 벌써 스물셋이거늘.'

문득 좌소천이 커다랗게 다가왔다.

그렇다고 혼자 놔둘 수는 없었다. 아직은 자신을 위해 많은 것을 해줄 수 있는 좌소천인 것이다.

"사나흘 정도 더 지켜보고 나서 그 아이를 불러라. 만나보고 나서 결정할 것이다."

"예, 주군."

3

설마 진짜로 약속을 지킬 줄은 몰랐다. 이제 막 들어온 사람에게 덜컥 대주 자리를 맡기다니.

하지만 좌소천은 거절하지 않았다.

어차피 빠르게 위로 올라갈 생각이 아니었던가.

비록 상황이 이상하게 여겨서 대주가 되긴 했지만, 그 역시도 실력으로 올라간 것이니 잘못된 것도 없었다. 패천단은 실력이 말해주는 곳이었으니까.

더구나 대주 자리를 내던진 모이산도 그냥 그대로 제이대주자리에 놔두기로 했다. 대주가 네 명에서 다섯 명으로 늘어난것이다. 그런 만큼 그에게 미안할 것도 없었다.

'적어도 두세 달은 벌었군.'

급박한 강호 정세를 생각하면 두세 달을 벌었다는 것은 그에게 행운이었다.

당장 수하라고 해봐야 최근에 모집해서 만든 삼 개 조 삼십명이 다였지만, 숫자는 그리 큰 문제가 아니었다.

툭툭!

잠시 생각에 잠겨 있는데 누군가가 방문을 두드렸다.

"들어오시오."

덜컥!

문이 열리고 사람들이 방 안으로 들어왔다.

모두 일곱 명. 대주의 직속 무사로 배정된 이들이었다.

원래는 열 명을 지명할 수가 있는데, 좌소천은 우선 일곱 명만을 지명하고 세 명은 나중에 보충한다며 남겨두었다.

한데 그중 다섯 명은 좌소천도 아는 사람들이었다.

공손양, 종리명한, 사인학, 홍려운, 그리고 이자광.

나머지 둘은 단주의 전각 앞에서 이 새끼, 저 새끼 찾으며 떠들던 자들이었다.

좌소천은 그 일곱 명을 대주로 임명된 자리에서 곧바로 지명했다. 누가 거절할 틈도 없이.

악청백은 그가 지명한 사람을 그 즉시 좌소천의 휘하로 배정했다.

"축하하오, 대주."

공손양이 조용히 웃으며 좌소천의 벼락출세를 축하했다.

"축하합니다. 인연이 이상하게 이어지는군요."

종리명한과 사인옥도 마지못해 인사를 하고, 이자광은 퉁퉁거리며 볼멘소리로 인사를 건넸다.

"큼, 대주가 된 것을 축하하외다."

나머지 두 명은 곧 죽을상이 되어 어정쩡하니 고개를 숙였다.

"대주를… 뵈오."

좌소천은 일단 불만이 얼굴 가득한 이자광을 향해 입을 열었다.

"다 당신을 생각해서 지명한 것이오. 공손 형이 이 형에게 형이 되는가 본데, 당신을 부르지 않으면 지위 관계가 이상하게 되지 않겠소?"

그게 그렇게 되나? 이자광이 고개를 갸웃거렸다.

그때 좌소천이 말을 이었다.

"그것이 억울하면 언제든지 비무를 신청하시오. 누구든 나를 이기면 대주 자리를 내줄 테니까."

순간 방 안에 들어선 사람들의 눈이 반짝반짝 빛을 발했다.

"정말이오?"

이자광이 호랑이눈을 번들거리며 씩 웃었다.

다른 사람도 말은 안 하지만 그와 비슷한 생각을 하는 듯했다. 오직 공손양만이 쓴웃음을 지을 뿐.

'이기면 대주 자리를 준다고? 훗, 누가 저자를 이긴단 말인가?'

그는 안다. 모이산이 정말로 패했다는 걸.

좌소천의 도가 뽑혔을 때, 그는 자신도 모르게 공력을 모조리 끌어올리고 몸이 굳어버렸다. 비록 순식간에 흐트러뜨려 아무도 눈치 채지 못했지만, 그는 식은땀이 등줄기를 타고 흐르는 기분에 한동안 몸을 움직일 수가 없었다.

아마 직접 당한 모이산은 자신보다 더한 기분이었을 것이다.

"나는 포기하겠소."

흠칫한 종리명한이 공손양을 향해 고개를 돌렸다.

"형님……?"

"나는 좌 대주의 도식을 삼 초 이상 막아낼 자신이 없다. 그러니 언제 좌 대주를 이긴단 말이냐? 아예 포기해야지."

사인학과 이자광이 말도 안 된다는 눈으로 공손양을 바라보았다.

그들은 아는 것이다. 공손양이 이화산장을 나와 제천신궁에 온 이유를.

너무 강해서, 형들보다 더 강하기에 형들과 이화산장을 위해 구화산을 내려온 사람이 바로 공손양인 것이다.

　그러나 나머지 두 사람은 공손양이 얼마나 강한지 알지 못했다. 하기에 좌소천을 이기면 대주가 될 수 있다는 생각에 몸이 근질거렸다.

　아직 자신들에 비하면 나이도, 경험도 새까만 좌소천이다. 겉보기로도 그리 강해 보이지 않는다. 모이산이 졌다지만, 그것을 인정하는 사람은 아무도 없다. 하거늘, 까짓것 이기지 못할 것은 또 뭐란 말인가!

　"정말 언제든 신청해도 된단 말이오, 대주?"

　"물론이오. 원한다면 지금 당장이라도 좋소."

　둘이 서로를 쳐다보았다.

　그 두 사람은 최근에 만들어진 오대의 조장인 사람들이었다. 좌소천에게 '어떤 놈'이냐고 했던 자가 일조장이었던 관추룽이고, '저 새끼' 했던 자가 이조장인 언자홍이었다. 현재 삼조장은 공석인 상태였다.

　관추룽이 이자광을 바라보며 물었다.

　"이조장, 자네는 어떻게 할 건가?"

　이자광이 머뭇거리더니 고개를 저었다.

　공손양에 대해 남 못지않게 아는 그다. 그로선 공손양의 의견을 무시할 수가 없었다.

　"나는 됐수. 두 분이나 하슈."

　"그래? 좋네. 그럼 우리 둘만 하지."

관추룽은 산동 제남 관가장 출신으로, 십여 년 전 관가장이 철기보에 밀려 쇠퇴하자 십여 년 동안 강호를 떠돌며 무공을 익혀 제천신궁에 몸을 담았다.

그는 언제고 산동으로 돌아가 관가장을 재건할 생각이었다. 패천단의 대주가 된다면 그날이 보다 가까워질 것이다.

'이긴다! 이겨서 패천단의 대주가 되는 것이야!'

반면 언자홍은 진주 언가장의 둘째아들이었다. 언가장은 오대세가 못지않은 대문파이면서 권에 관한한 일가를 이룬 곳. 그런 대문파의 아들이 제천신궁에 들어온 이유는 단 하나였다.

출신만 정확하면 정도든 마도든 더 이상 문제 삼지 않는 곳이 바로 제천신궁이기 때문이었다.

그는 자신의 못다 한 꿈을 제천신궁에서 이루어보고 싶었다. 능력이 있으면서도 서자이기에 서른이 다 되도록 간부가되지 못하자 언가장을 뛰쳐나온 그다. 나이 서른 초반에 패천단의 대주가 된다면 언가장의 누가 감히 그를 서자라 손가락질하겠는가.

'대주, 단주가 되어 돌아갈 것이다. 돌아가서 나를 무시하고 놀렸던 놈들을 아래로 내려다볼 것이다.'

두 사람은 눈에 힘을 잔뜩 주고 좌소천을 노려보았다.

생각 같아서는 당장 하자고 하고 싶었다.

그러나 모이산의 간담을 서늘하게 만든 쾌도다.

이화산장의 아들인 공손양이 포기하겠다는 말을 할 정도다.

'조금만 기다려라, 애송이! 내가 네놈의 코를 납작하게 만들어주마!'

아직 시간은 많았다. 이길 때 확실히 이겨야 딴 놈들이 두말하지 않고 자신을 대주로 받들 것이다. 그러기 위해선 만반의 준비를 해야 했다.

"그 말, 번복하지 않기를 바라겠소."

4

어둠이 황강산 자락을 기어오를 무렵, 좌소천은 아버지와 어머니를 찾아갔다.

사람 하나 보이지 않는 묘역은 이제 자라기 시작한 풀로 곱게 덮여 있었다.

"어머니, 아버지, 소천입니다. 그동안 찾아뵙지 못해 죄송합니다."

좌소천은 준비해 온 향을 피우고 묵묵히 절을 올렸다.

일배, 이배.

갑자기 눈에서 눈물이 솟구쳤다.

하지만 그대로 놔둔 채 어머니와 아버지를 바라보았다.

아버지가 손을 뻗어 머리를 쓰다듬어 줄 것만 같다.

어머니가 조용히 웃으며 안아줄 것만 같다.

그러나 다시는 느낄 수 없는 손길이고 가슴이었다.

"완전하진 않지만 많이 강해졌습니다. 그러니 제 걱정은 마세요."

하고 싶은 말이 많은 것 같은데 가슴이 먹먹해서 아무 생각
도 나지 않았다.

그렇게 어둠은 점점 짙어졌다.

좌소천이 어머니와 아버지의 무덤 앞에서 몸을 일으킨 것은
근 한 시진 만이었다.

몸을 일으킨 그는 근처 묘역을 샅샅이 훑어보았다. 백부의
시신을 가져갔다면 이곳 어딘가에 묘지가 있을 터이다.

황강산 묘역에는 지위가 높은 자만이 묻힌다지만, 최근 몇
년 사이에 황강산의 묘역에 묻힐 만한 지위에 있는 사람이 얼
마나 많이 죽었을까. 아마 그리 많지는 않을 것이다.

생각했던 대로 선우궁현의 묘지를 찾는 것은 그리 어렵지
않았다.

좌소천은 묘역을 둘러본 지 이각 만에 선우궁현의 묘지를
찾고 그 앞에 털썩 무릎을 꿇었다.

울컥 치솟은 감정에 목이 메어 입이 열린 것은 한참 만이었
다.

"백부님, 령매를 찾지는 못했습니다. 그러나 진인의 말씀대
로라면 어딘가 살아 있을 것입니다. 제가 꼭 찾을 것이니 너무
걱정 마십시오. 그리고⋯⋯."

그는 그 앞에 두 가지를 다짐하고는 밤 부엉이 울음소리를
뒤로한 채 황강산을 내려왔다.

하늘에 총총히 박혀 있던 찬란한 별들이 제천신궁으로 쏟아지는 듯 보였다.

아니, 자신의 가슴으로 쏟아지는 듯 느껴졌다.

5

이틀 동안 제천신궁의 현황에 대해 보고받았다.

보고는 세 명의 전직 조장이 돌아가며 할 때도 있었고, 필요하면 함께하기도 했다.

못마땅해도 대주는 대주, 좌소천의 명을 내놓고 무시할 수는 없었다.

"…현재 본 궁의 세력권은 남쪽으로 장강까지, 동쪽은 안휘와의 경계까지, 북쪽은 여남까지, 그리고 서쪽은 한천과 수주까지 뻗쳐 있습니다. 현재 삼대주 여랑휘 대주가 여남 지부에, 사대주 반호 대주가 안휘 경계인 추양 지부에 지원을 나가 있는 상탭니다."

이자광의 설명에 관추룽이 떫은 표정으로 보충 설명을 했다.

"그 안에 이십여 개의 문파가 있는데, 모두 본 궁에 충성을 맹약했소이다."

그렇게 이런저런 이야기가 반 시진쯤 오갔을 때다. 언자홍이 미적거리며 입을 열었다.

"제가 오전에 들은 바로는, 곧 새로운 지부를 세우기 위해 제천단과 무천단이 움직일 거라고 하오. 어쩌면 우리 패천단도 그 일에 동원될지 모르겠소."

묵묵히 듣고 있던 좌소천의 표정이 변한 것은 바로 그때였다.

"새로운 지부요?"

"그렇소. 제천단에 친구가 하나 있는데, 그에게 듣자 하니… 새로운 지부를 설립하기 위해서 며칠 후에 황파 총지부로 갈 거라고 했소이다."

황파 총지부는 호북의 모든 지부를 총괄하는 곳으로 과거 신월맹의 총단에 위치해 있다.

어디에 지부를 설립하기 위해 그곳으로 가는 걸까?

남쪽일까?

하지만 그곳은 장강에 막혀 있다. 사천련이 가만있지 않을 것이다.

그럼 서쪽?

그럴 가능성이 훨씬 많다.

전마성이 신비의 여인들로 인해 서쪽에 신경을 곤두세우고 있는 상황. 제천신궁으로선 이 기회를 놓치고 싶지 않을 것이다.

문제는 그럴 경우 구포봉이 힘을 키우는 데 걸림돌이 될지도 모른다는 것.

'아무래도 궁주를 좀 더 일찍 만나야 할 것 같군.'

사흘째 되던 날.

좌소천은 패천단의 복장을 하고서 방을 나섰다.

사람들이 힐끔거리며 좌소천을 바라보았다.

운이 좋아 들어온 첫날 대주가 된 청년. 그게 좌소천이었다.

와중에는 악청백이 좌소천을 사위로 삼으려고 대주로 임명했다는 헛소문도 돌고 있었다.

좌소천은 그들의 눈길을 무시하고 패천단을 나오자마자 내궁을 향해 발걸음을 돌렸다.

그렇게 대로를 따라 백여 장을 걸을 때였다. 좌측 저 멀리 선약당이 보였다.

좌소천은 잠시 멈칫하고는 몸을 돌려 선약당으로 향했다.

선약당에는 많은 사람들이 오가고 있었다. 아무래도 사람이 늘다 보니 이용자가 그만큼 많아진 듯했다.

한데 좌소천이 선약당 안으로 들어가려 할 때였다. 안쪽에서 나오는 사람 중 눈에 익은 사람이 보였다.

'저 사람은?

그였다. 신양의 용평객잔에서 봤던 혈심부 도유관.

도유관이 왜 선약당에서 나오는 걸까? 그때의 부상 때문인가?

그럴 거라는 생각이 들었다.

검기에 당한 내상은 쉽게 가라앉지 않는다. 일반 의원은 손도 대기 힘들다. 내상을 최대한 빠르게 치료하기 위해선 강호의 대문파에 속한 의원에게서 치료를 받아야 한다.

한데 문제는 선약당에서 아무나 치료해 주지 않는다는 것이다. 제천신궁의 무사가 아니라면 엄청난 돈을 써야만 한다. 아니면 강호의 명숙이든지.

그러나 도유관은 제천신궁의 무사도, 강호의 명숙도, 그렇다고 돈이 많은 사람도 아니었다.

좌소천이 생각할 수 있는 가능성은 오직 하나.

'혹시……?'

그때 도유관도 좌소천의 눈길을 느꼈는지 눈을 돌려 좌소천을 쳐다보았다.

어디서 본 듯한데 기억이 잘 나지 않는 듯 그가 살짝 고개를 모로 꺾었다.

"나를 아나?"

"도유관. 혈심부라 불리는 사람. 며칠 전 신양의 용평객잔에서 봤지요."

도유관의 미간에 주름이 졌다.

자신의 이름을 아무렇게나 부르는 좌소천이다. 한데 기이하게도 기분이 그리 나쁘지 않다. 이상한 일이었다.

"자넨 누군가?"

"천소. 한데 어쩐 일이시오? 내가 알기로는 제천신궁에 계신 분이 아닌 것으로 알고 있는데."

"사람은 하루만 안 봐도 달라지는 법이지. 어제부로 제천신궁 사람이 되었다네."

좌소천의 눈에 기광이 번뜩였다 사라졌다.

"어디에 계시오?"

"패천단 제일대에 있네."

패천단 제일대?

그 말인즉, 제일대주 휘하에 있다는 말이다.

좌소천은 속으로 어떤 결정을 내리고는 미미하게 고개를 끄덕였다.

"나도 패천단에 있소. 그럼 다음에 봅시다."

"그런가? 뭐, 그러지."

도유관은 순순히 답하는 자신이 이상할 지경이었다.

객잔에서 봤다지만 그건 이유가 되지 않았다.

'내가 변한 건가?'

오죽하면 그런 생각이 들 정도였다. 다만 분명한 것은 좌소천과의 만남이 그리 기분 나쁘지 않다는 것이었다.

'천소라고 했지?'

좌소천은 도유관과 헤어진 후 바로 황연송의 거처를 찾아갔다.

좌소천이 황연송의 방문 앞에 서서 숨을 크게 들이쉬는데, 이제 열대여섯쯤 된 시동 하나가 좌소천을 보더니 소리쳤다.

"무사님, 거기는 의방이 아니라 당주님의 거처입니다!"

이곳에서만큼은 자신의 감정을 숨기고 싶지 않은 좌소천이었다.

"걱정 마라. 당주님을 만나려고 왔으니까."

"예? 당주님을요?"

"그래, 안에 들어가서 뵙잔다고 전해다오."

"뉘시라고 전해드릴까요?"

"소천. 칠 년 전에 떠난 사람이라고 하면 아실 것이다."

하지만 시동이 안으로 들어가 전할 것도 없었다.

덜컹!

방문이 거세게 열리더니 머리가 하얀 황연송이 눈을 휘둥그 렇게 뜨고 좌소천을 바라보았다.

"너, 너는……?"

떨리는 목소리다. 전에 비해 훨씬 늙은 모습이다.

세월이 얹어진 머리에선 이제 검은 머리를 찾기 힘들 정도 다.

"그간 강녕하셨습니까, 당주님?"

뭐라 할 건가.

솟구치는 격정을 억눌러도 쉽게 진정이 되지 않는 황연송이 다.

황연송은 가늘게 떨리는 눈을 진정시키려 눈을 감았다 떴 다. 그런데 빌어먹을, 눈가에 왜 물기가 어린단 말인가.

'주책바가지 늙은이 같으니라구!'

숨을 크게 들이쉬고 나서야 겨우 마음을 진정시킨 황연송이 뒤로 한 걸음 물러섰다.

"들어오너라."

좌소천은 묵묵히 안으로 들어갔다.

방문 닫히는 소리가 들렸다.

천천히 돌아선 앞에 황연송이 빙그레 웃으며 서 있다. 눈가에 어린 물기가 여전하다.

'고마우신 분. 당신 같은 분이 있기에 제가 있는 겁니다.'

"많이 컸구나."

떠날 때에 비해 많이 컸다. 족히 머리 하나는 더 컸다. 그러나 황연송이 컸다는 것은 키를 말함이 아닐 터이다.

"그리 보이십니까?"

"고생을 많이 했다고 들었다. 내가 아는 소천이라면 그 모든 것을 이겨내고 하늘로 날아오를 거라 생각했지."

조용히 웃었다. 그럴 수밖에 없었다.

황연송의 눈가에 어렸던 물기가 방울진다. 자신이 입을 열면 그 충격에 금방 떨어질 것 같다.

황연송도 그걸 아는지 슬쩍 고개를 돌리며 눈가를 소매로 찍었다.

"자, 저리 앉자."

좌소천이 의자에 앉자 시동이 차를 내왔다.

차를 한 모금 하고, 시간이 지나 격동이 가라앉았는지 황연송이 차분해진 목소리로 입을 열었다.

"언제 들어왔느냐?"

"사흘 되었습니다."

"선우 대협의 일 때문에 들른 것이더냐?"

선우궁현의 시신이 제천신궁으로 옮겨졌다는 것을 아는 눈치다. 하긴 황연송은 선약당의 당주, 충분히 알 수 있는 위치였다.

"그 일도 있고, 다른 일을 두어 가지 알아보기 위해 당분간 이곳에서 지낼 생각으로 왔습니다."

"선우 대협의 시신은 내가 손을 봤다."

좌소천의 눈이 잘게 떨렸다.

황연송이 부드러운 표정으로 말을 이었다.

"최대한 손을 봐서 묻었으니 너무 걱정 말아라."

자신은 나무판 몇 개만 대고 묻었다. 손을 본다는 것은 생각도 못했다. 생각할 겨를도 없었고.

좌소천은 그저 황연송이 고맙기만 했다.

"감사합니다, 당주님."

"네가 하려는 다른 일에 대해서 물어봐도 되겠느냐?"

좌소천은 잠시 망설였다. 그러나 그 일 중 하나는 황연송이 열쇠를 쥐고 있을지도 모르는 일이었다.

좌소천은 미지근하게 식은 차로 입술을 적시고 조용히 입을 열었다.

"그중 하나가 아버님에 대한 것입니다."

이번에는 황연송이 차를 비웠다.

"혹시… 네 아버지의 병에 의문이 있어서 그런 것이더냐?"

"아버지의 몸이 병 때문에 아팠던 것이 아니라는 것은 저도 알고 있습니다."

"그럼……?"

"정말 아버지가 삼 개월밖에 살 수 없었습니까?"

황연송의 미간이 깊게 찌푸려졌다. 다행히 기분 나빠하는 것 같지는 않았다.

그는 한동안 생각하더니 천천히 고개를 끄덕였다.

"내가 잘못 진맥하지 않았다면. 그 일에 대해선 의심할 것이 없다. 사실이 그랬으니까. 네 아버지의 몸이 너무 약해져 있었 거든."

황연송의 말이다. 좌소천으로선 믿을 수밖에 없었다.

그럼 혁련호승이 한 말은 무슨 뜻일까? 정말로 어차피 죽을 운명이어서 사석지계에 썼다는 것일까?

그렇다면 혁련무천을 원망할 수도 없었다.

아버지는 죽기 직전, 마지막 목숨으로 은혜를 갚은 것이었 으니까.

'후우, 그냥 그런 것이었나?'

좌소천은 한 가지 의문을 가슴속 깊이 파묻었다.

혁련호승의 말만 듣고서 아버지의 뜻을 곡해하는 것도 불효 를 저지르는 것만 같았다.

쪼르르르……

그때 황연송이 차를 한 잔 따르며 아쉬운 표정을 지었다.

"어떻게 들릴지 모르겠지만, 사실 한 가지 약재만 더 있었다 면 상황이 조금 달라질 수도 있었단다."

찻잔이 채워지는 것을 보던 좌소천의 눈이 굳었다.

"문제는 구할 수가 없는 것이어서 그렇지."

"그게 무엇이었기에 제천신궁에서조차 구할 수 없는 것입니까?"

"공령초의 열매란다."

"그게 그렇게 귀한 것입니까?"

"귀하지. 아니, 그냥 귀하다는 것만으로도 설명할 수가 없는 것이다. 그저 말로만 전해질 뿐, 누구도 실물을 봤다는 사람이 없으니까."

"당연히 제천신궁의 보고에도 없었겠군요."

"그럴 것이다."

그럴 것이다? 황연송의 어정쩡한 답변에 좌소천이 황연송을 쳐다보았다. 황연송이 조용히 웃으며 말했다.

"그렇게 볼 것 없다. 나도 보고에 있는 약재를 모두 아는 것은 아니니까."

"제가 실수를 했습니다, 당주님."

"실수는……."

"저, 그런데 공령초가 왜 필요했던 것입니까?"

황연송이 곧바로 대답을 못하고 물끄러미 찻잔을 바라보았다.

"갑자기 뒤엉킨 혈맥이 워낙 심하게 훼손되어서 그 어떤 것으로도 몸이 약한 네 아버지를 치료할 수 없었지."

좌소천이 반사적으로 물었다.

"갑자기요?"

황연송이 찻잔을 만지작거리며 고개를 갸웃거렸다.

"그래, 갑자기 그리되었다. 원래 그렇게까지 뒤엉키지는 않았는데, 언제부턴가 급작스럽게 혈맥이 뒤엉키기 시작하더구나. 급히 손을 봤지만 그때는 이미 늦어서 공령초가 아니고는 대라신선이 온다고 해도 혈맥을 풀 수가 없었다."

조금 이상한 생각이 들었다.

왜 그리 갑자기 혈맥이 뒤엉켰을까.

그러나 물어본다 해서 알 수 있을 것 같지도 않고, 계속 추궁하듯이 황연송에게 물을 수도 없었다.

알았다면 이미 말했을 황연송이다.

좌소천이 입을 다물자 황연송이 그제야 물었다.

"그래, 어떻게 지내왔느냐?"

한 시진 가까이 두 사람의 대화가 이어졌다.

소영령을 쫓던 이야기, 영허 진인에게 구함을 받은 이야기, 제갈세가와의 이야기…….

그러나 좌소천은 자신에 대한 것 중 몇 가지는 말하지 않았다.

말할 수가 없었다. 자신 혼자만이 아닌 수많은 사람의 목숨이 달린 일이기 때문이었다.

입을 떡 벌린 채 좌소천의 이야기에 탄식과 탄성을 터뜨리던 황연송이 어느 순간 대소를 터뜨렸다.

"그래? 하하하하! 그러니까 네가 패천단의 대주가 되었단 말이냐?"

"예, 운이 좋았지요."

"허허허, 그게 어디 운으로만 될 일이더냐? 그래, 가명으로 들어왔다면 궁주께서는 모르실지 모르겠구나."

그럴 거라고 대답하려 했다. 그런데 갑자기 혁련무천이 자신에 대해 알고 있을지도 모른다는 생각이 들었다.

'그는 천하제일패, 제천신궁의 궁주. 설마가 통하지 않는 자.'

"아마 알고 계실 겁니다."

"그래? 그럼 속히 가봐야 하지 않겠느냐?"

"당주님만 뵙고 바로 가볼 생각이었습니다."

"허, 이거 궁주님께서 알면 치도곤을 칠지 모르겠구나. 궁주님보다 나를 먼저 찾다니."

황연송이 호들갑을 떨며 어깨를 추켰다.

좌소천이 조용히 웃으며 자리에서 일어났다.

"그전에 제가 찾아뵈어야지요."

황연송도 자리에서 일어나 환한 미소를 지었다.

"그래, 어서 가보아라. 어쨌든 네가 이리 건강하게 자랐으니 내 마음이 다 가벼워지는구나."

좌소천은 황연송에게 깊숙이 허리를 숙이고 돌아섰다.

그렇게 문을 열려 할 때다. 문득 떠오른 생각에 좌소천은 마지막이라는 마음으로 황연송에게 물어보았다.

"혹시 공령초라는 것에 대해서 누구에게 말씀하신 적이 있으신지요?"

"글쎄다…… 그걸 어디 천하에 나만 알고 있겠느냐?"

고개를 갸웃거리다 별것 아닌 듯 말을 잇는 황연송이다.

"그리 많지는 않지만 아마 대여섯 사람은 알고 있을 것이다."

"그렇군요."

좌소천은 황연송의 나직한 목소리를 뒤로한 채 방문을 열고 밖으로 나섰다.

순간 우뚝 멈춰 선 좌소천은 이를 지그시 깨물었다.

'맞아, 공령초에 대해 아는 사람은 황 당주님만이 아니다.'

만일 공령초에 대해 아는 사람이 제천신궁에 또 있다면? 그가 아버지의 상태를 알고 있다면?

공연히 부풀려 생각한 것일 수도 있다. 그러나 하늘 아래 대여섯 명만이 안다면 이야기가 달라진다.

아직 혁련호승이 한 말의 의문이 풀리지 않은 것이다.

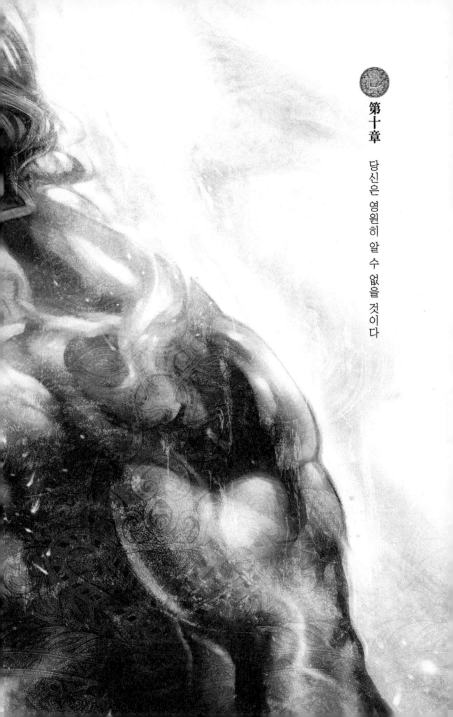

第十章

당신은 영원히 알 수 없을 것이다

거대한 제천전은 예나 지금이나 보는 사람을 압도하는 웅장
함으로 그 자리에 서 있었다.

좌소천은 호성당 무사의 안내를 받아 제천전 안으로 들어갔
다.

대전의 저쪽, 커다란 태사의에 몸을 묻고 있는 혁련무천이
보였다.

가까이 다가가자 그가 몸을 일으킨다.

삼 장 앞에 멈춰 선 좌소천은 깊숙이 허리를 숙였다.

"소질이 백부님을 뵙습니다."

"마침내 왔구나."

"조금 늦었습니다."

"아니다. 십 년 안에 온다고 했는데 칠 년 만에 오지 않았느냐? 사매도 잃고 많은 어려움이 있었을 텐데, 이렇게 찾아온 것만으로도 반갑기만 하구나."

"들어오자마자 찾아뵙지 못해 죄송합니다."

혁련무천의 입가에 진한 웃음이 걸렸다.

"패천단에 들어갔다고 들었다."

"예, 백부."

"대주가 되었다고?"

역시 모든 것을 알고 있다. 또한 자신이 알고 있다는 것을 서슴없이 드러낸다. 마치 너는 내 손안에 있다고 말하는 듯하다.

"운이 좋았습니다."

"어쨌든 그 일로 한동안 웃을 수 있었으니 그걸로 되었다."

혁련무천은 정말로 즐거운 듯 웃음을 지우지 않고 팔을 벌렸다.

"어쨌든 잘 왔다. 하하하하! 이렇게 기쁜 날 그냥 보낼 수가 있나? 오늘은 우리 가족과 함께 식사나 하자꾸나."

그때 좌소천이 물었다.

"호승 형님은 잘 계십니까?"

혁련무천의 얼굴에서 서서히 웃음이 지워졌다. 대신 묘한 표정이 떠올랐다.

왠지 장난기 가득한, 혁련무천이 지을 거라고는 상상조차 할 수 없는 표정이었다.

"물론 잘 있다. 제천동에 두 번을 들어갔다 오더니 이제 무공도 제법이다."

"저를 반기실지 모르겠습니다."

"허허허, 그 아이도 이제 다 큰 어른이다. 공과 사를 구분 못할 정도로 어린아이가 아니란다."

그럼 다행이었다. 자신이 아닌 혁련호승에게.

그러나 천성이 그리 쉽게 바뀔까?

좌소천은 마음을 가라앉히고 혁련무천을 향해 다시 한 번 허리를 숙였다.

"그럼, 선우 백부님께 향을 올리고 돌아오겠습니다."

"이런! 내 깜박했구나. 그래, 다녀오너라."

좌소천이 돌아서서 대전을 나간다.

그의 모습이 보이지 않자 혁련무천의 얼굴에 서서히 웃음이 사라졌다.

얼마나 지났을까, 혁련무천이 혼잣말처럼 중얼거렸다.

"어찌 보았느냐?"

"역시 보통 아이가 아니옵니다."

사공은환이 옆의 휘장을 젖히고 걸어나오며 답했다.

혁련무천이 잠시 생각하는 듯하더니 불쑥 물었다.

"호승이와 비교하면 어떠냐?"

사공은환이 혁련무천의 앞에 서더니 좌소천이 나간 문을 바라보았다.

"솔직히 말씀드리면, 둘째도련님이 조금 못 미치옵니다."

"흠……."

혁련무천이 눈살을 찌푸리고 숨을 내쉬었다.

하나 그것이 기분이 나빠서 그런 것이 아니란 것을 사공은 환은 잘 알고 있었다.

사실이었으니까. 그걸 모를 혁련무천이 아니니까.

"그러나 그 차이가 극히 작아서 오히려 둘째도련님이 앞선다 할 수 있사옵니다."

"둘째가 앞선다?"

"그렇사옵니다. 둘째도련님에게는 좌소천에게 없는 냉혹함이 있사옵니다. 그것만으로도 비슷하다 할 수 있는데, 거기에 너해 전하제일의 부친까지 계시지 않사옵니까?"

혁련무천의 입가에 보일락 말락 미소가 번졌다.

"과연 자네다운 평가군."

"하온데 어이해 물어보시는지요?"

혁련무천이 태사의에 앉으며 입을 열었다.

"황파에 패천단도 보내면 어떻겠는가? 잘하면 지부 두 개를 설립할 수도 있을 것 같은데."

사공은환이 혁련무천을 바라보았다.

"둘째도련님이 위험할 수도 있사옵니다."

"그 정도도 못 이겨낸다면 호랑이가 될 수 없지. 그래도 염려된다면 붙여놓지 않으면 될 일이 아닌가?"

천천히 고개를 숙이는 사공은환의 눈빛이 기이하게 빛났다.

"하긴 경쟁을 붙이는 방법도 괜찮을 듯싶사옵니다."

"좋아, 그 일은 그럼 그렇게 하도록 하고. 태백산에서 답은 왔는가?"

*　　　*　　　*

향 내음이 가득하다.

그동안 꺼지지 않고 타오른 듯 재가 수북하다.

절을 올리고 나서 향로를 바라보는 좌소천의 눈매가 일순간 잘게 흔들렸다.

문득 의문이 떠올랐다.

'이건 한순간에 탄 것이 아니다. 오랜 시간, 적어도 몇 년을 빠짐없이 피웠다는 말이다. 누가 피웠을까?

단순히 사당을 관리하는 사람이 피워놓은 것이 아니다.

오기 전에도 몇 개의 향이 타오르고 있었다. 모두 크기가 달랐다. 그만큼 신경을 써서 향을 피웠다는 말이다.

어쨌든 고마운 일.

좌소천은 향로에서 눈을 떼고 위패를 바라보았다.

'백부님, 다시 돌아올 것입니다. 다시 오는 그날에는 령매와 함께 오겠습니다.'

그때 문득, 뒤에서 인기척이 느껴졌다.

가벼운 발걸음, 남자가 아니다. 여인이다.

천천히 고개를 돌리는데 떨리는 목소리가 들렸다.

"누, 누구세요?"

혁련미려의 목소리다. 오래되었지만, 듣는 순간 그녀의 목소리라는 것이 떠올랐다.

고개를 돌린 좌소천의 눈에 아름다운 여인이 들어왔다.

사당의 입구에 서 있는 여인.

화려하지 않으면서도 귀품이 있는 모습.

그랬다. 혁련미려, 정말 그녀였다.

"미려 누님……."

"서, 설마… 소, 소천이?"

"예, 접니다, 누님."

"왔구나, 왔어. 마침내 왔어."

"오랜만에 뵙습니다."

"흑!"

갑자기 혁련미려가 울음을 터뜨리며 주저앉았다.

"미안해. 정말 미안해. 나 때문에… 흑흑흑……."

순우무궁이 혁련미려와 어울렸다고 했다. 혁련미려의 말을 듣고 나서야 좌소천은 순우무궁에게 무은도를 알려준 사람이 혁련미려라는 것을 알았다.

'왜, 왜 그에게 무은도에 대해 말했습니까?!'

소리쳐 따지고픈 마음도 없지 않았다.

하지만 그게 어찌 혁련미려의 잘못이라고만 할 수 있을까.

그렇게 따지면 그 모든 원인은 자신 때문이 아니던가.

"그냥… 소천이가 보고 싶어서 무심결에 말했는데, 그가 그럴 줄은 정말 몰랐어. 미안해, 소천아."

주르륵 눈물을 흘리며 미안해하는 혁련미려다.

그냥 지나치듯 말한 한마디가 무은도에 피바람을 몰고 왔다는 말이다.

그것도 자신이 보고 싶어서라니.

'결국 그 또한 나 때문이었던 건가?'

쓴웃음이 절로 나온다.

"누님이 향을 피웠습니까?"

"너무 미안해서. 그렇게 해서라도 용서를 빌고 싶었어."

좌소천은 쓴웃음을 지으며 위패를 바라보았다.

'백부님, 백부님은 제가 어떻게 할지 아시죠?'

고개를 돌린 좌소천은 주저앉아 있는 혁련미려를 내려다봤다.

"그만 일어나세요."

"흑, 흑… 소천아…….."

"사람들이 봐요. 누님이 자꾸 그러면 제가 곤란해져요."

사람들이 보면 소문이 퍼진다. 그것은 좌소천에게 달갑지 않은 일이었다.

좌소천의 말을 깨달은 혁련미려가 주춤거리며 일어섰다.

"누님은 그저 보고 싶은 동생에 대해 이야기했을 뿐이에요. 죄를 지은 사람은 순우무궁이지, 누님이 아니에요."

"하지만……."

"일일이 파고들면 선우 백부님께서는 저 때문에 놈들에게 당한 것이 되죠. 무슨 말인지 아시죠?"

혁련미려가 눈물을 닦으며 고개를 끄덕였다.

"저는 제천전으로 가봐야 되요. 식사를 같이하자고 했으니 나중에 뵐 수 있을 거예요."

혁련미려가 다시 고개를 끄덕였다. 조금은 밝아진 표정이었다.

좌소천은 조용히 웃어 보이고는 사당을 나섰다.

뒤에서 혁련미려가 불렀다.

"소천아……."

걸음을 멈추자 그녀가 말을 이었다.

"정말… 미안해. 너에게도, 숙부님께도, 그리고 네 사매에게도……."

용서를 했다. 그런데 정말 완전히 용서를 한 것일까?

그렇다면 가슴이 답답한 것은 왜일까?

'그래도 그자에게 무은도 이야기를 하지 않으면 더 좋았을걸.'

미련이라면 미련이었다. 하지만 되돌릴 수 없는 미련이었다.

더구나 혁련미려는 이미 벌을 받고 있었다. 이번 일이 평생 가슴에 가시처럼 박혀 있을 테니까.

이런저런 생각을 하며 제천전으로 향했다.

호성당의 무사가 조금 전과 달리 순순히 문을 열어주었다.

"좌 공자께서 오셨습니다!"

그가 알림과 동시에 좌소천의 발걸음이 제천전 안으로 들어
갔다.

평소라면 잠시 쉬었다 들어갔을 것이다. 그러나 나간 지 얼
마 되지 않은데다가, 혁련미려와의 일로 마음이 심란해서인지
곧바로 문턱을 넘었다.

제천전에 들어가자 두 사람이 보였다.

혁련무천이 태사의에 앉아 있고, 누군지 알 수 없는 중년인
이 그 옆에 서 있다.

문사복을 입은 사십대 후반으로 보이는 자.

두 사람은 이야기를 나누고 있던 중인 듯했다. 자신이 들어
가자 거의 보이지 않게 흔들리며 말을 멈춘다.

"음, 그럼 그건 그렇게 하지."

"예, 주군."

고개를 돌린 혁련무천이 가볍게 웃으며 반겼다.

"허허허허, 다녀왔느냐?"

"예, 백부님."

"미려의 일은 정말 미안하구나."

"사당에서 누님을 만나 들었습니다. 누님께는 너무 마음 쓰
지 마시라 했습니다. 죄를 진 자는 천외천가의 둘째공자지, 누
님이 아니라고 말입니다."

"허허허, 그리 말해주었다니 정말 고맙구나. 그러잖아도 미
려가 너무 가슴 아파하는 것 같아 마음이 좋지 않았거늘……."

"앞으로는 나아질 겁니다. 그러다 보면 웃음도 볼 수 있을

것이니 너무 심려하지 마십시오, 백부님."

"그러면 얼마나 좋겠느냐."

담담히 말하며 쓴웃음을 짓던 혁련무천이 눈을 들었다.

"그건 그렇고… 내 너에게 하나 물을 것이 있다만, 네가 대답해 줄 수 있을지 모르겠구나."

"말씀하시지요."

"네 어머니에게 얻었던 금판에 대해 너도 알 것으로 안다만."

좌소천도 천천히 고개를 들었다.

마침내 혁련무천이 참지 못하고 물어왔다.

각오하고 있던 질문이기에 대답도 준비되어 있다. 그러나 그 대답이 혁련무천을 만족시킬 수 있을지는 그 자신도 알 수가 없었다.

"예, 백부님. 저도 알고 있습니다."

"지난 팔 년간 풀어보려 했는데 내가 어리석어 도저히 풀 수가 없구나."

열 명의 유명한 학자를 초빙해 보여주었다. 심지어 나중에는 사공은환에게도 보여주었다. 그러나 아무도 풀지 못했다.

이제 마지막 희망은 좌소천뿐이었다.

"저도 어머니께 들었습니다. 아버님께서 그것을 풀려다가 몸이 그리되었다 하였습니다. 천연이 닿지 않으면 풀 수 없는 물건이니 저더러 욕심내지 마라 하셨지요. 하여 어린 저는 감히 그것을 풀 생각도 못했습니다. 백부님이라면 충분히 풀 수 있으실 거라 생각했사온데……."

혁련무천의 눈매가 꿈틀거렸다.

조용히 서 있던 사공은환도 눈을 가늘게 뜨고 허공에 시선을 두었다.

좌소천이 조용히 말을 맺었다.

"하나 너무 걱정하지 마십시오. 백부님이 어떤 분이십니까? 천하제일고수가 아니십니까? 곧 연이 닿아 풀릴 것입니다."

"혹시 그것 말고 또 다른 것이 없었나 모르겠구나."

"백부님이시라면 비록 금판의 비밀을 풀지 못했다 해도 그것의 선후는 아실 수 있을 겁니다. 혹시 빠진 것이 있었는지요?"

좌소천의 되물음에 혁련무천이 실망한 표정을 지었다.

그도 안다. 빠진 것은 없다.

제대로 해석을 할 수는 없지만, 시작과 끝, 하나하나가 이어지는 것인지 아닌지 정도는 알 수 있는 그다.

그런 그가 봤을 때 금판은 완벽히 시작과 끝이 있고, 모두가 연결된 것이다.

게다가 하도 답답해서 삼 년 만에 사공은환에게 그걸 보여주고 함께 풀어보았는데, 사공은환 역시 중간에 빠진 것이 없다고 했다.

"으음, 참으로 답답한 일이로구나."

좌소천은 혁련무천의 표정이 풀어지는 것을 보고는 조용히 눈을 내려 바닥을 보았다.

'당신은 영원히 알 수 없을 겁니다.'

그때였다. 누구가가 제천전으로 들어왔다.

"아버님, 부르셨습니까?!"

뒤에서 들리는 커다란 목소리. 그 목소리가 갈퀴가 되어 등을 긁는다.

좌소천의 표정이 순간적으로 굳어졌다.

조금 굵어졌을 뿐 그자의 목소리다.

혁련호승! 승냥이 같은 자!

아니나 다를까, 혁련무천이 눈을 들더니 묘한 표정을 짓는다.

"왔느냐, 호승아."

'혁련호승! 역시 너였구나!'

혁련무천의 눈이 좌소천을 향했다.

"몇 년 만에 만났는데 인사 정도는 해야 하지 않겠느냐?"

좌소천은 쓰라림이 밀려오는 것을 꾹 참고 무덤덤한 얼굴로 고개를 숙였다.

"예, 백부님."

그러고는 고개를 들고 천천히 돌아섰다.

한순간, 좌소천의 무심하던 표정에 파동이 일었다.

칠 년의 세월이 그를 많이 바꿔놓았다. 그러나 좌소천이 어찌 그를 잊을 수 있단 말인가!

"오랜만에 뵙습니다, 호승 형님."

혁련호승도 의외였는지 얼굴색이 몇 번이나 변했다.

'저 벌레 같은 새끼가 왜 저기에 있단 말인가?!'

그러나 코앞까지 다가왔을 즈음에는 평소의 얼굴을 되찾은 뒤였다.

"반갑다, 소천. 이제 완전히 어른이 다 되었구나."

"벌써 팔 년이 흘렀지 않습니까? 저야말로 형님이 전과 많이 달라져 하마터면 못 알아볼 뻔했습니다."

두 사람의 눈이 마주쳤다.

좌소천의 눈빛은 이미 빛 한 점 없는 심해의 그곳처럼 깊게 가라앉은 상태다.

반면에 혁련호승의 눈에는 웃음이 떠올라 있다. 먹이를 앞둔 잔혹한 이리의 웃음이.

"자, 둘 다 이리 오너라. 너희들에게 할 말이 있다."

혁련무천의 목소리가 울리면서 눈싸움이 끝났다. 그러나 이제 시작이라는 것을 두 사람 다 모르지는 않았다.

'혁련호승, 그 승냥이 같은 성격을 고치지 않았다면 반드시 후회하게 될 것이다.'

'비천한 거지새끼, 네놈은 나에게 영원히 거지새끼일 뿐이다.'

속으로야 칼끝을 서로의 목에 겨눈 두 사람이다. 기회만 나면 상대의 목을 쳐버리겠다는 마음일 터다.

하지만 두 사람은 담담한 표정으로 나란히 섰다.

언뜻 보면 다정한 형제 같은 모습이다.

그러나 혁련무천도 사공은환도 두 사람 사이에 천 장 높이의 만년빙이 얼어붙어 있다는 것을 잘 알고 있었다.

어쩌면 그래서 입을 여는 혁련무천의 얼굴에 웃음이 떠올라 있을지도 몰랐다.

"이미 알고 있겠지만, 서쪽에서 정한의 혈풍이 불고 있다. 나는 그걸 호기라 생각하고, 그동안 방치했던 접경 지역을 정리하려고 한다. 너희 둘이 그 일의 선두에 서주었으면 싶구나."

두 사람의 얼굴이 동시에 굳었다.

'마침내 제천신궁이 서벌에 나서는 선가?'

좌소천과 구포봉도 예상을 했다. 그 좋은 기회를 그냥 버릴 혁련무천이 아니란 것을 알기에. 그러나 조금 빠른 감이 없지 않았다.

왜, 왜 혁련무천은 서두르는 것일까?

반면에 혁련호승은 속으로 이를 갈았다.

'저 거지새끼하고 함께 움직이라고?'

벌레 같은 거지새끼 좌소천을 자신과 똑같이 취급하는 아버지에게 화가 날 정도였다.

태군사의 아들이면 아들이지, 저깟 놈이 어떻게 자신과 비교된단 말인가!

그는 울컥 솟구친 감정을 억누르고 혁련무천에게 물었다.

"아버님, 하면 소천이와 함께 움직여야 하는 것인지요?"

혁련무천이 옆을 향해 고갯짓을 했다. 그제야 사공은환이 말문을 열었다.

"꼭 그런 것만은 아닙니다, 둘째공자. 비슷한 곳에서 작전을 진행시켜야 하는 것은 맞습니다만, 둘째공자와 좌 공자는 따로 떨어져서 움직이게 될 것입니다."

'경쟁을 시키겠다는 거군.'

혁련무천과 사공은환의 계획을 눈치 챈 좌소천이 조용히 사공은환을 응시했다.

가족을 빼고 혁련무천의 옆에 서 있을 수 있는 사람은 제천신궁 내에 열 명을 넘지 못한다. 한데 서 있을 뿐만 아니라 혁련무천을 대신해 대답을 할 정도다.

누군가? 저자는 누구기에 혁련무천 대신 입을 여는가.

과거 자신의 아버지가 저 옆에 섰다.

그렇다면 아버지를 대신해 군사가 된 자일 터. 문제는 저자에 대해 아는 사람이 거의 없다는 것이다.

이자광도, 관추룽도, 언자홍도 저자에 대해 말하지 않았다.

"두 분 공자는 각자 제천단과 패천단을 이끌어주십시오. 황파 총지부와 호북의 각 지부에서 선별된 무사 삼백가량을 지원할 것입니다. 두 분이 그들을 이끌고 전마성의 지부를 칠 때쯤이면, 곧 후속대가 갈 것입니다."

사공은환의 말이 끝나자 혁련무천이 자리에서 일어났다.

"기회는 잡으려는 자에게 다가오는 법이다. 구경만 하고 있으면 그냥 날아가 버리는 놈이 기회지. 나는 다가온 기회를 놓치고 싶지가 않다. 너희들은 최선을 다해 내 뜻에 따라주기 바란다."

식사를 하는 자리에는 혁련가의 식구들만 앉아 있었다.

그나마도 웃어른은 빼고 혁련무천 부부와 그의 자식들이 전부였다.

자리에 앉은 지 일각. 좌소천은 전면에 앉은 장년인을 보고 내심 감탄을 금치 못했다.

처음 보는 사람이었다. 그러나 그가 누군지 보자마자 알 수 있었다.

서른 초반의 나이. 부드러운 인상이면서도 머리 위에서 만근 바위가 떨어져도 꿈쩍하지 않을 것처럼 보이는 자.

그는 혁련호정. 차대 제천신궁의 주인이 될 사람이었다.

"말로만 들었던 소천 아우를 보니 정말 반갑군."

"소제도 제천신궁 제일의 기재라는 큰형님을 뵈어서 기쁩니다."

"과찬이네. 듣기로는 아우야말로 진정한 기재였다고 하던데 말이야. 그래, 호승이와 함께 서벌에 나설 거라고?"

눈이 깊다. 그 깊이를 알 수 없을 정도로.

하나 혁련호정은 혁련무천의 아들. 그것도 제천무제 혁련무천을 빼다 박았다는 성격을 지닌 사람이다.

'정말 조심해야 할 자.'

좌소천은 마치 그의 눈빛에 압도당한 것처럼 고개를 숙였다.

"백부님께서 너무 과한 기대를 하시는 게 아닌가 우려됩니다."

"하하하, 아버님이 어련히 알아서 하셨겠나."

혁련미려가 당연하다는 듯 거들었다.

"맞아요, 큰오빠. 아버지가 소천이의 실력을 둘째오빠와 비슷하게 봤으니 그리했을 거예요."

"크음, 그거야 붙어봐야 아는 것이지."

혁련호승이 콧소리를 내며 좌소천을 흘겨보았다. 차마 표현을 못할 뿐 분노가 서린 눈빛이었다.

그때 혁련무천이 조용히 입을 열었다.

"무공으로는 호승이 밀린다는 게 이 아비의 생각이다."

"아버님!"

혁련호승이 발끈했다.

좌소천은 의외의 말에 혁련무천을 바라보았다.

자신에 대해 얼마나 알기에 단정하듯 말하는지는 몰라도 흠칫하지 않을 수 없었다.

혁련무천이 혁련호승을 쏘아보았다.

"너는 내가 잘못 봤을 거라 말하고 싶은 것이냐?"

"그건 아니지만……."

"너는 모이산을 단칼에 다섯 걸음 물러서게 할 수 있느냐?"

혁련호승이 입술을 잘근잘근 씹었다.

'저 자식이 진짜 실력으로 그렇게 이겼을 리가 없어.'

자신이 귀혈도 모이산보다 강한 것은 사실이다. 그러나 그 차이가 크다 해도 일 검에 다섯 걸음을 물러서게 할 수는 없다.

"급작스런 일격에 그리되었다 들었습니다."

"모이산은 철저히 단련된 사람이다. 아무리 급작스런 공격에 당해도 흔들리지 않는 자이지."

"하오나……."

"소천이는 그런 모이산을 다섯 걸음 물러서게 했다. 설마 너는 그게 소천이의 실력 전부라 생각하는 것은 아니겠지?"

혁련호승이 입을 닫고 탁자 위의 음식만 바라보았다.

"분발하지 않으면 더욱 그 차가 커질 것이다."

"…예, 아버님."

"하나 무공 외적인 것이라면 너에게도 충분한 장점이 있다. 그 점을 잘 살린다면 결코 소천이에게 밀리지 않을 것이다. 무슨 말인지 알겠느냐?"

혁련호승이 천천히 눈을 들더니 좌소천을 응시했다. 끓어올랐던 분노가 완전히 가라앉은 상태였다.

"명심하겠습니다, 아버님."

그 즈음에야 좌소천은 왜 혁련무천이 엉뚱한 말을 꺼내는지 깨달았다.

함께 움직일 자신을 조심하라는 경고였다.

멋모르고 자신을 짓밟으려 할지 모르는 혁련호승에게 주의를 주고자 하는 것이었다.

또한 자신을 상대하려거든 스스로의 장점을 살펴 대처하라는 말이었다.

그래야 만사에 더 조심할 것이고, 자신에게 당하지 않을 테니까.

'나 역시 모든 것을 알기 전에는 함부로 움직이지 않을 거요, 백부.'

좌소천은 아무렇지도 않은 표정으로 주위를 둘러보았다.

"한데 호운이 보이지 않는군요, 백부님."

"그 아이는 여섯 달 후에나 제천동을 나올 수 있을 것이다. 자! 오늘은 기분이 좋은 날이 아니더냐. 모두 맛있고 즐겁게 식사를 하자!"

2

혁련무천을 만나고 패천단으로 돌아온 다음날.

좌소천은 혁련무천의 곁에 있던 사람이 누군지 알게 되었다.

만박수사(萬博修士) 사공은환.

그에 대해 알려진 것은 그가 군사라는 것, 혁련무천이 오른 팔처럼 여긴다는 것, 그리고 밀천단의 단주라는 것이 전부였다.

좌소천은 그가 밀천단의 단주라는 것이 마음에 걸렸다.

제천신궁의 정보 집단이면서도 드러내 놓고 해결할 수 없는 일들을 몰래 해결하는 곳이 밀천단이다.

어쩌면 제천신궁의 대소사가 모두 밀천단에 의해 감시를 당하고 있을지도 몰랐다.

'그라면 아버지에 대한 것을 상세히 알고 있을지도······.'

하지만 당장 결론을 내릴 수는 없는 일이었다. 우선은 가능성이 있는 사람을 알았다는 것만으로 만족해야 했다.

좌소천은 생각을 정리하고 자리에서 일어났다.

얻어야 할 사람이 있었다. 그리고 그는 패천단 일대에 있었다.

방을 나선 좌소천이 찾아간 곳은 패천단 일대주인 포규상의 거처였다.

박룡수(搏龍手) 포규상.

그의 박룡구절은 전대의 고수이자 제천신궁의 장로인 신권 등소패가 입에 침이 마르게 칭찬한 절기였다.

당연히 그의 무위도 대단했다.

한 번은 박룡수가 제천신궁에 들어왔다는 말을 듣고 등소패가 찾아왔다.

둘은 한 시진가량 이야기를 나누고 기량을 겨루었다.

그러나 포규상이 맞상대하기에 등소패의 벽은 너무나 높았다. 삼십여 초 만에 포규상이 패배를 시인했다.

그런데도 등소패는 오히려 포규상의 박룡구절을 천하의 절기라며 추켜세웠다. 공력의 차이만 없었다면 쉽게 승부가 나지 않았을 거라는 말을 하면서.

그 일 이후 포규상의 위상은 더욱 높아졌다. 아마 악청백이 혁련무천의 초청에 응하지 않았다면 패천단의 단주는 그가 되었을 것이 분명했다.

좌소천이 포규상의 거처로 다가가자 두 사람이 앞을 막았다.

"무슨 일이오?"

두 사람도 좌소천에 대해 알고 있었다.

들어오자마자 대주가 된 지독히도 운이 좋은 청년. 비록 그것이 전부였지만.

"제일대주를 뵈러 왔소. 말씀 좀 드려주시겠소?"

좌소천의 앞을 가로막고 있던 장한 중 하나가 턱을 치켜들었다. 비릿한 조소가 섞인 표정이었다.

"잠시 기다려 보쇼. 일단 말씀은 드려보겠소."

잠시 후, 방 안에 들어갔던 장한이 나오더니 슬쩍 고갯짓을 했다.

"들어가 보슈."

포규상은 당당한 체격을 지닌 데다, 굵은 얼굴선과 흑염이 어울려 나름 묵직한 기상이 절로 풍기는 자였다.

그러나 한 번 터지면 말릴 사람이 없다는 다혈질이었다. 남이 건들지만 않으면 쉽게 터지지는 않아 다행이긴 하지만.

안으로 들어가자 포규상이 먼저 입을 열었다.

"어쩐 일인가?"

그와는 아침 조회 석상에서 두어 번 만난 사이였다.

별 이야기는 나눠보지 않았지만, 그는 자신이 오대주가 된 것을 탐탁지 않게 생각하지 않는 눈치였다. 악청백과 모이산의 자존심을 생각해 말을 아낄 뿐.

"사람을 하나 데려갈까 해서 왔습니다."

"사람을? 내 수하 중에서 말인가?"

"원래 새로 들어온 사람은 저희 오대에 배치되는 걸로 알고 있습니다만."

"물론 그렇지."

"그런데 제가 아는 사람 하나가 이틀 전에 일대로 배치되었다고 들었기에 그를 저희 대로 넘겨주셨으면 해서 찾아왔습니다."

"그가 누군지 모르지만, 그가 일대에 배치되었다면 그만한 이유가 있지 않겠나?"

"그리 따지면 오대의 인원을 채우기가 막막해집니다."

포규상의 입꼬리가 살짝 틀어졌다.

"시간이 걸릴 뿐 언젠가는 채워지겠지."

"정해진 규칙대로 처리하면 그리 오래 걸리지 않을 일입니다. 그냥 넘겨주시지요."

"세상이 어디 정해진 대로만 흘러간다던가?"

"그래도 만든 규칙을 지키는 것이 지키지 않는 것보다 모두를 위해서 낫지 않겠습니까? 그러니 대주께서 양보하시지요."

"지금 나를 훈계하는 건가?"

"있는 사실을 말한 것뿐입니다."

"만일 넘겨주지 못하겠다면?"

"그럼 제가 데려가지요."

포규상의 두 눈에서 은은한 열기가 떠올랐다.

"꽤나 건방지군. 대주가 되니까 보이는 것이 없나?"

좌소천이 포규상을 무심히 바라보았다.

포규상의 차가운 목소리가 묵직하니 내리눌렀다.

"모이산이 홧김에 던져 준 대주 자리에 앉으니까 세상이 다 자네 뜻처럼 흐를 것 같은가?"

"그렇게 보였습니까?"

"창피당하고 싶지 않거든 그냥 물러가라."

"창피라……."

"대주가 되니 젊은 객기에 뭔가를 하고 싶은가 본데, 그냥 조용히 지내는 게 그나마 대주 자리를 오래 지키는 길일 것이다."

"나는 대주 자리에 오래 있을 생각이 없습니다."

포규상의 눈에 비릿한 조소가 떠올랐다.

"하긴 있고 싶어도 지킬 수가 없겠지. 이기면 대주 자리를 내준다고 했다지?"

"물론입니다."

"훗, 애들 장난 같은 짓거리 말고 차라리 그냥 물러나. 그게 너에게도 좋을 일일 것이야."

"그건 제 일입니다. 그리고 이곳에서 사람을 데려가야 하는 것도 제 일이지요."

흑염만큼이나 검은 눈썹이 꿈틀거렸다.

"말귀를 못 알아듣는 놈이군."

좌소천은 그 말을 한 귀로 듣고 일어섰다.

한데 그가 뒤로 돌아섰을 때다. 등 뒤로 포규상의 차가운 목소리가 비아냥거림처럼 들려왔다.

"내가 왜 너를 탐탁지 않게 보는 줄 아느냐? 비천한 놈이 갑자기 높은 자리에 올라가면 겉멋만 들어서 하늘 높은 줄 모른다더니 네놈이 꼭 그 짝이다. 그래서 나는 네놈이 싫은 것이다."

비천한 놈, 벌레 같은 새끼, 거지새끼.

어릴 때 참 많이 들었던 말이다. 그러나 다시 들어도 기분이 좋지 않은 것은 마찬가지였다. 더구나 그 말을 입에 달고 살았던 혁련호승을 다시 본 후여서 그런지 더 짜증이 났다.

좌소천이 다시 돌아섰다.

"당신, 나에 대해 아시오?"

지금까지와 달리 삐딱한 말투.

포규상의 비웃음이 더욱 짙어졌다. '그럼 그렇지, 네놈이 별수있어?' 하는 표정이었다.

"너 따위 놈, 내가 알 게 뭐냐?"

"눈이 썩었군."

"뭐, 뭐라고?"

"그런 눈으로는 평생을 가도 악 단주의 발가락 하나 잡지 못할 거요."

포규상이 벌떡 일어섰다.

"뭐야!"

"혹시 착각하고 있는 것 같아 말하는데, 당신은 당신의 박룡수를 대단하게 생각할지 몰라도 내 눈에는 그저 개나 잡으면 딱 어울리는 무공으로 보일 뿐이오."

"네놈이 감히!"

노성을 내지른 포규상이 탁자를 건너뛰더니 우수를 휘둘러 좌소천의 목을 잡아갔다.

『절대천왕』 3권에 계속…

저작권 보호!!

장르문학의 성장에 힘이 되어주십시오.

저작물의 무단 전재와 복제, 불법 다운로드!
이것은 관심이 아니라 무관심입니다!

작가님들은 창의적 열정과 시간을 투자해 자신의 꿈과 생계를 유지합니다.
한 권의 책을 만들어 많은 사람들은 자신의 인생과 미래를 설계합니다.

저작물 속에는 여러 사람의 노력과 희망이
담겨 있습니다!

저작물의 무단 전재와 복제, 불법 다운로드는 여러 사람들의 꿈과 생계를
위협함으로써 장르문학을 심각한 상황에 빠뜨리고 있습니다.

이제는 무관심이 아니라 관심으로 장르문학의
성장에 힘이 되어주세요.

[도서출판 **청어람**은 항시적인 저작권 보호를 통해 장르문학과
여러분의 희망을 지키겠습니다.]

도서출판 **청어람**

새델 크로이츠

화사무쌍 편 전 2권
이경영 판타지 장편 소설

『가즈나이트』의 명성과 신화를 넘어설
이경영의 판타지의 새로운 상상력!

자신만의 독특한 세계관을 창조한 작가
이경영의 새로운 도전과 신선한 충격.

바란투로스의 특수부대 새델 크로이츠의 리더 파렌 콘스탄.
야만족을 돕는 안개술사를 물리치기 위해 아시엔 대륙에서 온
불을 뿜는 요괴 소녀 카샤.
너무나 다른 두 사람이 운명의 길에서 만나다.
친구란 이름으로 시작된 모험, 그 앞에 놓인 난관과 운명의 끈은
어떻게 될 것인지……

"질투가 날 만도 하지."
요괴가 산신령을 엄마로 두는 건 흔한 일이 아니거든.
괜찮아, 파렌. 본좌가 아는 요괴들 전부 본좌를 질투하고 부러워하니까."
소녀는 손에 잔뜩 받은 빗물을 홀짝 마셨다.
파렌은 그 순수함에 웃음을 흘렸다.
그는 지금까지 자신이 봤던 그녀의 기이한 행동들을 어렴풋이나마 이해할 수 있을 것 같았다.
그렇게 친구가 된 둘은 그 길로 긴 여행을 떠나게 된다.

-본문 중에-

세상을 보는 또 하나의 창 - inthebook.net
유행이 아닌 자유추구 - chungeoram.net

Book Publishing CHUNGEORAM

학교에서는 가르쳐주지 않는

10대들을 위한 인생수업

작가 : 이빙 | 역자 : 김락준

10대들을 위한 나침반 같은 인생 교과서!
사회 초입에 들어서게 될 청소년들에게 들려주는
100가지 인생 이야기

내 인생의 방향잡기!
여행길에 오르기 전에 접해보자!

100가지 이야기, 100가지 명언

사람은 태어나면서부터 각기 다른 모습으로, 각기 다른 사고로 "인생" 이라는
여행길에 오르게 된다. 내가 지금 서 있는 이 위치에서 그리고 사회라는 공간에서
한사람의 몫을 당당하게 해낼 수 있는 역량을 키워나가기 위해서는 어떠한 생각을
가지고 있어야하는 걸까.

늦지 않게 준비하자! 스스로의 마음가짐이 자신의 미래를 결정한다!

설레는 마음으로 떠난 길일지라도 기존에 생각하고 있던 것과는 다르게 흘러가는
사회의 모습에 당혹스럽기도 할 것이다.

그러한 곳에 발을 들여놓기 위해 첫 발걸음을 막 뗀 청소년이라면 학교에서는
미처 배우지 못한 상황에 더욱이 큰 혼란스러움을 느낄 수밖에 없다.
시간이 흐를수록 사회가 한 인간에게 요구하는 것은 다양하고 세밀해지고 있다.
그러한 사회 속에서 자신만이 앞으로 나아가지 못해 제자리걸음을 하게 된다면 어떠할까.
미리 대비를 하지 않는다면 당신 역시 그러한 현상에 빠지는 또 한 명의 사람이 되고 말 것이다.

책장을 넘기는 순간, 책과 당신의 공감대가 형성된다!

적응을 위해 도움이 될 만한
인생의 지혜와 경험, 깨달음이 한가득 담겨있다.
그 속에 담긴 100가지 이야기 그리고 그와 관련된 100가지의 명언은
가슴 깊이 새겨 놓고 되뇌어 보기에 충분하다.

세상을 보는 또 하나의 창 - Inthebook.net
유행이 아닌 자유추구 - chungeoram.net

Book Publishing CHUNGEORAM

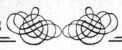

Rhapsody Of Cardinal

카디날 랩소디

송현우 판타지 장편 소설

놀라운 경험(the enormous experience)!

He created a completely new world.
It is a place who have never known and where never been able to imagine.
This splendid world will introduce the enormous experience for the person only who reads.

그 누구에게도 알려진 것이 없으며 상상조차 할 수 없었던 새로운 세계를
작가는 완벽하게 창조해내었다.
이 멋진 세계는 독자들만이 체험할 수 있는 놀라운 경험으로 인도할 것이다.

판타지는 허구다? 아니다. 판타지는 일상이다.
우리의 삶은 연속된 판타지의 연장선상에 놓여 있고
상상은 우리의 일상을 더욱 살찌운다.
『카디날 랩소디(Rhapsody of Cardinal)』를 경험하는 독자들은
더욱 풍부한 일상 속에서 새로운 삶을 경험할 것이다.
멋진 만남! 흥미로운 경험! 이것이 『카디날 랩소디』가 가진 장점이며,
작가 송현우가 독자들에게 바라는 꿈이다.

세상을 보는 또 하나의창 - **inthebook.net**
유행이 아닌 자유추구 - **chungeoram.net**
Book Publishing CHUNGEORAM